講談社文庫

院内刑事（デカ）　フェイク・レセプト

濱 嘉之

講談社

目次

警視庁の階級と職名

階　級	内部ランク	職　名
警視総監		警視総監
警視監		副総監、本部部長
警視長		参事官
警視正		本部課長、署長
警視	所属長級	本部課長、署長、本部理事官
	管理官級	副署長、本部管理官、署課長
警部	管理職	署課長
	一般	本部係長、署課長代理
警部補	５級職	本部主任、署上席係長
	４級職	本部主任、署係長
巡査部長		署主任
巡査長※		
巡査		

警察庁の階級と職名

階　級	職　名
階級なし	警察庁長官
警視監	警察庁次長、官房長、局長、各局企画課長
警視長	課長
警視正	理事官
警視	課長補佐

※巡査長は警察法に定められた正式な階級ではなく、職歴６年以上で勤務成績が優良なもの、または巡査部長試験に合格したが定員オーバーにより昇格できない場合に充てられる。

◉主要登場人物

廣瀬知剛………川崎殿町病院リスクマネジメント担当顧問

住吉幸之助……川崎殿町病院理事長
藤岡智彦………神奈川県警警務部長
牛島隆二………神奈川県警警部補
前澤真美子……神奈川県警警部補
野々村優子……民自党代議士
栗田茉莉子……助産師
尾上雅之………将来の総理候補の孫

院内刑事　フェイク・レセプト

プロローグ

「救急隊から至急報です。川崎総合学園初等科で屋上から転落した児童の救急搬送要請です」

「受け入れてくれ」

救急外来は直ちに態勢を整えた。川崎総合学園は病院から五百メートルも離れていない私学の名門で、小中高一貫教育から全国の一流大学に多くの合格者を輩出していた。

医療法人社団敬徳会川崎殿町病院には救命救急センターは設置していなかった。系列の成田総合病院は救命救急の最先端医療機関として名が通っていたが、個人病院で救命救急センターを設置する難しさを理事長の住吉幸之助が一番よく知っていたことが、川崎殿町病院に救命救急センターを置かない理由だった。

医療法人社団敬徳会川崎殿町病院は羽田空港にも近い、川崎市川崎区殿町三丁目に所在するベッド数五百五十床の大規模医療機関である。

医療法人社団敬徳会の理事長は「診療をしないオピニオンリーダー」として業界の実力者の住吉幸之助である。千二百床の病院を含めた四つの病院と看護学校、医療系専門学校を複数経営し、衆議院選挙にたびたび推挙されるが本人は政界に入る意思はなく、国会議員や厚労省の役人に対して健全な病院経営をできる環境整備を指導し、かつ、地域社会に貢献することに喜びを感じていた。

それでも救急隊には「困った時の殿町病院」という意識が強いようで、少々離れた場所であっても、重大事故の際には搬送要請を送って来ていた。

救急外来が特殊案件を受け入れる情報は、医事課経由で川崎殿町病院危機管理担当の廣瀬知剛（ひろせともたか）にも速報された。

廣瀬知剛は四十八歳。早稲田大学法学部を卒業して警視庁入庁後、主に警備公安畑を歩んできた。警部補時代には内閣官房内閣情報調査室で三年間勤務し、その後公安総務課で情報担当として警部に居座り昇任して六年後の管理職試験に合格した年に辞職していた。警視庁在職中は情報部門のスペシャリストとして国会議員から反社会的勢力、マスコミまで幅広い人脈を形成していた。しかし、当時の担当上司であったキャリアの公安総務課長との人間関係から、追われるように組織を出て、危機管理会社を設立していた。

彼の祖父が都内で外科病院を開業していたが、組織的な詐欺に騙され、病院を手放していた。この縁から東京都総合病院協会で危機管理の講演をしている時に、協会の理事長である住吉幸之助にその才能を見いだされ、彼の医療法人の顧問を経て、常任理事に就任していた。

「川崎総合学園とは日頃の付き合いはありませんが、町内会のようなものですからね。ただ、屋上から転落となると、事件性も考えなくてはなりませんね」

廣瀬の言葉に医事課長は驚いた声で聞き返した。

「事件……ですか？」

「名門学校でも最近は様々な問題を抱えているようです」

「児童、生徒に……ですか？」

「児童、生徒だけでなく、いわゆるＰＴＡの問題も深刻なようですね。最近の教育現場は病院同様大変なようです。中でも小学校の先生は様々な分野で負担が大きいのと、モンスターペアレンツの存在も大きいようですよ」

「モンスターペアレンツ……ですか……。うちの娘が小学校低学年の時に、学芸会の出し物で白雪姫になれなかった子どもの親が女子児童全員平等に白雪姫を演じさせるように要求して、二十五人の白雪姫というストーリーに変更させたことがありましたけど。それよりも、うちはモンスターペイシェントが一番の問題ですけどね」

　モンスターペイシェントとは医療従事者や医療機関に対して自己中心的で理不尽な要求を行い、さらには暴言・暴力を繰り返す患者や、その関係者等を意味する和製英語である。教育現場におけるモンスターペアレント同様、医療現場でモラルに欠けた行動をとる患者をこう呼ぶようになっている。

　このようなモンスターペイシェントを生んだ背景の一つに挙げられているのが、かつて厚労省が医療機関に奨励した「○○様」という患者の呼び出し方である。この官僚的な発想が過度なお客様意識を患者に与えたと言われている。このため、医療機関では独自の判断で「○○さん」という呼び方に変更する動きが広がっている。近年では患者のプライバシー保全と両立できるため、番号やコールマシンを導入する医療機関も増えている。

「最近は当院の院内交番の存在が世間の話題になってきたようで、モンスターペイシェントは減っているようですね」

「それは廣瀬先生のご尽力の賜（たまもの）です」

「それよりも医事課長、今回の救急搬送は学校内の事故とはいえ安全管理の面からも警察が介入することになるでしょうから、学校とも連携を密にしておく必要があります。学校側とは課長が対応していただけますか？」

「学校は誰と連絡を取ればいいでしょうか？」

「副学園長若しくは初等科長ですね。これ以外とはノーコンタクトでお願いします」

「了解しました」

廣瀬は電話を切ると川崎総合学園の概要をインターネットで確認した。

「校訓は『人類の普遍的価値を尊ぶ人格の形成と高尚かつ品格あるリーダーの輩出』か。国公立大学合格者が二百二十人で、そのうち現役率が七七パーセントは凄いな。国公立医学部医学科が三十五人、私立医学部医学科が六十五人、しかも現役率は八〇パーセント……まさに評判どおりのスーパーサイエンスハイスクールだな」

その時、救急外来の医師から直接廣瀬に電話が入った。

「廣瀬先生、五年生の児童ですが、複数の骨折、裂創に加え脳挫傷の虞がありますす。至急ＭＲＩと緊急脳神経外科オペの手配を行いました」

「事故原因は？」

「同行者の学校関係者の言によると、飛び降りによる自殺未遂で意識不明のようです」

「了解」

廣瀬は電話を切ると住吉理事長の携帯を鳴らした。

「何かありましたか？」

「川崎総合学園初等科の児童が学校の屋上から飛び降り自殺を図りました」

「川崎総合学園の初等科？　何年生ですか？」

「五年生との報告です」

「世間が騒ぎますね」

「マスコミ対策も必要かと思います。対応は院長にやってもらいます」

「外科ですか？」

「脳挫傷の可能性もあるとのことで、ＭＲＩ検査を始めるところです」

「クランケに意識はないのですか？」

「意識はないようですが、鎮静薬などを使って眠らせて検査を行うようです。検査中は患者の監視に専念する小児科医、放射線科医、看護師を配置するとの報告を受けています」

「脳の詳細な検査ならば３Ｔ－ＭＲＩを使うんだろうな」

「３Ｔ－ＭＲＩ室には蘇生措置を行う場所もありますから、患者の容体の変化を早めに察知し、対応できる態勢を整えているようです」

　3T－MRIは現在のMRI装置の中でも最高水準に近く、高解像度画像が得られるため、頭部の撮影に適している。

「わかりました。何か動きがあったら速報して下さい。あの学園の理事長とは何度か顔を合わせているんですが、実はあまり得意なタイプじゃないんですよ」

「住吉理事長にしては珍しいですね」

「あれだけの進学校なのに、理事長自身は東大アレルギーがあるようなんです」

「ご本人は東大じゃなかったのですね。アレルギーというよりもコンプレックスが強いのかもしれませんが、卒業生に対してはどういう態度をとっているのでしょうね。東大合格者数で学校の評判を得ているわけですからね」

「名家三代続かず……かもしれませんが、児童、生徒を金儲けの道具のように考えているところがありましてね。特に小学校の入学金と学費が異常に高いのです。それでありながら、小学校からのエスカレーター組の成績はあまりよくないと嘆いているんですよ」

「最終的な受け皿の大学がないのがあの学校の弱点なのでしょうね」

「本当は医科大学を創りたいらしく、私にその話を持ち掛けてくるのですが、私がやんわり断っているのが面白くないようなんです」

「医科大ですか……どれだけの人材と金が必要だと思っているのでしょうね。医療系専門学校ならともかく……ですけどね」

廣瀬が言うと住吉は電話の向こうで「うーん」と唸ってから答えた。

「医療系専門学校が儲かる……というような話はご自分でもなさっていましたが『学校の品格にかかわる』ということでした。まず、医科大学を創って、その後で医療系専門学校を創りたいのでしょう」

「品格ですか……学園の校訓にも『品格あるリーダー』という言葉を使っていましたね。ですが、品格というのは誰が判断するかで変わってきますからね」

廣瀬が言うと住吉理事長は吐き捨てるように言った。

「本人が一番欠けているんじゃないかと思いますけどね」

これを聞いた廣瀬は、そろそろ話題を変えようと思ったが、住吉が話を続けた。

「これからの超高齢社会において、介護従事者は引く手あまたでしょうからね。その教育機関は重要なんですけどね」

「しかし、その受け皿自体が少ないのではないですか？」

「うちにも高齢者向けの施設を造ってはどうか……という誘いがありますからね」

「特養ですか？」

「いや、中途半端な特養はリスクが大きすぎます。もし、やるとすれば医療機関が造るシニア向け分譲マンションですね」

「なるほど……サービス付き高齢者向け住宅でもないわけですね」

サービス付き高齢者向け住宅は、二〇一一年に「高齢者住まい法」の改正により誕生したシニア向けの賃貸住宅である。身体機能が低下しても住みやすいバリアフリー構造や、高齢者の安否確認や生活相談といった、安心して暮らすことができるサービスが提供される。

他方、シニア向け分譲マンションは高齢者向けのスポーツ、娯楽施設を併設したり、病院と直結した健康コンシェルジュが常駐するなど、様々な生活支援サービスを整えている。

「本業はあくまでも病院ですから、なるべくリスクは負わない方がいいでしょう。特養やサービス付き高齢者向け住宅が慢性的な供給不足となっていることはわかっていますが、うちが手を出す分野ではないと思っています」

住吉の話が終わりそうにないと思った廣瀬は話題を戻した。

「住吉理事長のお考えはよくわかりました。ところで川崎総合学園の件ですが、こちらとしても学校側に対する対応も考えておく必要がありますね」

「はい。その件は全面的に廣瀬先生にお任せします。廣瀬先生は大局的な立場から指導をよろしくお願いいたします」

電話を切った廣瀬は住吉の経営方針を改めて理解した。住吉は医療に関しては二面性を持っていた。医療法人社団敬徳会は関東に三院、福岡に一院の計四院の総合病院を運営していた。その中で東京赤坂の本院と最新の福岡の分院は明らかに富裕層向けの医療機関だった。一方、成田の分院はドクターヘリを所有する救命救急センターを含めて地域医療に根ざしたもので、地域がん診療連携拠点病院だった。

地域がん診療連携拠点病院は、都道府県で一般的な医療が完結する二次医療圏に原則一ヵ所指定されている。全国に三百三十九病院あり、どの地域に住んでいても比較的身近なところで専門のがん治療が受けられるようになっている。

医療法人社団敬徳会として、儲けるところで儲けて、その利益を分配しながら医療機関として安定した経営を行っていた。

「児童を脳神経外科のオペ室に移します。予断を許さない状況です」

ＭＲＩ室の救急外来担当医師から廣瀬に電話が入った。

「了解。私も向かいます。執刀はどなたですか？」

「藤原医長です」

「運がいい」

藤原公信医長は脳神経外科の世界では「神の手を持つ男」と評される存在である。

廣瀬は第二別館地下にある脳神経外科専用の手術室に向かった。脳神経外科第一オペ室は藤原の手術を見学しようとする医師が世界中から集まってくるため、オペ室の上部に二十席ほどの見学席が設けられており、モニターで手の動きと患部の両方を確認することができる。さらに川崎殿町病院の全てのオペ室に設けられているビデオで、手術の様子は録画されていた。

手術には小児科と麻酔科の医師も同席している。

手術が始まった。藤原医長だけが足袋を履いている。手術中の足のストレスを最も解放してくれるのが日本の足袋だそうで、外科医の間では「Operating Tabi」が世界的に静かなブームになっているという。

頭部に一センチメートルほどの穴を開け、手術顕微鏡を使った手術が始まった。他の脳神経外科医もモニターと現場を交互に食い入るように覗き込んでいる。

この時、廣瀬の院内専用携帯電話のバイブレーションが作動した。廣瀬は見学室を出て受信ボタンを押した。

「廣瀬先生、警察の方がお見えです」

廣瀬は二階の応接室に案内するように指示を出して本館に向かった。

応接室に入ると男性二人、女性一人がソファーに座っていた。廣瀬を見るなり三人が同時に立ち上がって奥に座っていた男が挨拶をした。

「お忙しいところ申し訳ありません。川崎湾岸署生活安全課少年係の者です」

三人の刑事はそれぞれ警察手帳を示し、各々が名刺を差し出した。少年係長と主任が二人だった。

「廣瀬です。川崎総合学園初等科の案件ですね？」

「児童の容態はいかがでしょうか？」

「脳挫傷が認められています」

脳挫傷とは、頭部への強い打撃などにより、脳が衝撃を受けて脳本体に損傷を生じる病態をいう。

「現在頭蓋内部の外科手術を行っています。予断を許さない状況のようです」

「頭の中か……脳ですか……」

主任刑事の一人が眉間にしわを寄せて口を結んだ。

「脳挫傷で後頭部に血液が溜まっているようです。脳内血腫の合併を含む昏睡状態の重症脳挫傷では、致命率は四十四パーセントとも言われています」

「致命率が五割近いのですか……」

「現在、国内外で名が通った医師が全力で手術に臨んでいます」

「ここの脳神経外科は有名ですからね。上手くいけばいいのですが……」

「僕も祈る思いに変わりはありません。ところで、ご用件は？」

廣瀬の問いに主任刑事が思い直したように口を開いた。

「自殺未遂の件に関してはすでに学園サイドから話を聞いていらっしゃると思っていますが、今回の自殺未遂事件の背景には慢性的ないじめがあったようなんです」

「いじめ……ですか……。いじめはどこの世界でもありますからね。特に子どもの世界では親や教師も気付かないところで行われているようですね。しかし、どうして親にも言えないのか……その児童心理が僕にはよくわからないのです」

「いくつかの原因があると思います。その一つが親の過度の期待を背負わされている児童の存在があります」

「私学ではそれもあるのかもしれませんね。公立ならかからない金を支払ってまで小学校のうちから私学に通わせているのですからね。しかし親も、自分の能力を考えれば、ある程度は自分の子どもの能力はわかると思うんですけどね」

「親の欲目もあるのでしょうが、自分が受けることができなかった教育を受けさせれば、自分以上にはなってくれるのではないか……という期待感があるのです」

「子どもに期待をするな……とは言いませんが、子どもに夢を与えるのが親の務めだと思うんですけどね」

「それは理想ではありますが、商売の後継ぎを子どもに求める場合もあるでしょうしね。それよりも、われわれとしては全容の解明が第一です。そこで、被害児童に関して、医学的見地から捜査の参考になることがあれば教えて頂きたいのです」

「現在は頭部の手術に全力を尽くしているところですが、複数個所の骨折も認められています。ＭＲＩを撮った時に身体のチェックを詳細に行っていますので、その予診結果をお伝えいたしましょう」

そういうと、廣瀬は救急外来の医長に電話を入れて児童の予診結果の写しを廣瀬のパソコンに送るように指示を出した。

少年係長が廣瀬に訊ねた。

「こういうことをお伺いしていいのか、実に失礼な質問かもしれませんが、現在行われている手術の費用は相当高いものなのでしょうか？」

「救急措置ですから、ご家族や学校の同意なしに行っています。保険適用がない措置は取っていないと思いますが、ご納得いただけない部分があれば対応はできるかと思います。今は何よりも人命救助が一番と考えています」

「保険適用できれば安心かとは思いますが、いじめが原因となれば、自殺未遂とはいえ加害者の存在が問題になります」

「それは裁判によって明らかにするしかないでしょう」

「これまでに治療費の負担等の問題で裁判になったことはあるのですか？」

少年係長は執拗（しつよう）だった。

「交通事故で無免許運転や飲酒運転の場合には保険がおりず、事故当事者が支払いをできない場合はあります。この時には個人に対して請求するしかありません」

「無免許はうっかり失効という場合もありますが、飲酒運転は確信犯ですからね」

「病院は慈善事業ではありませんが、金銭の支払い能力が全くない者とわかっていても治療は行わなければなりません。警察の捜査では捜査経済というものがありますが、医者の場合はこれを理由に手を抜くことなどあってはならないのです」

「そういう時はどうするのですか？」

「これは医者の義務として一次対応は全力で行いますが、その後は公立の病院に移ってもらうことになります」

「すると、税金が使われる……ということですね」

「そうなりますね」

この時廣瀬のパソコンにメール着信の音がした。

「頭蓋骨骨折、右鎖骨骨折、上腕骨骨折、肋骨骨折ですね。その他打撲傷もあるようですが……ちょっと気になる点もあるようですね」

「気になる？　どういうことでしょうか？」

「この児童は恒常的な暴行を受けていたのではないか……ということで、身体に今日受けた損傷以外の打撲痕が多数あったようですね」

「多数の打撲痕……ですか……。学校側は何も知らなかったのでしょうか？」

「それは何とも申し上げることはできませんが、令状さえあれば科警研宛に画像を送ることは差し支えないです」

「科警研に……ですか？」

「医師が見なければ意味がないと思います。当院の医師から任意の供述を取ってもかまわないでしょうが、警察内部の方が診たほうが、後々のことを考えれば二度手間にならなくて済むと思います」

「なるほど、よくわかります」

　廣瀬が回答をしていると、医事課長から内線電話が入った。

「川崎総合学園初等科の副科長が来院しているのですが」

「副科長に話すことはないです。打ち合わせ通り、責任ある副学園長もしくは初等科長に来るように伝えて下さい」

「随分高圧的な態度なんですが……」

「ダメです。何なら、昔取った何とか……で医事課長がケツをまくって下さい」

　医事課長は大学の応援団出身だった。

「昔取った……ですか。一喝してよろしいんですね」

「危機管理の基本ですから、その旨を伝えてやって下さい」

　すると間もなく思いがけない院内放送が流れた。

「当院にご来院の方、ご家族の方にお知らせします。至急お車のご移動をお願いします。車両は白色、新聞のし、〇〇〇一です。お急ぎご移動をお願いします」

　廣瀬が席を立って刑事に向かって言った。

「申し訳ありません。スタットコールが入ってしまいました」

「今のアナウンサーのような落ち着いた女性のアナウンスが至急報なのですか？」

「警察無線では至急、至急ですけどね」

そこまで言って廣瀬は三人の刑事を応接室に残したまま飛び出した。


二階から階段を急ぎ足で下りていると、屈強な理学療法士と一緒になった。

「ホワイトコールですね」

ホワイトコールは院内で暴力行為が生じている場合や、不審者が暴れている場合の川崎殿町病院独自のサインの一つである。スタットコールのスタット（stat）は、「急を要する」の意で、病院内での緊急招集。緊急事態発生時に、担当部署に関係なく手の空いている医師や看護師等を呼び出すために用いる秘密のサインをいう。

「危機管理担当者最大の出番ですからね。けが人が出ていなければいいのですが」

一階のホールに着くとすでに三人の職員が大柄な背広姿の男を床に押し付けていた。

廣瀬の姿を見つけるなり、医事課の女性職員がホッとした顔つきになった。

「さて、何があったのかな」

廣瀬はいたずらをして叱られている幼稚園児にでも訊ねるような口ぶりで言った。

これには医事課の女性からクスリと含み笑いも漏れていた。すると医事課長が姿を現した。背広の前ボタン部分が破れ、ワイシャツの前も破れていたが、けがをしている様子はなかった。

「けがは？」

「けがはありませんが、副科長が暴れ出しまして……」

廣瀬は医事課の係長に訊ねた。

「防犯カメラは撮れているね？」

「はい。音声も残っています」

「見せてくれる？」

係長がタブレットを持って廣瀬に見せた。廣瀬が音声のボリュームを上げて画像を確認した。

「なるほど……威力業務妨害が成立しますね。現行犯人逮捕として扱いましょう」

「逮捕するんですか？」

「当たり前でしょう。この男は教育者でしょう？」

「承知しました」

「医事課長、今、僕の部屋に湾岸署の刑事さんがいますから引き渡しましょう。それから、今回の学園との交渉ですが、医事課長自身が学園関係者からの威力業務妨害罪の当事者になってしまったので、今後は僕が対応いたします」

「却(かえ)ってご迷惑をおかけしてしまい、本当に申し訳ありません」

医事課長はうな垂れて言ったが、廣瀬は笑顔を見せて答えた。

「ビデオで見る限り毅然(きぜん)とした対応でしたよ。防犯カメラの位置を知っていたのでしょうが、相手が怒った時の医事課長の顔が見えなかったのが残念です」

それから間もなく、川崎湾岸署の少年係長が駆けつけてきた。廣瀬が画像を見せて現行犯人として逮捕したことを告げると、係長は廣瀬を現場から少し離れたところに呼んで言った。

「廣瀬さん、暴行でなく、威妨でいいのですね」

「立派に業務を妨害されています。皆さんと僕の話し合いも、明らかに妨害されているわけですから」

威妨、つまり刑法第二三四条に規定される威力業務妨害罪の適用である。威力業務妨害とは威力を用いて人の業務を妨害した者に対する刑罰で、威力業務妨害罪の成立に要求される暴行・脅迫の程度は、公務執行妨害罪の成立に要求される程度よりも軽度のもので足りることが多い。法定刑は三年以下の懲役又は五十万円以下の罰金で、暴行罪のそれが二年以下の懲役若しくは三十万円以下の罰金又は拘留若しくは科料であることを考えると、その差は極めて大きい。

「わかりました。私も証人にならなければならないかもしれませんが、現行犯人の引渡しをお受けしましょう。ただし、残念ながら、今、手錠を持っておりませんので制服警察官を呼びます」

少年係長は携帯電話で本署に連絡を取った。三分後、パトカーが病院裏口に到着すると後ろ両手錠を掛けられた副科長は唖然（あぜん）とした顔つきだったが、廣瀬の顔を見て毒づいた。

「お前が責任者か。このままじゃ済まさないからな。お前なんかすぐにクビにしてやる」

廣瀬は鼻で笑いながら背を向けた。

川崎総合学園の副学園長が川崎殿町病院にやって来たのは、それから三時間後のことだった。学園の顧問弁護士を同行していた。

廣瀬は自室で総務部長と共に面談に応じた。

副学園長、弁護士の二人と名刺交換を行った廣瀬は穏やかな顔つきでソファーに座った。額に汗を浮かべた副学園長が先に口を開いた。

「この度は二重のご迷惑をお掛けしてしまい、誠に申し訳ありませんでした。児童の容態はいかがでしょうか？」

「手術はまだ継続中です。脳神経外科の手術はほぼ目途がついたようですが、予断を許さない状況が続いております。さらに他の骨折部位に対する整形外科の手術が続いているようです」

「一命を取り留めてくれればいいのですが」

「僕もそれを祈っております」

廣瀬が真摯に答えると副学園長も頷いた。

「副科長もご迷惑をお掛け致しました。お詫び申し上げます」

「ただの酔っ払いならともかく、教育者の立場である方の態度ではありませんでしたし、たまたま湾岸署の刑事さんもいらっしゃったので、相応の措置を取らせていただきました。おかげで医事課長は未だに湾岸署で事情聴取を受けています」

廣瀬が穏やかな口調ながら率直に伝えると、弁護士が厳しい表情で口を開いた。

「私も今まで湾岸署で刑事課長から事情を聴いて参りました。本人とはまだ面会できませんでしたので、事案のことに関しては現時点で何も申し上げることはありません。ただ、威力業務妨害というのは、ちょっと行き過ぎではなかったか……と思っております」

「それは警察、検察が判断することで僕がとやかく言える問題ではありません」

「しかし、威力業務妨害の現行犯と認定したのは、あなただと聞いております」

「明らかに有形力の行使によって業務が停止されたわけですから、何の問題もないと思います。これは業務の方が公務よりも手厚く保護されている実態と、その保護法益が業務の安全かつ円滑な遂行であることを考えれば、この罪名を適用するのは正当だと思います」

弁護士は改めて廣瀬の名刺を見ながら訊ねた。

「廣瀬さんは法律に明るいようですね」

「司法試験を目指したわけでもありません。法律は一般教養的な範囲しかわかりません」

「医療法人社団敬徳会の常任理事と川崎殿町病院の危機管理担当を兼ねていらっしゃるのですね」

「危機管理が僕の本業です」

「本業……と申しますと、他にもお仕事を持っていらっしゃるのですか？」

「危機管理コンサルティングの会社を経営しております。その一環として、医療法人社団敬徳会の常任理事になったわけです」

「危機管理のプロフェッショナルなのですね」

「それを生業(なりわい)として対価をいただいていますので、プロと言われても仕方ないと思います」

それを聞いて弁護士と副学園長は顔を見合わせた。副学園長が頷くと再び弁護士が口を開いた。

「刑事課長の話では、初等科副科長が激高した原因は、医事課長に危機管理的立場から副科長には話をすることができない……というようなことを言われたためということでしたが、それは事実ですか？」

「それは僕の指示です。危機管理の基本中の基本ですから」

「基本中の基本？　副科長ではだめだったわけですね」

「単なる学校内で発生したケガの治療ではありません。事案の内容から学園側の窓口は副学園長もしくは初等科長の責任ある者以外は受けない。これが危機管理の基本から導き出した僕の考えです」

「副科長は学園長の親族なんです。学園としては責任ある者と認識しています」

「親族だから責任ある方なのですか？　そんな責任ある方の態度とは思えませんが、これも公判廷で明らかになることだと思います」

「公判廷……といいますと、起訴が当然ということですか？」

「当然でしょう。単なる暴行罪ではありませんし、病院という体調不良の方が決して好んで来るような場所ではない、デリケートな環境の中で行われた行為ですからね」

廣瀬の弁に弁護士は言葉を失っていた。

「ところで、お話は他に何かあるのですか？　不思議なことに児童のご家族が未だにいらっしゃらないのですが、連絡はついているのですか？」

廣瀬の質問に副学園長が答えた。

「ご両親は今、出張先の北海道からこちらに向かっている途中のようです。ご両親以外のご親族を承知しておりません」

「そうでしたか。学園から担任の先生も保健室関係の方もいらっしゃらないので心配しておりました」

「学園サイドとしても対応に苦慮しているのが実情です。これから緊急理事会、明日午前中には初等科の保護者会を開催することになっております。また、いじめの実態調査も行わなければなりませんが、残念なことに当学園には危機管理担当がおりません」

「弁護士さんとよく相談した方がいいでしょうね。県の教育委員会だけでなく、文科省からも問い合わせが来ることでしょう。第一回目の記者会見を開くタイミングも極めて重要ですからね」

廣瀬は二人に不祥事案が発生した際の危機管理の「いろは」をさりげなく伝えると、今後、学園、警察双方との窓口に自分が就くことを伝えて二人を帰した。

児童は一命を取り留めた。

川崎殿町病院から神奈川県警を経て科警研に送られた、自殺未遂少年の身体に関する詳細なデータは、目に見えなかった事実を次々に明らかにしていた。

さらに神奈川県警も「児童虐待対策班」まで投入した厳しい捜査を行っていた。当然ながら、マスコミも、この事案を学校だけでなく児童の家庭から父親の会社まで追い続けていた。

児童の背景は複雑だった。父親は大手企業の管理職だったが酒乱だった。酒乱とDVは、暴行に関する故意の存在の有無によって異なってくる。父親には妻に対する意識的なDVというものはなかったが、職場のストレスから酒が過ぎた際に無意識に暴れることがあったようだった。このため、宴会を伴う出張の際には妻が同行していた。児童の身体に残された打撲のうちの半分は父親の酒乱の影響から家庭内で起こったものだった。

他方、学校内のいじめは陰湿で一年以上繰り返されており、見て見ぬふりをする者も多く、結果的にクラス中の者が加担していたといってよいような実情が明らかになっていた。当初、担任はいじめの存在を否定していたが、児童の証言で、担任が何度か笑いながらいじめている者を注意していたことも明らかになった。

逮捕された副科長は起訴勾留され、その後保釈されたものの、過去に傷害の前歴が二度あったことから、執行猶予がつかない実刑判決が確定した。

一連の騒ぎが収まった時、住吉理事長が第二理事長応接室に廣瀬を呼んだ。

「廣瀬先生、今回もいろいろと大変でしたね」

「酒乱の父親は専門の病院で治療を始めることになりました」

「それは廣瀬先生が紹介したんでしょう？」

「酒乱は一種の病気ですから、早期治療が必要なんです。酒乱予備軍は一般社会には驚くほど多いんですよ。それも地位も名誉もある人に多いんです」

「私も気を付けなきゃなりませんかな。学校の方はどうなりましたか？」

「川崎総合学園の理事長も自らの任命責任や、その後の学校内の問題が噴出したことで、マスコミからさんざん叩かれた挙句に、ようやく責任を取って辞任しました。品格あるリーダーの輩出は、ずいぶん先のこととなりそうです」

「子どもたちの将来がかかっているわけですからね。いい学校に生まれ変わってもらいたいものです。ところで、そろそろ、補佐役というよりも、本来の院内刑事を登用した方がいいのではないですか？」

「僕もそれを考えて、現在、神奈川県警の警務部長に相談しているところです」

院内刑事とは、病院内に設置された院内交番と呼ばれる様々な相談や苦情を受理する場所で勤務する職員のことである。

元々は医事課の課員が対応していたが、外来にはモンスターペイシェントが、病棟には様々な形の院内暴力が横行するようになると医事課員では対応できなくなっていった。

これは川崎殿町病院だけでなく都内、神奈川県内で開業している多くの病院にも共通する傾向で、これを受けて各病院は警察ＯＢを採用してその対応に当たるようになっていた。このシステムを初めて提唱したのが警視庁を辞めて危機管理会社を設立した際の廣瀬知剛で、東京都総合病院協会で講演した時だった。

「警務部長というと県警のナンバーツーですね。ご存知の方なのですか？」

「昔、一緒に仕事をしていた仲間です。これまでのような定年退職者ではなく、中途退職希望者の中から優秀な人材がいないか、調べてもらっています」

「廣瀬先生のような方ですか？」

「とんでもない。フットワークの軽さと、広い常識、深い良識を兼ね備えた人物を探してもらっています」

「そういう方がお辞めになるものでしょうか？　廣瀬先生は別として……ですよ」

住吉理事長が苦笑いをして言った。

「警察には二とおりのタイプがあります。階級意識が高い人と、仕事に惚れる人です。中には双方を兼ね備えた人物もいるわけで、そういう人が上に行ってくれれば組織は安泰なのですが、たまに階級意識ばかり強い人が上司にいると、良識ある人材は組織を嫌になってしまうものなのです」

「すると、有望な人材が流出してしまう……ということですか？」

「そういう人を探しているんです。警察組織としては実にもったいない話なのですが、警視庁時代にも有望な人材を何人か失ったのをこの目で見ていますから」

「そうでしたか。その件もまた廣瀬先生にお願いするしかありませんが、よろしくお願いします」

「承知しました。それから、院内の看護師の中から院内刑事担当の方が欲しいのです」

「一般職員ではなく、看護師から……ですか？」

「はい。一般職員は患者と直に接する機会がありません。看護師は患者も医師も、職員も全て見ています」

「誰か思い当たる人がいるのですね」

「一人、目を付けている看護師がいます」

廣瀬が答えると住吉理事長が笑顔で答えた。

「わかりました。廣瀬先生にお任せします。どうです、久しぶりに一杯やりませんか？」

住吉理事長はソファーから立ち上がると自席の後ろのマホガニー製の戸棚を開けてバカラのロックグラスを二つ取り出した。さらに隣の戸棚の下にある冷蔵庫からアイスキューブをアイスペールに入れてソファーに運んで訊ねた。

「さて、何を飲みましょうか？」

「理事長にお任せします」

廣瀬が答えると住吉理事長は笑いながら言った。

「私が廣瀬先生にお任せしてばかりですから、ここは廣瀬先生に選んでいただきたいところなんですが……」

そういって、もう一度自席に戻ると、デスクの引き出しから無色の酒の瓶を取り出して言った。

「これは私が時々隠れて飲んでいる芋焼酎なんですけどね。四十四度あるんですよ」

「ほう。焼酎のアルコール度数の限界が四十五度だと聞いていますから、相当な職人が造った酒なのでしょうね」

「廣瀬先生のようなカミソリとはいきませんが『刀』という酒です」

笑いながらソファーに着くと、大きめの氷をグラスに入れ、無色の液体をこれに注いだ。二人でグラスを軽く合わせた。廣瀬がグラスに顔を近づけ、香りをかいで言った。

「いい香りですね」

そして一口、口に入れ、ゆっくりと舌の上で酒を転がした後、静かに咽喉に流し込んだ。鼻腔に戻ってくる酒の香りを改めて楽しんだ後に言った。

「見事だ。これを隠れて一人で飲んでいたのですね」

「先日、台湾に出張した際に、帰りの飛行機の中で買い求めたんですよ。いつか一緒に飲みたいと思いながら、その機会を逸していただけなんですよ」

住吉理事長が笑って答えた。

第一章　働き方改革

「廣瀬先生、人事課の採用が大変なことになっております。お知恵を拝借できないかと思いまして……」

医療法人社団敬徳会川崎殿町病院の二階にある医療法人社団常任理事の廣瀬知剛の部屋にある応接セットで、病院事務長の戸田修三が額に流れる汗を拭きながら申し出た。

「人事課の採用ならば総務部長案件じゃないのですか？」

「総務部長もお手上げ状態なんです」

「厚労省キャリア出身の澤内総務部長がお手上げ……ですか？」

「はい。今回の募集は救急医療と心臓外科、循環器外来、そして産科の医師、さらに産科の助産師と看護師は医療安全管理者資格を持った者に限定したのですが、医師だけで四十五人、助産師・看護師は五十人を超える履歴書の提出があったのです」

「医師が四十五人というのは驚きの数字ですね」

「上は五十歳から下は三十六歳まで、有名大学病院の教授までいるのです」

「それぞれの経歴に関するビッグデータ活用結果はどうなのですか？」

「それが、ほんの数人を除けば、それなりには優秀な人材なのです」

「やはり働き方改革に起因しているのかな……」

「働き方改革……ですか？」

「おそらく澤内総務部長がお手上げ状態で悩んでいるのは、古巣の意向を尊重しなければならない……という使命感に苛まれているからではないですかね」

「どういう問題点があるのですか？」

戸田事務長は身を乗り出して訊ねた。病院事務長は病院経営の現場責任者である。病院内の事務に関してはプロ中のプロであるが、こと法律、行政関係の知識に関しては、やや弱点と言える部分があった。しかも、医療法人社団敬徳会は政府とのつながりがある以上、法制化された働き方改革に関しては、経営陣の中心的存在の一人として率先して取り組まなければならない案件だった。

「働き方改革は、現政権の一億総活躍社会実現に向けた最大のチャレンジであることはわかっているんですが、共産主義ではあるまいし、そこまで国家が介入しなければならないのか疑問に思う面も多くあるのは事実です」

正式名称「働き方改革を推進するための関係法律の整備に関する法律」について、その「働き方改革の基本的な考え方」として厚生労働省は、「日本が直面する『少子高齢化に伴う生産年齢人口の減少』、『働く方々のニーズの多様化』などの課題に対応するためには、投資やイノベーションによる生産性向上とともに、就業機会の拡大や意欲・能力を存分に発揮できる環境をつくることが必要」としている。このためには「働く方の置かれた個々の事情に応じ、多様な働き方を選択できる社会を実現することで、成長と分配の好循環を構築し、働く人一人ひとりがより良い将来の展望を持てるようにすることを目指」すというものである。

「確かに国が企業の業務運営に口を挟むのは行きすぎだとは思いますね。しかし、法律で決まった以上、理事長の立場も勘案して、われわれが率先してやらなければならないのも事実ですよね。具体的に何から手を付けていいものか総務部長とも話をしていたところなんです」

これを聞いた廣瀬は法律を学ぶ学生に教えるかのように順序立てて話をした。

「うちの医療法人の場合、第三の柱と言われている『雇用形態にかかわらない公正な待遇の確保』の面はほぼ関係ないと思いますが、重要なのが第二の柱とされる『長時間労働の是正、多様で柔軟な働き方の実現』という部分です。その中で『時間外労働の上限規制の導入と長時間労働抑制策・年次有給休暇取得の一部義務化』は問題ないと思うのですが、『勤務間インターバル制度の普及促進』が問題になると思うのです」

「勤務間インターバル……ですか？」

「労働者が十分な生活時間や睡眠時間を確保して、ワーク・ライフ・バランスを保ちながら働き続けることを可能にする制度……ということになっています」

「それは過労死対策のようなものですか？」

「そうですね。大手企業での過労死問題が大きな原因の一つだったと思います。大手企業の中には国会議員や有力個人企業経営者の子弟を縁故採用で採っているところがありますからね。往々にして、そうやって採用された連中は出来が悪いのが多いので、その負担は一般採用された能力ある者に掛かってくるのが常です」

「そう言えば、大手広告代理店や放送局にも国会議員の子弟が多かったような気がします」

「そう。その中には覚醒剤に手を出して自殺したなんていう子弟もいましたし、それを苦にして議員まで自殺した……なんてこともありましたからね」

「そうだったのですか？　それは企業の責任ですよね」

「そういう体質でも生きてこられた企業も、これからそろそろ内部で淘汰される時代がきたと思います」

「国会議員子弟の就職先一覧……なんて記事を出したら面白いでしょうね」

「企業だけでなく、大学までエスカレーター式に上がることができる私立の学校の中にも、そういう風潮があるところも多くあって、いじめや、不正の温床になっているのも事実ですからね」

「そういうところにも問題があるのですね」

「私立だけでなく、天下の東大出身のキャリア官僚だってそうでしょう。お勉強はできたかもしれませんが、そこに人格形成が伴わないまま組織が甘やかしてしまう。最近、問題を起こす国会議員の多くがキャリア官僚出身ですからね。霞が関も職員の育て方に気を付けないと、今に国が滅びる最大の原因になってしまいますよ」

「それよりも、今はうちの病院の問題が先決ですよ」

廣瀬のいつもながらの、話題が横道に逸れるのを聞いて、戸田事務長は両手を合わせて拝むかのように懇願にも似た態度で廣瀬に言った。戸田事務長も普段はこの脇道の話が重要であることをよく知っていたが、この日ばかりは、ややパニックに陥っていた様子だった。

「まず、公立病院や大学病院、さらに看護大学を持つ病院から移籍を希望する医師は部門別に振り分けて、年齢を絞り込みましょう。今回、最も欲しいのは救急医療部門ですから、ある程度の経験は必要ですが、現場の雰囲気から勘案して、何と言っても若さが第一でしょう」

「おっしゃるように大学病院からの移籍希望者が多いのですが、何か原因があるのでしょうか？」

「当直問題が一番でしょう。今回の働き方改革によって、助手も教授も、労働に関しては対等の関係になってしまいます。実力ある教授や准教授は『やってられない』気分になってしまうでしょうね」

「そういうことでしたか……そうすると、教授、准教授の区別なく採用年齢は四十歳未満……ということにしますか？」

「救急医療現場に博士号は必要ないと思いますからいいでしょうが、心臓外科と産科は四十五歳くらいまでは許容範囲なのではないでしょうか。総務部長は厚生労働省と言っても旧厚生省出身で、旧労働省が決めた今回の働き方改革には疑問も持っていらっしゃるのだと思います。院内の情勢に応じて、必要な部署に有能な人材を獲得する……という方針を貫けば、たとえ移籍希望者が日頃から世話になっている大学病院であろうと、対応は可能ではないかと思います。希望退職者が多い大学病院にこそ、働き方改革が求められているのだと思えば、少しは楽な気持になるのではないですか？」

廣瀬のアドバイスを受けて憑き物が落ちたような顔つきになった戸田事務長は、ようやくソファーに深く腰を下ろして話し始めた。

「最近、産科も大変なようで、救急搬送されてくる産科の患者まで出てきています」

「それは出産で……ということですか？」

廣瀬は初めて聞く話に驚いて訊ねた。

「そうなんです。特に外国人女性が切迫して運ばれてくることがあって、人の生命、身体に関わることなので、救急隊にも産科は専門の公立病院に搬送するよう依頼しているのですが……」

「それでも来てしまう……ということですね」

「消防庁に何度言ってもダメなんです。今のうちの病院は助産師が有能なので何とか切り抜けていますが、今の人員では足りません。そして産科にはもう少ししっかりした医師がいた方がいいと思うんです」

戸田事務長の言葉に廣瀬も頷いて訊ねた。

「産科の救急外来の件は僕からも消防庁に申し入れておきましょう。困った時の川崎殿町病院も診療科目を考えてもらわないと、大変なことになってからでは遅いですからね」

「よろしくお願いいたします。医師不足で困っている病院が多い中、希望者が多過ぎるというのは贅沢な悩みなのでしょうが……」

「僕が医者だったとしても、この病院で勤務をしたいと思いますからね。理想の病院像に一歩ずつ近づいているのは確かですから」

「廣瀬先生の理想は本当に高いですから、理事長も安心されていらっしゃるんです」

「病院経営の理想と現実に乖離(かいり)があってはなりません。そのためには経営者だけでなく、勤務する人、そして何よりも、この病院を選んだ患者さんの立場を最も重視しなければなりません」

「とはいえ、二十七もの診療科目を抱えた個人病院は日本でも有数なのですが、様々な立場から高い評価を得ているだけに、患者さんも全国から集まっていらっしゃいますからね」

「患者さんの立場を考えても、一般の紹介状だけでは診療をお受けできない場合がある心苦しさはありますが、これは決して格差を求めているわけではないこともご理解いただくしかないですからね」

「その点に関してのみは、ネットでもいろいろ言われているようですが、やむを得ないことと考えるようにしています。ただ救急医療における時間外労働上限規制と応召義務の調整が問題になっています」

応召義務は、「診療に従事する医師は、診察治療の求があつた場合には、正当な事由がなければ、これを拒んではならない。」と医師法第十九条で定められた義務のことである。

応召義務が成立したのは、一九四八年の医師法制定時に遡る。当時は戦後の医療供給体制の量的確保が進められていた時期で、医療機関相互の機能分担や連携による医療供給体制のシステム化が行われていなかった時代だった。

その時代背景の中で応召義務は医療の公共性と独占性を背景とした倫理規定的なもので、医療の十分な提供体制がない中「医師個人に応召義務を課すことで国民の要求に応えようとしたもので、当時としてはそれなりに意義はあっただろうが、現代では状況が大きく変わっている」「時代に合わないものになっている」と主張する声も大きい。

「応召義務の問題は真にやむを得ない急患を除いては、民間病院の場合には規制がある程度緩和されているはずです。全国からわざわざ紹介状をお持ちいただいても、直ちに対応することができないことは各医療機関に周知徹底していますし、全国の医師会に対しても申し入れをしています。中にはうちの病院をターゲットにして、患者を送り込もうとしている病院があるのも事実ですからね」

「紹介状があっても、うちのホームページで予約を入れなければ受診できないシステムを理解していない高齢の患者さんがいることも確かです」

「それは国立病院の中でも癌治療で有名なところでもやっていることです。様々なルートを使って特定の教授に診てもらいたい患者さんは多いですからね。命に関わることですから、私もご本人が納得できるようにして差し上げたいのはやまやまですが、うちの心臓外科や脳神経外科同様、一人の医師に数千人の方が受診希望を出されても、物理的に不能であれば仕方がないのです」

「本当に様々なルートからの申し込みが来ますからね。廣瀬先生の方針で、原則、国会議員からの紹介はすべて却下しているのも仕方がないです」

「国会議員に頼めばなんとかなる……という、浅はかな考えを持つ患者は病院内でも職員に対して同様な態度をとることをよく知っています。選挙の道具に病院を利用するような議員も議員ですけどね」

「衆参の厚生労働委員会に所属すると、病院は何でも言うことを聞くと勘違いしている議員が多いのも事実です。電話で『理事長に直接つなげ』と言ってくる議員も何人もいますよ」

「勘違い議員ですね。そういう連中はきっと違うところでも同じようなことをしているでしょう。必ずどこかで炎上することになるでしょうね」

「炎上……ですか？」

「酒、金、女……最近は女性議員にも変なのがいますから、ちょっと言い方が難しいですね」

廣瀬が笑って言ったので戸田事務長も頷きながら答えた。

「ああいう議員を選んでしまった選挙民も情けなくなるでしょうね」

「比例の場合は組織を代表している場合が多いので、あまり変な議員は出てきませんが、選挙区の場合には選挙区の住民の資質が問われることになってしまいますからね。そんな議員を選んでしまった政党の選挙区担当者は針の筵（むしろ）状態でしょうね。与党の場合、所属する派閥の長も頭が痛いようですよ。ちょうど、部下が不祥事を引き起こした際の道府県警本部長に出世の目がなくなるのと同じようなものです」

「警察でもそうなのですか？」

「よくニュースになるでしょう？　警察官の不祥事が……。東京の場合には、階級的には更なる出世がないので、処分に関して不公平と言えば不公平なんですが、よく、そこまで辿り着いた……ということで許されてしまうようですね」

「東京というと、警視庁のトップの警視総監のことですね。警視総監と警察庁長官はどちらが偉いのですか？」

「行政組織構成の立場から言えば、警視庁も道府県警と同じ警察庁の傘下に入るわけですから、警察庁長官の方が上位になりますが、階級的には警視総監がトップですからね。警視総監というのは職名と階級が同じなんです。警察庁長官は階級的には警視監まではなっていても、その上に上がることができなかったわけです」

「なるほど……」

「キャリアの人気投票をやったら、七割が警視総監が上だったようです」

「そんな人気投票もやっているんですね」

「僕はノンキャリでしたから、キャリアの友人から聞いた話ですけどね」

「警察だけでなく、役所の世界のキャリアとノンキャリの差というのは大きいものなんでしょう？」

「そうですね。特に警察は階級社会ですから、その差は歴然としています」

「それでも廣瀬先生は警視まで昇られていたのでしょう？」

「辞める時は警部だったのですが、警部を五年以上やったので任警視というおまけをつけてくれただけのことです」

「でも警部になるのは大変なんでしょう？」

「ノンキャリの楽しみの一つは下剋上があることなんです。昇任試験さえ合格すればいいわけですからね。かといって、いくら階級が上がっても実務を知らなければ意味がない。早めに警部補になって、本部で実務と経験を積んでおけば多少の苦労はしても警部で実力を発揮できますからね」

「階級を上げる試験はどこまであるんですか？」

「警部までですね。警視試験というのもあることはあるのですが、警視庁の場合には警部の階級に二段階あって、管理職試験に受かって管理職警部になれば、半年でほとんどが警視に昇任します」

「廣瀬先生は管理職試験に受かったのですか？」

「警部の実務五年で受験資格を得ますから、一応合格しました。警察署に課長職として出るタイミングで辞職したんです」

「お辞めになったのは、おいくつの時だったのですか？」

「四十三です」

「すると三十八歳で警部だったわけですよね。早い方ですよね？」

「いえいえ、そうでもないですよ。僕の同期生の出世頭はすでに副署長になっていますから、今のまま無事に行けば現職中に警視監になるでしょう。そうなるとキャリアと同階級ですからね」

「そんな人がいるんですか？」

「過去に警視庁で二人います。おそらく全国の叩き上げ警察官で警察庁に永久出向した人を除けば、その二人しかいないと思います。県警本部長の階級が警視長というところも、いくつもあるくらいですからね」

廣瀬の言葉に戸田事務長は興味を持った様子で、身を乗り出しながら応じた。

「それは確かに面白い下剋上ですね」

「キャリアにはない楽しみかもしれません。キャリアの一年の年次は組織にいる限り滅多に逆転することはありません。警視総監ポストで、過去に二度、後輩が先に就任して、先輩が後を引き継いだことがありましたけどね」

「過去にたった二度しかないんですね……」

「ですからキャリアの皆さんは先が見えやすいんです。二十数人の同期生の中からトップに上り詰めるのは原則一人だけ。時には全滅する期だってありますからね」

「キャリアといっても厳しい世界なんですね」

「もともと上昇志向が強い人がなりたがるのが官僚でしょう。中には高い志を持っている方もいますが、権力志向ばかりが強い方も多い。その中で出世レースに落ちこぼれた者が国会議員になってしまうと、最悪の結果を招くことになるんです」

戸田事務長は我が意を得たりというように手をパンと叩いて言った。

「なるほど……よく見かけますね……そういう議員に限って辞め時を知らないんですよね」

「職業的国会議員になってしまうと、辞めた後は単なるプータローですからね。辞めるに辞められない……というところなのでしょう」

「国会議員を辞めさせる法律がないというのも変な話ですよね。リコール制度さえないのですからね」

「そんな輩（やから）が議員になるという想定がなかったのでしょう。特に国会は自由の府の代表格でしたから、言論の自由が最大限に保障される場でなければならない……という自由民権運動の負の遺産だったのかもしれません」

「やはり、負の遺産ですか？」

「想定外という言葉が流行(はや)った時期もありましたが、明治のご時世から見れば、今の時代は全てが想定外かもしれません」

「そうですよね……国会議員の資質もだいぶ落ちてきたような気がします」

「それは決して国会議員に限った話ではなくて、民間のトップにしても、大物がいなくなった感は強いですね」

「民間の大物といえば、かつては戦中派と呼ばれたような、戦争の荒波を乗り越えてきた人が多かったですよね。その時の日本の隠し財産と言われている『M資金』なんていうのに未だに騙される人も多いようですからね」

戸田事務長が言うと廣瀬も頷きながら答えた。

「よくご存知ですね。手を替え品を替え、大口詐欺の定番となっている詐欺の原資にあたるものなのですが、この手の詐欺は実に巧妙というか、すでに没落した財閥関係者や、海外の著名な資産家一族が介入してくるものだから、日本国内のマスコミや知識人と呼ばれる人までコロッと騙されてしまうんです」

「マスコミも……ですか？」

「それも超一流の出版社でその中でも有名な実力者が編集長になっていても、結果的に詐欺の片棒を担がされてしまっているのが現実です」

M資金とは、連合国軍最高司令官総司令部（GHQ）が日本占領の際に接収し、現在も極秘に運用されていると噂される秘密資金である。

降伏直前に日本軍が東京湾の越中島海底に隠匿していた大量の貴金属地金が、一九四六年に米軍によって発見された事件などが、M資金の存在に真実味を持たせることとなった。

「そんなに簡単に騙されるものなんでしょうか？」

「つい最近も若い芸能人が騙されていますからね」

「昔も超有名人が猟銃自殺した原因がM資金だったという話を聞いたことがありますが、芸能関係者が騙されやすい詐欺事件なんですか？」

「とんでもない。著名な企業や実業家もこの詐欺に遭い、その被害を企業の不祥事としてフィクサーが暗躍することもあったんです。その結果として現職首相が関与した疑惑から辞職につながったこともあったのです」

「それは、背後に大きな組織が介在している……ということですか？」

「決してそういうわけではありません。ただ、M資金詐欺の場合、金額が億を超えた兆の単位になってしまいますから、一般的には受け入れがたいのが特徴です。M資金詐欺で数億円なんていうのは、オレオレ詐欺程度の特殊詐欺と同じですよ」

「オレオレ詐欺ですか……これもなかなか減らない事件ですよね」

「犯人が親族を名乗って詐欺被害に遭ってしまう場合には、被害者には申しわけないけれど、家族間のコミュニケーション不足が原因にあると思います。オレオレ詐欺は一種の名簿詐欺のようなもので、犯人グループはこれまた、手を替え品を替え人の心の隙に付け込んできます。警察も全ての被害者データを、ＡＩ等の有効活用によって分析することで先手を打つ手法を試してみないとだめですね」

廣瀬にしては珍しい警察批判とも思える発言に戸田事務長が訊ねた。

「そういうことができるのですか？」

「そこがこれからの特殊詐欺対策だと思っています。これまでのような刑事事件捜査ではいつまで経っても犯罪の後追いしかできませんからね」

「それは廣瀬先生がいらっしゃった公安との捜査手法の違いなのですか？」

「公安捜査は全て情報から入ります。情報収集と分析が公安警察の命なんです」

廣瀬の言葉に戸田事務長は二度頷いて話を始めに戻した。

「今日もいろいろとご教示いただきありがとうございました。採用案件に関しまして、最終面接前にもう一度廣瀬先生にご報告に参ります」

「採用時の最終チェックは私の仕事ですから、よろしくお願い致します」

戸田事務長が席を離れると、廣瀬は卓上の電話を取った。

第二章　体制強化

「藤岡さん、先日相談させていただいていました院内刑事の件はどうなりましたでしょうか？」

「廣瀬さん。何人か、いいのがいるんです」

「それはありがたい。近々、お邪魔したいと思いますが、日程をいただけますか？」

廣瀬の電話の相手は神奈川県警のナンバーツーにあたる藤岡智彦警務部長だった。

藤岡警務部長はキャリアで警視長に昇任して六年目だった。彼の同期には警察庁では長官官房総務課長、会計課長、交通局交通企画課長、警備局公安課長等のトップクラスと、警視庁では警備部長と交通部長がいた。藤岡警務部長は彼がまだ警備企画課第一理事官当時、廣瀬が出入りしていた第二理事官である〝チヨダ〟の校長を通じての付き合いがあった。神奈川県警は警視庁、大阪府警に次ぐ、地方警察第三位の規模である。しかも大阪府警同様、不祥事も多発していたが、その原因は大阪府警とは違っていた。その理由をよく知っている廣瀬は、様々な相談をする際に最も気を使うのが、誰に連絡を付ければいいのか……ということだった。

藤岡警務部長は廣瀬よりも三歳年下で京都大学法学部出身だった。警察庁キャリアも最近は東大一辺倒ではなく、京都大学の他、私立大学も何人か採用されていたが、組織のトップファイブに就くのは東大と京大で九割を占めていた。

藤岡警務部長は、直近では翌日の午後一番を指定してきたため、廣瀬はこれを了承した。

翌日、廣瀬は横浜市（よこはまし）中区（なかく）海岸通（かいがんどおり）にある県警本部を訪ねた。県警本部庁舎は二十階建てで、警務部長室は県警本部長室と同じ十六階にあった。

「警務部長はどうですか？」

「廣瀬さん、その敬語はやめて下さいよ。今までどおりのお付き合いをお願いしますよ」

藤岡警務部長は額の汗を拭きながら、懇願するように言った。

「僕のような地方警察の中途退職者の立場の者が、県警のナンバーツーの方にタメ口は利けないでしょう」

「何が中途退職者ですか……知っていますよ。今でも官房副長官の御庭番をやっておられるんでしょう。国内最大級の総合病院の危機管理担当という見事な隠れ蓑を使っていろんなところで動いていらっしゃることは、うちらの身内の中では有名なんですから」

「いろんなところ？　病院の危機管理に関わるところだけですよ」

「官邸も……ですか？」

「官邸には個人的な案件でしか行っていませんよ」

「ほらね。官邸に個人的な案件で行く警察ＯＢがどこにいるんですか。官房長官、官房副長官のお二人とも現役時代から仲がいいことだって、みんな知っていますよ」

「その『みんな』は余計ですよ。お二人とも神奈川県つながりじゃないですか」

「だから、本部長も廣瀬さんには注目していらっしゃるんですよ。国政だけでなく知事や市長だってツーカーなんでしょう？」

「それはあくまでも個人的なつながりで、たまたま民間人だったお二人を存じ上げていただけですから」

廣瀬は釈明すればするほど藤岡が遠慮してしまうことに気付いて言った。

「今の医療法人に入ったのはたまたまのご縁だったんですよ。僕の祖父が医者だったこともあって、そのつながりだけです。僕を見守って下さった警察幹部の皆さんは、残念なことに皆、若くして他界されています」

「そう言えば、公安のエース、いや、警察のエースと呼ばれた高橋さんは、警視庁をお辞めになった廣瀬さんの後見人を自負されていらっしゃったと、先輩から聞いていました。私なんて直接話をする機会もなかった方でした」

「僕も高橋さんに対して、今でも恥ずかしい生き方だけはしないように気をつけています。あの方に会わなければ今の自分はなかったと思っています」

「高橋さんは永遠に廣瀬さんの心の中に残っていらっしゃるんですね……なんだか、心を打たれます」

「僕にとって、今の仕事は、いわば恩返しのようなものです。早くこの世を去った恩人のお気持ちに報いたい一心なんです。ですから、うちの理事長にも感謝していますし、最近、五十を前にして、少しずつですが、思い描いていた幸せを手にしていると思いますよ」

「それはなかなか口には出せない言葉だと思います。早速ですが、川崎殿町病院に県警OBを採用していただくことは、人事課としても非常にありがたいことです。ただ、これまで三人を引き受けていただきながら、皆、何らかの問題を引き起こしてしまい、人事担当者も気兼ねしているようでした」

「僕自身ももう少し注意していればよかったのですが、組対部門の出身者は難しいですね」

「申し訳ありません。事件捜査の過程で癒着が生じていたことに関して、組対部長をはじめとして担当幹部にも厳しく指導をしています」

「これはおそらく氷山の一角だと思っています。公安とは違い、刑事の世界は妙な徒弟制度のようなものが残っていますからね。悪しき伝統をそのまま踏襲してしまうと、易きに流れる傾向があります」

「それを言われると辛いものがあります。現在、監察にも同様の指摘が届いている様子で、本部内の各課でいくら是正しても、所轄で残ってしまっているのです。しかも、組対部だけでなく、刑事や生安にも広がっていることがわかっています」

「根が深いのですね……何といっても『不祥事隠蔽マニュアル』と称する手引書が配布されていたことが露見して、日本の警察史上前代未聞の本部長引責辞任となったこともありましたからね。さらには、神奈川県警の人事をぶち壊した、かつての本部長人事が、未だに影響しているのでしょう？」

「さすがによくご存知ですね。刑事部と警備部の目に見えない抗争が払拭できていないのです。さらには警務部内でも管理官の自殺事案が起きていますから、禍根を残したままなのです」

「本部長から職員の面前で、直接『お前なんか死んでしまえ』と言われて、翌朝自殺したのですからね……」

「それもありましたし、霊感商法事件で現職警視が逮捕されたことも、捜査の長期化と共に芋づる式に捕まった県警警察官の問題もありました。当時、神奈川県警のキャリア不信は極限まで行っていたようですからね。一朝一夕に解消できるものではないことは未だに痛感しています」

「それでも、最近はようやく組織ぐるみと言われる事案がなくなっただけでも浄化作用は進んでいるのかな……と思いますけどね。それで、当院を希望されている職員の方の情報ですが、どういう職歴の方ですか？」

廣瀬がようやく本題に入った。藤岡警務部長はようやく平静を取り戻したように軽く咳払いをして答えた。

「先日のお話の通り、今回ご紹介したいと思っているのは退職者ではなく、現職警察官なんです」

そこまで言って藤岡警務部長は脇に置いていたバインダーからクリアファイルを取

り出して、その中から人事記録を取り出して廣瀬に示した。

「現職警察官の人事記録を閲覧してよろしいのですか？」

「人事記録といっても、最低限の人物評価ができる職務経歴と昇任試験成績、勤務評定のみ記載したものですから大丈夫です」

廣瀬は人事記録を手にして言った。

「五人もいらっしゃるんですね」

「その中からお選び下さい。私もひととおりチェックしておりますし、人事課も厳正に審査したようです」

廣瀬は五人の記録をまるでフォトリーディングするかのような速さで確認して答えた。

「全員が本部勤務員、しかも公安経験がある警部補ですが、どうしてこのような方々が職を辞そうとされているのですか？」

「四十四歳から三十二歳までで、最年少の女性警察官は産休明けということもあって、現在の職場にはやや馴染めなかったようです。彼女の夫は警務部の警視で優秀な人材です。夫も彼女の離職には積極的に同意しています」

「四十四歳の方よりも四十一歳の方の方がフットワークがよさそうな感じですね。巡査部長で公安課にいながら警部補でサイバーセキュリティ対策本部というのが面白い。もう一人三十七歳の方も外事課と危機管理対策課を経験していますね」

「よくそこまで記憶できるものですね。久しぶりに廣瀬さんのフォトリーディング技能を見ました」

「これはフォトリーディングなどというものではなくて、単なる速読ですよ。ぜひ面接してみたいのですが……」

「今日やってみますか？」

廣瀬は藤岡警務部長の提案に「さすが……」と思いながらも、一応確認をしてみた。

「今日の今日で大丈夫なのですか？」

「一応、五人全員に待機を命じておきました」

「ありがとうございます。せっかくですから五人全員とお会いしてみましょう。一人十分ずつ、どこか個室をお借りできますか？」

「私の部屋を使ってもらって結構です」

「警務部長室では先方が緊張してしまいます。どこか小会議室のようなところがあればありがたいのですが」

「では二十階にある小会議室を手配しましょう。被面接者同士が鉢合わせしないように、十分ずつずらして呼びましょう」

定刻に四十一歳の野方修治（のがたしゅうじ）警部補が小会議室の扉をノックした。

「入ります」

警察らしい入室の挨拶を聞いて廣瀬は思わず微笑（ほほえ）んだ。廣瀬自身、この挨拶をして何度面接を受けたか、瞬時に思い出すことができなかった。

野方警部補は緊張の度合いが強かった。入室すると今度は部屋の内側のドアノブを両手で持ち、音を立てずに扉を閉めると、小角度の回れ右をして廣瀬に正対する。その場から五、六歩の位置に面接用のパイプ椅子が置かれている。野方警部補は右手と右足が同時に前に出た。二歩目でミスに気付いたようだったが、足の踏み替えができず、ぎこちなくパイプ椅子の後ろに立った。

「サイバーセキュリティ対策本部、野方警部補」

まるで昇任試験の面接官になったような錯覚を廣瀬は覚えたが、穏やかに微笑んで野方警部補に向かって言った。

「肩の力を抜いて、深呼吸をして掛けて下さい。僕はもう一般人ですから」

た。

「は、はい」

野方警部補はパイプ椅子の左を回って椅子の前に立つと、一度気を付けして座った。

「どうも初めまして。川崎殿町病院の廣瀬と申します。今回、当院の勤務をご希望されているということで、お話を伺いに参りました」

「恐縮です」

「いやいや、恐縮しているのは僕の方で、本来なら当院でお会いするのが筋なのですが、現職の警察官の、それも定年でもない方の転職の面談を県警本部内でやっているのですからね」

「私も昨日、担当上司から話を聞いて驚いております」

「野方さんに不利益が及ばないように警務部長も配意して下さるようですから、折角の機会です。忌憚のないお話を伺いたいと思います。早速ですが、当院を希望した経緯は何ですか？」

「はい。その前に現職を辞したい理由をお話しした方がよいかと思います」

「結構ですよ。どうぞ」

「自分は現在、サイバーセキュリティ対策本部で勤務しておりますが、決してコンピユータ分野が得意というわけではないのです。巡査部長当時、公安第一課でハイテク捜査に携わったことで、専科講習は受講しました。その後は独学でサイバー犯罪対応策を学びましたが、現在の職場には業界のプロと同等の知識を持った者が多くいます。現在の職場では浮いた存在になりそうでしたので転職を考えました」

「職場で浮いた存在……ですか？」

廣瀬は首を傾げながら穏やかに訊ねた。

「サイバー犯罪、最近特に増えているマルウェアを使った企業恐喝のような案件に関しては、相応の知識と技能が必要なのですが、私の能力では及ばないのです」

マルウェアとは、不正かつ有害に動作させる意図で作成された悪意のあるソフトウエアや悪質なコードの総称で、コンピュータウイルスやワームなどが含まれる。

「本部の警部補という立場は業務管理と人事管理の二つが求められると思います。野方さんは前者の中でも特殊部門は苦手かもしれませんが、その他の一般的サイバー犯罪や後者の面が優れているからこそ、組織が数ある人材の中から抜擢したのではないかと思います。マルウェアの中でもランサムウェアを使った企業恐喝を防止するのは、むしろ不可能に近いですし、その攻撃を受けた企業内にウイルスを手引きする職員の存在がある場合が多いと聞いています」

ランサムウェア（ransomware）とは、コンピューター内の重要なファイルを暗号化して、内容を読むことができなくする等の行為で被害者を困らせ、身代金（ransom）を払えば元に戻すと脅迫するマルウェアのことである。実際に身代金を支払っても、ウイルスが消滅することは極めて少ないと言われている。

「よくご存知ですね。しかし、中国からの攻撃は絶え間なく続いています」

「政府関係、中でも防衛や外務といった部門、さらには大手企業を中国サイバー軍が攻撃をしているのは知っていますが、発信ログを見ただけで中国から……と考えるのは危険ですよ。中国もそんなには暇じゃない。中国の『ネット藍軍』や『海南島基地の陸水信号部隊』のログを偽造している輩も多いですからね」

中国サイバー軍とは、中国の電子戦部隊で、主に中国人民解放軍総参謀部第三部二局中国人民解放軍六一三九八部隊を指す場合が多い。

「廣瀬理事長はどうしてそんなにサイバーテロのことをご存知なのですか？」

「うちの病院や医療法人も様々なところからサイバー攻撃を受けていますからね。ただし、サーバは外部との接点がないように設定していますから、今のところ実害はありません」

廣瀬はサラリと答えた。すると野方が訊ねた。

「ところで、私が貴院で働く場所はどういうセクションなのでしょうか？」

「えっ？」

廣瀬が一瞬驚いて続けた。

「僕からの最初の質問で、当院で勤務を希望した理由を訊ねたはずなのですが、勤務内容を知らずに希望を出されていたのですか？」

「貴院のように大規模ならば、お役に立つ部門があるかと思いました」

「なるほど……当院では院内交番という制度を作っております。患者さんだけでなく、職員も困りごとを相談できる部門です」

「すると交番同様、何でも屋でなければなりませんね」

野方が首を傾げて言った。

「そうです。しかも、当院の患者さんは幅が広いですから、警察ＯＢといっても、単なるオールラウンドプレーヤーでは困るわけで、警部補以上の方を求めている理由はそこにあります」

「専門分野は特には関係がない……ということですか？」

「本部勤務の警部補ならば、何かしらの専門分野は当然お持ちでしょう。それを活かしながらも患者さんや病院職員に寄り添う姿勢がある方を求めているのです」

「そんな人が実際にいますかね……」

　この一言で廣瀬は面接を打ち切ることを決めた。警察官としての基本的な資質にも欠ける発言だったからである。

「いて欲しいと思っています。他に何かご質問はありませんか？」

　廣瀬の問いに野方が訊ねた。

「今、世間では働き方改革が声高に唱えられていますが、貴院ではいかがなのでしょうか？」

「もちろん、実施できるところから始めています。ただ、当院は救急指定病院という一面も持ち合わせているため、職員に対しては時としてはやむを得ない負担がかかることがあります。警察でも特捜本部員に加わると週休二日を取ることができなくなる場合もありますでしょう？」

「なるほど……わかりやすい例えですね。本部員の場合、特捜から特捜への渡り鳥のように、休みを取ることができない部門もあるのです」

「それはサイバーセキュリティ対策本部のことですか？」

「全員がそうだということではありませんが……」

「病院でも自らの技能を高めるために、自ら望んで厳しい環境に身を置こうとする医師もいます。しかし、ある程度はその意を汲んでも、それが結果的に患者さんのためになるのかどうかを判断する責任者が、そのような行為を止めているのが現状です。管理者がしっかりしていなければ組織がもたなくなる。もし、県警内でそのようなことが常態化しているとなれば、全て警務部長の責任ですよね」

　警務部長という言葉を聞いて野方の顔色が変わった。

「いえ、警務部長はキャリアの殿上人(てんじょうびと)です。そんな責任を負わせてはいけません」

「では誰が責任を取るのですか？　上に立つものは責任を取るために上にいるんです。今の世の中、特に公務員の世界で殿上人などというものは存在しませんよ。たとえ、一族経営の企業であっても、そんな存在がいるようでは決して長続きはしない。むしろ、世間から淘汰されることでしょう」

　そこまで言って廣瀬は面接を打ち切った。野方は席を立つときも昇任試験の面接が終わった時のように節度ある敬礼をして、形どおりの退室をして行った。

　廣瀬は軽く溜息をついて野方の人事記録を茶封筒に入れた。

　その後、廣瀬が人事記録を見て一旦外した二人の候補者と面接を行ったが、結果は当初の目算どおり、意中の人物とはほど遠かった。

その五分後に現れたのは三十七歳の牛島隆二警部補だった。

ドアをノックし、廣瀬が「どうぞ」と答えたのを確認して「失礼します」と言って入室した。適度な節度を保ちながら椅子の後ろに立つと、彼は、

「牛島隆二、三十七歳です」

と言った。廣瀬は穏やかに「どうぞ」と言った。牛島は「はい」と軽く会釈をして左回りに椅子の前に立つと「失礼します」と言って着席した。

正対した牛島と目が合うと、廣瀬が訊ねた。

「どうも初めまして。川崎殿町病院の廣瀬と申します。今回、当院の勤務をご希望されているということで、お話を伺いに参りました」

最初の挨拶は口調も表情も変えないのが面接の基本だった。

「外部の方が庁内で、しかも辞職を前提とした職員の面接をされるのは初めてと聞き、正直なところ驚いております」

「そうでしょうね。僕も今日来てこういう状況になっていることを初めて知ったのです。僕自身も驚いているのですから、牛島さんもなおさらでしょう」

「私は昨日の夕方に上司から言われました。正直なところ、自ら職場を去ろうという者に対して、組織がここまで面倒を見てくれるとは思ってもいませんでした」

「確かに定年退職者の再就職あっせんとは違いますからね。それでも、いい人材だからこそ人事も気配りをしているのではないかと思いますよ」

「ありがたいと思っています」

「ところで、当院を希望された理由はなんでしょうか？」

「私は院内交番というシステムに興味がありました。病院というところは誰しも好んで行く場所ではないわけで、そこにいらっしゃる患者の方、家族の方の心情をおもんぱかると、藁（わら）にも縋（すが）る思いがあってのことだと思います。それ故に、心理的にも思わぬことを口走ったり、思わぬ行動を起こしてしまうことがあるかと思います」

廣瀬はゆっくり頷きながら言った。

「おっしゃるとおりです。警察と病院は一見違うようで似ている場所だと僕も思っています。誰しも好んで行く場所ではありません。それゆえ、これを迎える立場の者はこれを日常と考えてはならないというのが僕の持論でもあります。病院では患者さんと職員の意識の間に乖離があってはならない。常に患者さんや、そのご家族の立場にたった対応を心掛けるように指示をしています」

「私は現在、危機管理対策課で組織内の危機管理に携わっていますが、一口に危機管理といっても、危機管理とは何ぞや……という質問に正解を出すことができないような気がしています。それは組織を守るのが危機管理だと思っている方があまりに多いのが実情だからです」

それを聞いて廣瀬は笑顔で答えた。

「実は僕も院内の危機管理担当なんです。最初はマネージャーと呼ばれていたのですが、いつの間にか医者でもないのに『先生』と呼ばれてしまう、そしてそれに答えてしまう自分に自己嫌悪しています」

「でも、病院内で『先生』と呼ばれるのはお医者さんだけじゃなくてもいいんじゃないですか？　弁護士だって公認会計士だって、税理士だって先生と呼ばれています。教員はもちろんのこと、議員は国会から市町村議会にいたるまで先生と呼ばれていますし、作家も先生、講演をすると必ず先生です。人にものを教える立場をいつの間にか日本語では先生と呼ぶようになったのですから、嫌な気はしないのではないか……と思います」

「確かに先生という定義が曖昧ですし、夏目漱石のように、親しみやからかいの意を含めて、そう言った人がいたのも事実ですからね。それよりも、危機管理という概念は第二次大戦後に生まれた、比較的新しい分野ではありますが、学問的に日本で提唱されたのは、まだ三十年足らずのことでしょう。はっきり言えば、未だ確立されていない分野かもしれません」

「危機管理は概念なんですか？」

牛島が驚いた顔つきで廣瀬に訊ねた。

「そうですね。『危機管理に王道はなし』といわれるように、危機管理にも習得に都合のいい道はないわけで、危機管理とはクライシスマネジメント、リスクマネジメントの対処にかかる概括的で大まかな意味内容です」

「なるほど……確かにそうですね。まるで生き物を相手にしているのと同じですね」

「その理解でいいと思います。危機管理こそ、まさに組織の中では、幅広い常識と深い良識をもって人と接していかなければならない分野なのです」

「常識と良識……ですか……そうなのでしょうね」

牛島が二度ゆっくりと頷いた。これを見て廣瀬が訊ねた。

「牛島さんは、今のポジションに疑問を持っていらっしゃるのですか？」

「実は、今年、警部昇任試験に合格したのです」

「ほう、それなのになぜ？」

「私自身、転職は三十歳になった時から考えていました。ただ、高校時代に志を立てて警察官になった以上、最低でも警部になるまでは辞めない決心をしていました」

「試験にうかるのと、警部として仕事をするのは大きな違いがあると思いますよ」

「それも重々承知しています。ただ、これから警部として所轄に出て、再び本部勤務となる保証はありません。私の尊敬していた上司が、同じ警部でも所轄の課長と、本部の筆頭補佐では天と地の差がある……と言っていたのを思い出したのです」

「それは警視でも一緒ですよ。警視という階級ほど内部に差があるところはないでしょう？　警察署の課長から本部の課長まで同じ警視ですからね。これは内部の者にしかわからないことですけれどね」

「確かにそうですね……でも、ノンキャリ警察官にとって、最初の大きな目標が署長だと思うんです。ただ、私は警察官になって巡査部長になるまでキャリアという存在を知らなかったんです。神奈川県出身といっても、私は金太郎で有名な足柄山の麓で生まれ育った田舎者でしたから」

「警察官に生い立ちは関係ありませんよ。さらに言えば、大卒、高卒もあまり関係がない。昇任試験という一発逆転のチャンスが三回もある職場は他にはないでしょう」

「言われてみればそうですね。高卒の私が三十代で警部になる切符を手にできたのですからね」

「もう少し残ってもいいんじゃないか……とも思いますけどね」

廣瀬の言葉に牛島が反応した。

「川崎殿町病院の採用には最低年齢の基準はありましたでしょうか?」

「いえ、ありません。これまでは定年退職者の再雇用ばかりでしたから、たまにはもっとフットワークが利く世代が欲しいと思って警務部長にお願いしたのですから」

「警務部長に直接……ですか?」

「これでも僕は人事の裏を知っていますから……」

「警務部長と個人的なお付き合いがあったのですか?」

「昔、一緒に仕事をしていた関係です」

「すると、元本官なのですか?」

「はい。警視庁のノンキャリですよ」

廣瀬が笑って答えると牛島は啞然とした顔つきになって訊ねた。

「警視庁さんでしたか……神奈川県警とは隣同士で地方警察のナンバーワンとナンバースリーの関係ですが、職員数は三倍近い差がありますからね。ナンバーツーの大阪でも二倍の差があるでしょう?」

「そうですね。東京都最大の零細企業と呼ばれていましたね。都内だけで一般職を含めると四万五千人の職員は他にないでしょう」

「社員が四万五千人の企業も少ないのではないですか？」

「人数だけなら六十位くらいのようですが、なにぶんにも東京都内だけですからね」

「警察全体で二十九万人強といいますから、企業で言えばベストスリーらしいですね」

「そうなんだろうな……給料ランキングだと番外に堕ちるんだろうけどね。そういえば、神奈川県のラスパイレス指数は全国一だから、それを考えると当院の給与水準はそこまでいかないかもしれません」

ラスパイレス指数とは、国家公務員との比較で地方公務員の給与水準を表す指数のことである。

「仕事はやりがいだと思っています。公務員の給与の安定は確かに魅力的かもしれませんが、警察の場合、二八の原則があまりにも顕著なんです」

「パレートの法則ですね……どこの世界にもあることなのでしょうが、公務員は勤務の怠慢で解雇することはほとんどできませんからね」

パレートの法則とはイタリアの経済学者ヴィルフレド・パレートが発見した冪乗則である。全体を構成する大部分は、そのうちの一部の要素が生み出しているという経済理論をいう。経済以外にも自然現象や社会現象など、さまざまな事例に当て嵌められることが多い。一例として「売上の八割は、全従業員のうちの二割で生み出している」や「住民税の八割は、全住民のうち二割の富裕層が担っている」がある。

「しかし、病院ではそういうことはないでしょう？」

「そうですね。少ないと思います。日々、人の命に関わる仕事をしているわけですからね」

「そういう面も、病院で働くという気持ちが出た原因の一つです」

「なるほど……わかりました、追ってご連絡いたします」

やや時間をオーバーしたことを気にしながら廣瀬は面接を打ち切った。

五分後、再びドアがノックされた。廣瀬が「どうぞ」と答えると「失礼します」という声の後にドアが開いた。女性警察官らしく適度な節度を保ちながら、それでいて嫋（たお）やかで淑（しと）やかな所作だった。

「前澤真美子（まえざわまみこ）と申します」

前澤が着席すると、廣瀬は前の四人と同じ質問をした。

「実は半年前に、川崎殿町病院で第二子を出産いたしました」

「そうだったのですか」

「しかも、その日に父が隣の病棟で他界いたしました」

廣瀬は記憶を辿った。確かにそのような事実があったことを病棟から報告を受けていた。ただし、その日、廣瀬は川崎殿町病院にはおらず、東京の医療法人事務局で仕事をしていた。

「お子さんの誕生日がお父様の命日になった……ということですね。その時の職員の対応は適切でしたか？」

「はい。父は孫の出産の報告を聞いて、にっこりと頷いて他界した旨(むね)を出産に立ちあっていただいた助産師さんから伺いました。私の無事な出産を確認された助産師さんが自ら走って父のところに報告に行って下さったのです」

「そうでしたか……」

「とても立派な助産師さんで、お医者様も信頼されていらっしゃるのがよくわかりました」

「栗田(くりた)ですね。彼女は病院のバックヤードを、本来は禁止しているのですが、緊急事態ということで全力疾走したようですね」

「そうだったのですか。助産師さんのお名前はたしかに栗田茉莉子(まりこ)さんです。英語もポルトガル語もできる素敵な方です」

「医師の信頼も厚い助産師です」

助産師は女性の妊娠・出産・産褥の各期において必要なケアを行い、分娩介助をし、妊産褥婦・新生児・乳児のケアを行う。このケアには予防的措置や異常な状態の発見、医学的措置を得ることなど、救急措置の実施が含まれる。

日本では助産師国家試験の受験資格は女性のみに限定されている。

「父の最期を看取ることはできませんでしたが、最期の笑顔を教えて頂き、本当に感謝の気持ちでいっぱいでした。実は今でも栗田さんにはいろいろと相談に乗っていただいているのです」

助産師は出産した女性だけでなく、家族及び地域社会の中にあっても健康カウンセリングと教育に重要な役割を担っている。

「そうでしたか。ところで今回、転職をご希望された理由はなんでしょうか？」

「私は今回、出産と育児休暇を取って職場復帰したのですが、同じ職場で二度目となると職場にも迷惑が掛かっているのが自分でもよくわかってしまうのです」

「結婚された女性には出産はつきもので、本来、お子さんは三人産んでようやく人口を維持できるのです。これを職場内で声高に言ってしまうとセクハラになってしまいますが、国家の将来を考えれば『産めよ、増やせよ』は女性にしかできない、重要な仕事の一つだと思っています」

「そう言って下さる上司の方もいらっしゃいますが、実際に当事者になってしまうと、他の方の仕事量が増えてしまうのは事実ですし、なかなか割り切ることができないのが実情です」

「県警本部でそれができないのは残念としかいいようがないですね。ところで前澤さんが当院での勤務をご希望された理由はどこにあったのでしょうか？」

「警察官もそうですが、世の中のためになる仕事をしたいというのが私の希望です。お話ししましたとおりの状況の中で、たまたま人事にいる同期から貴院が職員を募集している旨の話を聞いたので、主人に相談してみると賛成してくれたのです」

「ご主人も警察官ですね」

「はい、警務部管理官をしております」

「優秀ですね。すると副署長を終えられたのですね」

神奈川県警の場合、警視庁のように理事官というポストはなく、副署長から管理官を経て、署長になるのが通例である。

「副署長は管内居住でしたので、別居を余儀なくされていましたが、本部勤務になったおかげで、二重生活が解消されました」

「最近は副署長も管内居住になるところが多いですからね。警察幹部の宿命です。それにしても、警務部管理官の奥さんに対して、正当な育児休暇の取得を非難するものなのでしょうか？」

「主人も私も警備畑なのですが、現在の職場には刑事畑の方が多いからでしょう。神奈川県警の警備部と刑事部の溝は深いんです」

「そのようですね……ところで、当院での勤務内容はご存知ですか？」

「院内交番ですね。患者さんだけでなく、病院職員の方からも相談を受ける立場と聞いております」

「前澤さんは交番勤務の経験はあるのですか？」

「ありません。警察署で地域課の経験はないのです。私の次の代から女性警察官も交番勤務をするようになったのですが、巡査部長でも交番ではなく交通課から警備課に移って、本部の警備部公安第一課勤務になったのです」

「そうでしたか」

廣瀬は藤岡警務部長が示した人事記録の概要を記憶していたが、あえて初めて聞いたように装っていた。

「前澤さんのご意志は承知いたしました」

廣瀬が言うと前澤が一度息を吸ってから訊ねた。

「失礼ですが、廣瀬さんは川崎殿町病院ではどのようなお立場なのですか？」

「危機管理担当とでも申しますか、当院の設計段階から当医療法人に関わっております」

「事務長というわけではないのですね」

「はい。総務部顧問……とでも申しましょうか、医療法人社団敬徳会常任理事が本来の役職名になります」

「医療法人の常任理事……という立場があまり理解できなくて申し訳ありません」

「わからなくて当たり前でしょうが、敬徳会の採用人事に関しては理事長に最終報告をあげる立場です」

「そうだったのですか。失礼いたしました。すると、今回の院内交番の勤務に関しては廣瀬さんご自身で面接してお決めになる……ということなのですか？」

前澤は自分に何か落ち度がなかったか……が、急に心配になった様子だった。

「結果はどうあれ、今回の面談に応じていただいたことを理由として、今後、前澤さんに対して県警から人事上の不利益を与えることがないように藤岡警務部長には話を付けております。というよりも、今日の面談自体、警務部長の意思に基づくものでした」

　廣瀬の言葉に前澤は驚いた顔つきで訊ねた。

「警務部長をご存知だったのですか？」

「以前、警察庁の警備企画課で一緒に仕事をした縁です」

　廣瀬はニコリと笑って面談終了の意思を伝えた。前澤もそれ以上のことを聞いては
よくないと判断したのか、その場で凛と立ち上がると、入室してきた時と同様の仕草
で退出した。

　五人の面接を終えると廣瀬は警務部長室に向かった。

「いかがでしたか？」

　藤岡警務部長が心配そうな顔つきで廣瀬に訊ねた。廣瀬は軽く腕組みをして答え
た。

「神奈川県警は未だに警備と刑事の間の溝が埋まっていないようですね」

「そんな話が出ましたか？」

「雰囲気でわかりました。それよりも警務部長の決裁の邪魔をしてはいけませんか
ら、結論から申し上げます。まだ、何とも言えませんが、牛島隆二さんと前澤真美子

さんのお二人をお預かりしたいと思っています」

「決断が早いですね。二人は逸材だと思います。県警としては将来を考えると大きな損失になることは覚悟していますが、廣瀬さんなら二人の能力を最大限に活かして下さると信じています」

「病院という狭い世界ですからね。警察の様に多彩な人材が揃っているわけではありませんよ」

「それでも、レベルは高いでしょう。特に川崎殿町病院だけでなく、本体の医療法人社団敬徳会は厚生労働省も一目置く組織ですからね」

「優れた人材を集めるのも僕の重要な仕事の一つですよ」

藤岡警務部長に礼を言って廣瀬は警務部長室を辞した。

第三章　産科

廣瀬が神奈川県警から川崎殿町病院の自室に戻ると、これを待っていたかのように理事長の住吉幸之助から内線電話が入った。廣瀬の姿を認めた医事課の職員が速報したのだろうと廣瀬は思っていた。

「廣瀬先生、ちょっと二十二階に来てくれませんか」

住吉理事長にしては珍しく、やや慌てた様子だった。廣瀬は席に着く間もなく二階の部屋を出た。

二十二階にある第二理事長応接室が住吉理事長にとって特別な場所であることを廣瀬はよく知っていた。病院の設計段階から住吉は医療法人社団敬徳会理事長としての専用個室を望んでいたからだった。角部屋の窓からは灯りが点き始めた羽田空港と夕日の中にくっきりと浮かぶ富士山がよく見えていた。

廣瀬の顔を見た住吉はマホガニー製のデスクの向こうで腕組みをしながらも、懸命に笑顔を見せているような雰囲気で言った。

「廣瀬先生。ちょっと相談があるんです」

住吉は自席から立ち上がって応接セットに向かうと、廣瀬に斜め前のソファーを勧めた。住吉が着席するのを待って、廣瀬はソファーの勧められた場所に腰を下ろした。

「実は民自党の四元(よつもと)幹事長から相談を受けたんです」

「何事ですか?」

「民自党五回生の野々村優子(ののむらゆうこ)代議士を知っているでしょう?」

「女性初の総理候補の筆頭格ですね」

住吉は頷きながら、やや声のトーンを落として身を乗り出しながら言った。

「実は彼女が結婚するらしいのですが、すでに身重だというのです」

「ほう。彼女が『できちゃった婚』ですか……するとお相手が問題ですね」

「相手は大河内康雄(おおこうちやすお)元首相の息子、大河内伸介(しんすけ)代議士だそうです」

「おやまあ。政界の名門同士のプリンスとプリンセスカップル誕生で、おめでたいことが重なるのはいいとしても、できちゃった婚はイメージが悪いですね」

「そこなのですよ。妊娠の事実は東京の本院で判明しましたが、できれば、出産はこちらで面倒をみてもらいたい……ということなのです」

「しかし、結婚式が先でしょう？　電撃結婚という形を取らなければまずいでしょうし、その後のマスコミ対策も必要ですね」

廣瀬が首を傾げながら言った。

「党本部としては、双方の両親の意向を確認して、早々に入籍だけは済ませて記者会見を開きたいようです」

「それは党本部に任せるとして、当院ではどのような対応をとるおつもりなのですか？」

廣瀬が訊ねると住吉がフーッとため息をついて答えた。

「できちゃった婚にしたくない……ということなんですね。産科医、助産師の協力を得なければならない。医師は東京本院から連れてくればいいのですが、信頼できる助産師はこちらの方にいると思いましてね」

「確かに助産師は栗田茉莉子が適任かと思いますが、彼女は真面目ですからね。ごまかしをどう感じるか……しかも国会議員同士という立場の夫婦ですからね」

「彼女をなんとか説得できないでしょうか？」

住吉にしては珍しく弱気に見えた。廣瀬がそれとなく訊ねた。

「理事長は四元幹事長とそんなに近い関係でしたか？」

「幹事長はどうでもいいんです。私が世話になったのは優子ちゃんの母上なんです」

「野々村元首相の奥様……ですか？」

「奥様の実家は私の実家の近くで、銀行家だったのです。私が子どもの頃からその一族にはとても可愛がってもらって、医者を開業した時から支援をしていただいていたのです。私が医療法人を立ち上げる時、彼女の御実家を敬うことから、名前の徳田家の一字をいただいて敬徳会という名前を付けました。そして東京の本院だけでなく、この川崎殿町病院の建設の時も多大なるご尽力をいただいたのです」

廣瀬は住吉理事長の気持ちがよくわかった。

「そこまで深い関係があったのですか……そういうことでしたら、ご恩に報いたいものですね。まさに『受けて恩を忘れず……』です」

「『施して報を願わず、受けて恩を忘れず』中根東里の言葉ですね」

「はい。私の好きな言葉の一つです。早速、産科の医局に行きましょう」

住吉のホッとする顔を見て、廣瀬は笑って言った。

「きっと、世のため人のためになりますよ」

住吉も笑顔で頷いた。

廣瀬と住吉は産科病棟に行くと、医局長の大林義信と助産師の栗田茉莉子を呼んだ。

住吉との個人的な関係は告げず、廣瀬は国会議員同士の婚姻について話をした。大林は自らが担当になるわけではないことを知って、二度頷いて言った。

「本院からわざわざ小野田先生がいらっしゃるのなら、私はいくらでもフォローしますし、医師の責務として患者の秘密は守ります」

大林医局長が答えて、隣にいる助産師の栗田の顔を見ると、栗田は一度頷いて助産師らしい質問をした。

「その赤ちゃんは望まれて生まれてくるのですか？」

廣瀬は栗田の質問に驚いて訊ねた。

「それはどういうことでしょうか？」

「私は助産師としてほぼ毎日のように赤ちゃんの出産に立ち会っています。でも、生まれてくる赤ちゃんの中には、決して、周囲や、時として親本人から望まれていない場合があるのです」

「それが結果的にネグレクトなど、虐待につながっているのでしょうか？」

「それもあると思いますが、親になってはいけない人が親になってしまう場合もあります。この世に新たな生命を生む……ということがどれだけ大変なことなのかを、すぐに忘れてしまう人が多いんです」

「体験に基づいての話なのですね。ところで栗田さんは年に何人くらいの赤ちゃんを取り上げているのですか？」

「年平均五百人くらいです。その中で残念ながらいくつもの悲しい事例を見てきました。周囲の期待を一身に集めて、赤ちゃんもお母さんも懸命に努力したにもかかわらず、生を享けなかったお子さんだって、月に何例かあるのです。それなのに……」

栗田が涙を溜めているのに住吉理事長が気付いて口を開いた。

「私も自分の子どもが生まれる時には、まず、五体満足であってほしい……と思い、もし出産直後に、何らかの異常が見つかった場合には、自分自身が代わってやりたい……とも思いました。なによりも、この世に生まれ出てくれたことを喜んだものです。栗田さんの今の気持ちはよくわかります。出産に立ち会う……ということが、業としての日常になっていないことがよく伝わってきました。だから、あなたは多くの患者さんや、そのご家族からも信頼を得ている。それにもかかわらず、親として、人としてあってはならないことをしてしまう者がいるのは事実ですからね」

住吉理事長の言葉を聞きながら、一筋の涙が栗田の頬を伝わった。これを見た廣瀬が口を挟んだ。

「生まれてくる子どもには何の罪もないのだけど、親の犠牲になってしまう子どもが多いことは事実です。親の都合で離婚し、シングルマザーとなって貧困に陥る場合もあります。これに社会も様々な形で手を差し伸べていますが、追いつかないのが実情でしょう」

最初から未婚のままシングルマザーとなった世帯や、死別によってシングルマザーになった世帯もあるのだが、ひとり親世帯になった理由の約八〇パーセントは離婚によるものであるのが統計上明らかになっている。

母子家庭の約一八パーセント、つまり約二割の母親は仕事を持っていない。そして、仕事を持っている母親の四八パーセントは非正規である。シングルマザーは無職と非正規で五八パーセントを占めているということになる。

「多くのシングルマザーは懸命に子育てをしているのだと思います。ただ、そもそも、その道を選んだがゆえの苦労であるという面は否めません。そして、差し伸べられた手に必要以上に甘えてしまう人が多いのも事実です。子どもたちには罪はないのに、そういう生活環境が子どもの意識を変えてしまうことも多いのが実情です」

住吉理事長が言うと廣瀬も付け加えるように言った。

「『弱り目に祟り目』という格言があるように、いったん問題が起きると、それが引き金になって次から次へと悪いことが一気に起こるものなのです。シングルマザーの場合にはそれが顕著になる場合が多いように思われます」

これを聞いた栗田がフッと息を吐いて答えた。

「十代や二十代前半に安易な結婚、出産をしてしまった女性に、その可能性が高いのは事実だと思います。でも、母親になった以上は子どもを育てることを第一に考えるのもまた、親としてのつとめだと思います。若い世代の子持ちの離婚で、子どもを引き取る九割以上が母親ですから」

廣瀬は栗田の賢さを再認識するとともに、助産師にしか経験できないであろう、生まれてくる子どもだけでなく、家族のことまで思いやる姿勢に感心しながら答えた。

「栗田さんが最初に訊ねた『望まれて生まれてくる赤ちゃん』だけれども、これは親となった本人だけでなく、周囲の影響も大きいのだと思います。環境が人を変えてしまうことも多いですからね」

廣瀬の言葉に栗田は頷いて、もう一度訊ねた。

「先ほどの国会議員の赤ちゃんは、望まれているのですね？」

「もちろんです。政治家としてだけでなく、一族としても心待ちにしていた子どもです。確かにタイミングというか手順はやや問題がないわけではないが、これも天からの授かりものですからね」

これを聞いた大林医局長が答えた。

「新生児室にはＶＩＰ待遇はありませんが、産科病棟では赤ちゃんへの授乳等に際して、他の患者さんとは接点を持たない対応ができます。ＶＩＰ病棟では特に個人情報の管理に関しては徹底していると言われていますから、問題はないと思います」

「二人の話を聞くだけで僕も安心できます。ところで栗田さん。望まれない出産というのは、この病院でもあったことですか？」

栗田は看護大学を卒業後、アメリカに留学。帰国後に東大大学院医学系研究科で助産師資格を取った後、都内の大手産科専門病院・聖育(せいいく)病院で二年の経験を経て川崎殿町病院に来ていた。

「何例か確認しています。そのうち一人はネグレクトになるおそれがありましたので、専門機関に通報しました。その子は一旦施設にはいったのですが、その後、いい里親に引き取られたそうです」

「そうでしたか……助産師の仕事は院内だけではないですからね。栗田さんの評判は部外者からも届いていますよ」

「私は赤ちゃんだけでなく、お母さんや、その他の家族の幸せを第一に考えて、今の仕事を続けています」

「そうなのでしょうね。野々村優子さんも助けてあげて下さい」

「先方のご希望があれば、できる限りの対応をしたいと思っています。と言っても『できちゃった婚』を隠しとおすのはむずかしいと思うのですが」

栗田の言葉に廣瀬も頷いた。

「確かに、いつかはわかってしまうことですからね」

「無事に出産できた時点で母子共に健康である姿を見せて、みんなに喜んでもらうようなシチュエーションを考えた方がいいのではないでしょうか」

「そうだな、退院会見でもいいな。祝いの席で無粋な質問をする政治部記者はいないだろう」

「産科と病棟の看護師も、笑顔でお見送りをします」

廣瀬が満足気に微笑んで訊ねた。

「ところで栗田さん。病院内の仕事については相応の対価が支払われていると思いますが、院外での患者さんのアフターケアに対して、病院には報告をしているのですか？」

「残念ながら、その制度は当院にはありませんので、個人的な義務として行っています」

「聖育病院ではシステム化されているのですか？」

「産科専門病院では当然のこととして調査報告義務がありますので、産後一年間は担当者として報告しています」

廣瀬は産科の診療科目の追加に際して必要な措置を取って来なかった自分を恥じていた。

「助産師の仕事をもっと知っておくべきでした。申し訳ありませんでした。もしよければ、栗田さんだけでなく、他の助産師さんが対応した過去の事例を全て報告願えますか。相応の措置をしたいと思いますし、勤務シフトについても改めなければなりません」

「ありがとうございます。聖育病院は産科に特化した優れた病院ですが、そこだけでなく、他の病院や、都立病院の中でも産科に重点を置いた病院もありますので、確認されてみるといいかと思います」

「わかりました。すぐに対応します」

「それから、当院では母子健康手帳のオンライン化を行う予定はないのですか」

母子健康手帳とは、母子保健法に定められた各市町村が交付する手帳のことである。妊娠した者は速やかに市町村長に妊娠の届出をするようにしなければならず、市町村は届出をした者に対して、母子健康手帳を交付しなければならないとされている。年齢国籍を問わず交付を受けることができる。

「母子手帳のオンライン化……ですか？」

母子健康手帳に関して知識がなかった廣瀬が栗田に訊ねた。

「はい。出産等に関してだけでなく、医療部門でも、マイナンバーを活用して医療画像や歯科情報を連携したり、共通診察券、生涯健康管理手帳、電子お薬手帳等をデータ化したりするシステムがあるんです」

「マイナンバーカードの多目的利用の分野ですね」

「はい。日本の母子健康手帳は今後、世界的な広がりを見せてくると思っています。特に人口が増えつつあるアフリカや東南アジアにとって、健康管理の一環として、これを国家的に取り入れようとする動きもあります」

「ほう、そうなんですか？」

「そのリーディングケースとして、当医療法人でも取り入れてはいかがかと思った次第です」

「それは将来的に子どもたちにとって有益なことなのですね」

「母子健康手帳は成人しても捨てることなく、ワクチン接種歴や基礎疾患などの確認を求められた際に役立つので、保管しておくのが望ましいのです。それが個人情報保護の下でデータ化されていれば、仮に親が離婚して母子が離れ離れになってしまったとしても、子どもは確実に成長の記録を確認することができます」

「なるほど……それは何かのアプリのようなものなのですか？」

「アプリでもあるようです」

廣瀬は産科医局から真っ直ぐ医事課に向かうと、事務長に経緯を伝えて直ちに職員を聖育病院と都立病院に向かわせた。

自室に戻った廣瀬は、頭の中に残っていた、栗田が言った「望まれて生まれたわけではない赤ん坊」について調べ始めた。

「こんなにも多くの不幸な子どもがいたのか……」

廣瀬は産科を診療科目に持つ病院として、何らかの手を打つ必要性を感じていた。

廣瀬は栗田から聞いた話も含め、不幸な子どもたちを救うような社会貢献が医療法人として何かできないか……を考え始めた。

「親になってはいけない親か……」

子どもを育てることができないにもかかわらず、出産という選択をしてしまった者。子連れの結婚に際して、他人の子を拒絶する男等々、全てが子どもの存在を無視することから始まっていた。しかも、無視するだけでなく、積極的な加害行動に出る者の存在は許しがたいものに思えた。このような親の存在を世に問うたところで、その原因が国政にある……と言ってくるのが共産主義革命を目指す左翼勢力であることを、廣瀬は経験則から知っていた。現在の憲法を金科玉条のごとく護憲運動を進める輩は、自らの革命行動を起こしやすい法的環境の基本にある日本国憲法を守りたくて仕方がないのだ。

世界中の憲法で最も改正を行いにくいのが日本国憲法である。この草案に関して、最も影響を与えたのが、第二次世界大戦敗戦当時のアメリカ合衆国であることはよく知られている。日本を統治しやすい環境づくりがアメリカには必要だったからだ。しかし、その後ソ連の台頭や、これに触発された中国革命、東欧諸国と呼ばれたヨーロッパの旧共産主義諸国の成立で、アメリカがこのミスに気付いた時には既に手遅れだった。

アメリカは日本の教育制度を「日本人が英語をマスターしない」ような施策をとり、自国ではレッド・パージを推進しながら、日本では天皇制を強化したナショナリズムの台頭を防ぐため、右翼を排して左翼教育を進める日教組の活動を黙認した。その結果、日本人からナショナリズムは奪われ、英語教育は役に立たないものになり、日本人は誤った平等主義と自虐的なまでの自己批判精神と退廃的享楽を教え込まれた。

しかし、その後の目論見どおりに社会主義国家が破綻すると、日本人は対外的に様々な分野で理論武装できない国民に成り下がってしまったのだった。

「憲法改正の前に、まずは保護責任者遺棄をもっと重罪にする必要があるな」

廣瀬はまず、親に対する厳しい罰則を設ける必要性を考えた。

「議員立法しかないな……」

廣瀬は個人として行動する前に、まず、住吉理事長に話をした。

「理事長、産科が野々村優子代議士の件に関して全面的な協力を承知してくれてよかったです」

「そうですね。廣瀬先生が一緒に言って下さったからでしょうね。私だけが言うと、どうしても権力と結びついているような誤解を受けかねないですからね」

「そんなことはないと思いますよ。理事長が医学界のオピニオンリーダーであることは誰しも認めていますし、職員はむしろそれを誇りに思っているところも大きいと思います」

「診療をしない医者……という陰口も聞こえていますけどね」

「それはうちの医療法人ではなくて、真似をしたくてもできない他の医療機関の戯言(たわごと)ですよ。現に、うちの求人には驚くほど多くの希望者が殺到していますからね。これは給与面の待遇だけでなく、福利厚生を含めた様々な分野での改革の影響だと思っています」

「いわゆる働き方改革が叫ばれる前から、うちでは取り組んできたことですからね。まず自らが幸福でなければ、他人を幸福にすることができない……という思いがありますから。それを可能にして下さったのが、廣瀬先生、あなたなんですよ」

「とんでもないことです。僕は理事長の意図を汲んで、組織の安定を目指しただけのことです」

「この五年間で、この医療法人がここまで大きくなることを誰が想像できたか、そして川崎殿町病院が日本トップクラスの医療機関となるまでの基本的な設計図を描いたのは廣瀬先生、あなたじゃないですか」

「ものごとが巧く回る時というのはそういうものだと思います。ただ、いつか来るかもしれない落とし穴を早めに手当てしておくことをいつも考えておく、そしてその体制を整えておく準備をしているだけです」

「体制づくりといえば、新しい危機管理対策室というか、院内交番の統括問題は進んでいるのですか？」

「はい。来月から担当者が二人増えます。それから院内から病棟看護師長の持田奈央子さんを危機管理対策室担当に配置換えします」

廣瀬の言葉を聞いて住吉理事長は大きく頷きながら答えた。

「持田看護師長ですか……さすがに人を見る目がありますね。彼女なら人望も厚いでしょうし、医療安全管理者資格も取得している医師、看護師または薬剤師などの医療有資格者中でも、その責任者ですからね。彼女が廣瀬先生の下に入れば、看護師も安心して働くことができるのではないでしょうか」

医療安全管理者とは、厚労省の指針では、「各医療機関の管理者から安全管理のために必要な権限の委譲と、人材、予算およびインフラなど必要な資源を付与されて、管理者の指示に基づいて、その業務を行う者」とされている。

具体的には、「医療機関の管理者から委譲された権限に基づいて、安全管理に関する医療機関内の体制の構築に参画し、委員会等の各種活動の円滑な運営を支援」すること。

また、「医療安全に関する職員への教育・研修、情報の収集と分析、対策の立案、事故発生時の初動対応、再発防止策立案、発生予防および発生した事故の影響拡大の防止等に努める」こと。そして、「これらを通し、安全管理体制を組織内に根づかせ機能させることで、医療機関における安全文化の醸成を促進すること」が求められている。

「突然就任した院内刑事では、なかなか看護師との人間関係を醸成するのが難しいと思います。そこに持田さんのような方がジョイントとして存在してくれるだけで、スムーズかつ迅速に体制強化ができると思っています。彼女はそれだけの目配り、気配りができる方だと思っています」

「本来ならば、人事案件は総務部長の管掌事務なのでしょうが、こと危機管理対策に関しては、彼も全面的に廣瀬先生を支持していますからね」

「今回の異動については総務部長にもおことわりをしました。その前に持田看護師長に話を打診した時、彼女は数秒考えて『わかりました』と答えてくれました。彼女もまた日頃から病院全体のことを考えてくれていたことがよくわかりました」

　持田奈央子は全国でも有数の看護大学を卒業した後、アメリカに留学して看護学を学んでいた。帰国後、東京大学大学院医学系研究科で看護学の修士を取得して医療法人社団敬徳会赤坂中央病院の病棟担当の総看護師長を経験していた。まだ四十代前半ではあるが、看護師として、患者だけでなく、医師や同僚に対する目配り気配りに抜群のセンスを持つ才女だった。

　春の医療法人社団敬徳会内の人事異動で、廣瀬本人が川崎殿町病院の病棟担当看護師長に抜擢していた。

　廣瀬は持田看護師長に危機管理部門への協力を依頼した際のことを思い出していた。

「持田さん。ちょっとご相談があります」

　廣瀬がＶＩＰ病棟の中央看護師ルームの応接スペースに持田奈央子を呼んでいた。

　持田は医療法人内での人事異動に際して廣瀬が動いたことを赤坂中央病院の総務部長から聞いていた。

「廣瀬先生が川崎殿町病院に呼んで下さったことは承知しております」

「実は、理事長とも話をしたのですが、川崎殿町病院を敬徳会の中のモデル病院にしたいと思っているのです。その中で、病院運営に関して最も重要なポジショニングが危機管理担当だという共通認識を持ちました」

「まさに廣瀬先生のお立場ですね」

持田奈央子は引き込まれそうな爽やかな笑顔を見せて言った。

「これからの病院運営の良し悪しは、まさに危機管理にあると思っています。それは僕が病院運営の中で、医療現場における様々な分野を俯瞰的に見てのことだったのです」

「直接患者と接して治療する医師や看護師以上に……ということですよね」

持田の看護師としての立場からは当然と思われる質問に、廣瀬は穏やかに答えた。

「そうです。危機管理という部門はあらゆる院内業務の調整役であると思っています。ですから必然的に病院のあらゆる分野に目配りができなければならないのです」

「それは理解できます」

持田がやや首を傾げながら答えた。彼女は廣瀬の言わんとすることを予測できていなかった。

「近く、外来と病棟に二名の危機管理担当職員を採用する予定です。そのうち病棟には女性を配置するつもりです」

「院内交番に女性の担当者を置かれる……というのですか？」

持田が驚いた顔つきで訊ねた。持田は赤坂中央病院の院内交番に勤務する男性職員の苦労をよく知っていた。病棟では老若男女問わず様々な患者やその家族が、患者の立場ならではのわがままを言うのだ。これに普通の女性が対応できるとは、持田自身が考えていなかった。

「神奈川県警出身の女性警察官です。しかも、相応の修羅場を潜ってきた人材です」

「失礼ですが、お幾つぐらいの方なのですか？」

「三十二歳です」

「お若いのですね」

「警部補として二十人以上の直属の部下を持っていた女性です」

「年上の部下の方もいらっしゃったのでしょうね」

「五十五歳の男性の部下もいました。それも県警本部で勤務をしていました」

「会社で言えば本社勤務……ということですね。優秀な方なんでしょうね」

「そう思います。県警ナンバーツーの推薦で、僕自身が面接をしましたから。偶然にもこの病院で二人のお子さんを出産されているんです。ただ、なにぶんにも病院の内部は知りませんし、人間関係もないわけで、そこに持田さんがアドバイザーとしての立ち位置についていただければありがたいと思っています」

「看護師の本来業務とはかなり離れてきますね」

持田が笑顔で言った。これに対して廣瀬が真摯に答えた。

「持田さんには近い将来、うちの医療法人の看護師としてトップになっていただきたいと思っています。そのためには新たな目線で病院の全体像を見ていただきたいと思っているのです」

その言葉に持田は二度頷いて答えた。

「ありがたいお言葉に感謝いたします。できる限りのことをやってみたいと思います」

二人の深刻そうな会話を心配していた十数人の看護師の前で、廣瀬と持田は笑顔で握手をして別れた。

「それはよかった」

住吉理事長がまた大きく頷いたのを見て廣瀬が切り出した。

「ところで理事長、今回の野々村優子代議士の件を受けて、栗田助産師に話をした際、僕も初めて知った現実があったのです」

「ほう。産科に関することですね」

「そうです。世の中に『望まれて生まれたわけではない赤ん坊』が如何に多いか……ということです」

「そういう話がありましたね」

「そういう子どものケアを退院後でも栗田助産師は行っているのですが、その手助けを病院としてできないかと考えたのです」

「助産師の仕事は地域社会の中にあっても健康カウンセリングや教育等、重要な役割を担っているのですが、赤坂本院を含めた大規模病院の助産師がそこまでやっているのは私も初耳でした。それで、何か新しいことを始めるのですか？」

「二つ考えています。一つは『望まれずに生まれる子ども対策』です」

住吉理事長が腕組みをして廣瀬の話を聞き始めた。この姿勢を取った時の住吉の頭はめまぐるしく回転していることを廣瀬はよく知っていた。

「具体的には？」

「富裕層相手の里親登録制度です」

「里親……言葉は悪いですが、実の親の実情を知らずに富裕層が里親になりますか

ね。生まれてくる子どもに責任はないとはいえ、親の遺伝子を引き継ぐわけですから

ね」

「確かに犯罪者の子どもや精神疾患等の病歴がある親の子どもは受け入れることはできません。しかし、親が事故で亡くなった場合や、若くしてシングルマザーになり育てられない場合もあります。当面は、そのような、医療法人社団敬徳会に関係した限定的条件にある子どもを対象にしたいと考えています」

「なるほど……もう一つは？」

「当院にある職員専用の託児所を、一般にも開放したらどうか……と思っています」

「託児所を開設する時にも悩みましたからね」

「託児所には管轄官庁はありませんからね。対象年齢も零歳から小学生までの受け入れを行うことができますし、保育時間も二十四時間の運営が可能でしたから」

「確かに病院勤務を行っていれば、特に救急外来や病棟担当は夜勤がありますから

ね」

「託児所の運営に開設条件がないのがよかったです。幼稚園と保育園はともに小学校就学前の子どもが通う施設ですが、どちらもさまざまな条件を満たす必要がありますから……といっても当院では幼稚園、保育園双方の条件を開設前から満たしているの

ですが……」

「この特殊な環境を一般開放するとなると、それは企業を選んで……ということですか？」

「その選択肢もあります。当院の回りには一流企業がたくさんありますし、二十四時間稼動している工場も多いです。その中には産業医として付き合いがあるところもあります。さらには、今後の働き方改革から必要とされるであろう、病院が運営する託児所ならではの医療保育という分野を確立できれば……とも思っています」

住吉理事長は目を瞑(つむ)ってやや首を傾げながら答えた。

「なるほど……どちらも当院をはじめとして医療法人社団敬徳会が社会貢献できる範囲のものであることは理解できます。ただし、里親に関しては同様の活動を行っているＮＰＯ法人もあるのではないですか？」

「ＮＰＯがあることは存じております。ただし、僕は現在のＮＰＯの法的根拠となっている法律自体を信用していないのです」

「どういうことですか？」

「あの法律を創った時の経緯を、今は大都市の市長になっている方から詳細に聞いているからです。当時の政治は政権交代が二度行われ、政治そのものが混乱していた時代でした。イギリスのサッチャー首相やアメリカのレーガン大統領のような強力なリーダーシップを発揮していた国の真似をしたのはよかったのです。しかし、これに取り組んだ政治家に問題がありました。それも連立与党の中から、マスコミ上がりの、ど素人政治家が関わってしまったことで、英米のような意義あるNPO法ができなかったのです」

「どこに問題があるのですか？」

「NPOを監視するNPOができなかったからです。NPOを隠れ蓑にして脱税や違法行為を行っているNPOが如何に多いことか。ほとんどのNPOが真面目に取り組んだとしても、獅子身中の虫のようなNPOが存在していれば、同じ穴の狢と受け止められてしまいます」

「なるほど……では、里親に関しては医療法人社団敬徳会独自で進める……ということでしょうか？」

「その方が信用性もあると思いますし、マッチングも上手くいくような気がしています」

「確かに私も後継者がいない方々の悩みを聞いたことがあります。そうかと言って、医者の立場でこれを斡旋するのはどうかと思う一面があるのも確かです」

「僕は、新たに人格ある法人を設立して出資者を募ってもいいのではないかと思います」

「法人格を持つメリットは？」

「会計監査を受け、役所をとおして公的に発信することができることです。今後、日本国の人口は減少の一途を辿ることは火を見るより明らかです。それは、子どもは生むことができても、育てる自信がない親が多いのが最大の原因です。若者が夢を持たない現実に問題があることも事実ですが、国家の衰退が明らかになれば、若者だって、そんな国に子孫を残そうとしないでしょう」

「身勝手な親が増えてしまうのではないですか？」

「すでに親になってはならない者たちが親になってしまって、保護責任者遺棄や虐待を行っているニュースは毎週のように発信されています。これはまだ氷山の一角かもしれません。そんな身勝手な連中の犠牲になりそうな子どもたちに手を差し伸べることができますし、自分の子どもが、どこかで幸せに生きているという安堵感を親に与える機会があってもいいのではないかと思うのです」

「子どもの存在が足かせになって、生活苦から逃れられる労働条件を得ることができない……という親もいるでしょうしね」

「そんな親たちも、子どもを里親に出すことによって、新たな生活ができるかもしれませんし、新たな伴侶を得ることによって、新たな生命が誕生することだってあり得るかと思います」

「なるほど……そういう考え方も確かにありますね。廣瀬先生、前向きに検討してみましょうか」

住吉理事長は腕組みを解いて廣瀬に言った。

「ありがとうございます。これに関連してもう一つ、親の介護や子どもの世話を放棄しているような、出来の悪い者たちに対する、保護責任者遺棄罪の厳罰化を議員立法で進めてもらいたいと思っています」

「人として最低限やるべきことですね。言葉は悪いが犬猫にも劣る連中に対する警鐘を鳴らすべき時期かもしれません。いいことだと思います。先生のルートを最大限に発揮して下さい」

廣瀬は直ちに動きだした。

議員立法とは、立法府に所属する議員の発議により成立した法律の俗称である。法律上、衆議院では二十人以上、参議院では十人以上の賛成がないと提案することができない。国会で成立する法律案の大多数は内閣提出によるものであるが、議員立法による場合には時代に即した内容のものが多い。また、法案の名称も急場しのぎ的なものが多く、「児童買春、児童ポルノに係る行為等の処罰及び児童の保護等に関する法律」、「配偶者からの暴力の防止及び被害者の保護に関する法律」、「いじめ防止対策推進法」といった、内閣法制局が作る堅苦しい名前でないのもその特徴の一つである。

廣瀬はまず保護責任者遺棄罪の厳罰化に関して与党民自党の大臣経験者に連絡した。

「先生、議員立法で保護責任者遺棄罪の厳罰化をお願いしたいと思います」

「先生は止めてよ。廣瀬ちゃんとは友達だと思っているんだから。保護責任者遺棄罪の厳罰化か……確かに最近事件が多いからね。保護責任者遺棄罪の一部改正に関しては厚労省、文科省と法務省の役人を通した方が早いから、どうしたら一番いいのか検討してみますよ」

「反対する人は少ないと思いますし、中でも幼い子どもの生命が、あまりに軽く扱われている風潮を是正しなければならないと思っているんです」

「虐待も多いからね……児童相談所の問題も併せて検討してみますよ。二十人位なら私の勉強会だけでも集まるからね。ところで、どうしたの。急にそんなことを言い始めて」

廣瀬が経緯を話すと代議士は「なるほど……」と言った後、話を続けた。

「廣瀬ちゃんも、すっかり大人になったんだねえ。昔は国会でブイブイやっていたのにね。今や慈善活動家ですか」

「ブイブイはないでしょう。おまけに、慈善活動を行おうなどとは思ってもいませんよ。僕の周辺で慈善活動的なことを行っている人の多くが偽善活動ですからね。どこかで災害があると、駅前で募金活動をやっているのですが、自分自身が寄付をすれば済むことです。それを如何にも『私たちは博愛主義者です』というような活動を仲間たちと繰り広げていますからね」

「確かにそういう人たちは多いよね。宗教団体だってそう。税金を払っていないんだから無記名で寄付すればすむだけのこと。若しくは、教祖が中心になってボランティア活動でもすればいいのに、街頭募金をやっていますからね。でも、そういう廣瀬ちゃんの意見を聞いてホッとしましたよ。やはり変わっていなかった……とね。強面で有名だった幹事長に『あんたが悪い』なんて言ったのは廣瀬ちゃんくらいのものだよ」

「あれは、みんなが甘やかすから、あんな似非野郎がのさばったんですよ」

「わかっていても誰も言えなかったんだよ」

「マスコミもいいように使われていましたからね」

「今はもう亡き人だから、懐かしさもあるけど、悪しき民自党の代名詞のような部分もあったからね」

「反社会的勢力と似非との付き合いが酷かったですね。警察庁幹部もかなり厳しくやられていたようですが、跳ね返してもらいたかったですね」

廣瀬がため息まじりに言うと代議士が小声になって訊ねた。

「廣瀬ちゃん、官房長官とは上手くいっているんでしょう」

「官邸とは上手くいっていますよ。吉國内閣官房副長官のところにも時々顔を出しています」

「吉國副長官か……今や官邸の御意見番だからな。私も時々ご尊顔を拝しているが、あの穏やかな笑顔の裏に怖さを持っているんだよね」

「僕も以前、一喝されたことがありますが、なかなかの迫力でした」

「それでも平気な廣瀬ちゃんだから凄いんだよね」

「向こうは行政官のナンバースリー。僕は単なる執行官でしたから、僕を叱っても仕方がないのに……と思っていました」

「元幹事長に対してもそうだったのかな……」

「結果的にあの方の存在があったお陰で周辺のワルを排除できましたし、北朝鮮との問題も幾つか潰すことができました」

「そういうことだったのか……どうりであの選挙区周辺がおとなしくなった……と思ったよ」

「九〇パーセントは悪い野郎でしたが、晩年には少しだけいいこともしたようですし、地獄には落ちなかったかもしれません」

「やはり怖いね。廣瀬ちゃんは」

廣瀬は経過報告を受けることを確認して電話を切ると、川崎殿町病院の医師が産業医として選任されている近隣企業のうち、従業員の年齢層が比較的若い企業の総務部に電話を入れた。

産業医は、企業等において労働者の健康管理等を行う医師である。労働安全衛生法等により、事業者は、すべての業種において、常時五十人以上の労働者を使用する事業場ごとに一人以上の産業医を選任しなければならないことになっている。

この会社は託児所が完備されておらず、川崎殿町病院の託児所を開放するという廣瀬の申し入れに対して取締役総務部長は積極的に応じてきた。

「何人位受け入れをしていただけるのでしょうか？」

「現時点で二十人は可能かと思います」

「それは実に助かります。早速ですが会社の福利厚生の一環として役員会に諮りたいと思います。そこでもう一つご相談というよりもお伺いなのですが、病院にある食堂のうち、一つでも弊社から託児所に預ける親等が利用できるようにならないかと思いまして」

「食堂の利用……ですか？」

「託児所に子どもを預ける職員は弊社で共稼ぎをしている者を対象にしたいと考えております。弊社だけの共働きでも五十組はおります。彼らの一番の悩みが朝の食事の準備だと聞いたことがありました」

「なるほど……そこまで考えたことはありませんでしたが、一階と三階にある食堂なら当院が独自にリーズナブルな価格で、栄養士の管理の下で運営しておりますので、利用できるかと思います」

「そうですか……それはありがたい。弊社の工場長が貴院に入院した際に、私も何度か使わせていただいたのです。もちろん、二十二階にあるレストランにもお邪魔させていただきました」

「そうでしたか……御社にも食堂があったのではないですか？」

「東京本社の指示で大手のコントラクトフードサービス企業と契約しているのですが、東京本社とは違って調理人の腕がよくないんですよ」

コントラクトフードサービスは、飲食サービスを提供する企業が委託者と契約して継続的に行う食堂運営・給食事業のことである。受託先により、社員食堂や学生食堂などに分類されている。

「うちの病院でも設計段階で入院患者に対して行う院内給食事業の委託、つまりメディカルフードサービスの利用も検討してみたのです。しかし結果的に、川崎殿町病院は独自で給食施設を二ヵ所運営することにし、二十二階のレストランは都内の西洋料理店に委託したのです」

「歴史ある有名レストランをよく神奈川まで誘致したと、未だに話題ですよ。さすがだと思いました」

「ケガや病気が日常になってしまった方々に、せめて非日常をお届けしたいという理事長の考えです。もちろんレストラン側の協力なしにはできないことですが、トップクラスのシェフを送り込んで下さるなど、本当によくやっていただいています」

「それは利益があるからだと思いますよ。レストランだって慈善事業ではありませんからね」

「理事長のお客様がいらっしゃった時には特別弁当も作っていただくのですが、これがまた絶品なんです。是非、機会を作って足をお運びください」

「それは楽しみですね。宮中晩餐会に行くつもりで参りますよ」

企業の総務部長は嬉しそうに答えた。

川崎殿町病院が院内に託児所を設けたのは廣瀬の考えだった。職員にとって働きやすい環境づくり、特に多くの職業の中でも資格があるだけに移動が多いと言われる女性看護師の定着率が川崎殿町病院で高いのも、結婚、出産を終えても復職できるシステムと、子どもと一緒に通勤できることが大きかった。しかも、新生児、子ども向けの食事も、院内の食堂で管理栄養士指導の下で準備されているのだ。

廣瀬は別館三階にある託児所を覗いた。託児所とはいうものの、子どもの相手をしているのは全員が幼稚園教諭もしくは保育士の資格を持っている。託児所長は都内にあるカトリック系幼稚園の副園長の経験があるアメリカ人女性だった。

「ハイ、ジュディ」

「ハイ、廣瀬先生。今日は院内巡視ですか？」

「いえ、先日ご相談した、他の企業の子女を預かることについてのお知らせです」

「オウ、それは素晴らしい。いろいろな世界の子どもたちと交流することはいいことです。ここにはお医者さんの子ども、看護師さんの子ども、理学療法士さんの子ども、事務の人の子どもなど、たくさんいますが、みんなこの病院の中のことしか知りません。よその世界の話ができれば、きっと子どもも喜びます」

「そうあってほしいですね。予定どおり、二十人位増える予定ですが、その前にあなたには親と子ども双方に面接をお願いしなければなりません」

「面接というと、不採用になる方もいらっしゃるのですね……それは仕方がないことでしょうが、それも悲しいことですね。せっかくこれだけ立派な施設なのですから、もっと多くの子どもを受け入れてもいいと思いますけど。新しい職員の方も募集されるのですか?」

「二十人増やすのですから、それに応じた職員数に増やします。その面接もお願いしなければなりません」

「それは責任を持ってお受けいたします。ここは広い緑の芝生に夏にはプールもある、理想の託児所です」

「ありがとうございます。これまでは職員のことばかりしか考えていませんでしたが、少し視野を広げてみようと思ったのです」

「それは地域のためにも、預かるお子さんにとっても幸せなことだと思います。もちろん、その親御さんにとっても……でしょうけどね」

「ありがとうございます。それもこれも、ジュディが責任者を引き受けてくれたからです。小学校に入る前にバイリンガルになれる託児所ですからね」

「バイリンガルというのは才能でも何でもなくて、幼いころからの経験なのです。三ヵ国語を理解できる人は、四ヵ国、五ヵ国平気で話すことができます」

「確かに海外にはそういう人が多いですからね。僕から見ても、ここは実に羨ましい環境だと思いますよ」

「時々、産科の栗田さんが遊びにきてくれますけど、彼女だって四ヵ国語はネイティブ並みに話しますしね。特に、英語とポルトガル語は実に綺麗なイントネーションです。きっと英語はイーストエスタブリッシュメントの方に学んだのだと思いますよ」

「彼女が看護大学を卒業後、アメリカに留学していたことは知っていましたが、そんなに言葉も流暢なんですか？」

「英語は私の故郷のボストン言葉に似ていますけど、時折ハーヴァードイングリッシュ訛りが出ますからね。おそらく彼女は意識していないのかもしれませんが、聞く人が聞くと、彼女の教養の高さがわかると思いますよ」

廣瀬は最近よく話題に出る栗田助産師に興味を持ち始めていた。

「ところで、栗田さんはここで何をしているんですか？」

「まるで幼稚園の先生のように子どもたちと遊んでいますが、お迎えに来た親御さんに丁寧にお子さんの発育等についてアドバイスをされていますよ。親御さんの中には、お腹に第二子、第三子を授かっていらっしゃる方もいて、そういう方からも信頼されていらっしゃいます。栗田さんは若いのに立派だと思います」

それを聞いて廣瀬はふと思った。

「それって、栗田さんにとって負担になっているのではないでしょうか」

「どうかしら。彼女は仕事の一環だと言っていましたけど、自分の時間を作るのは大変なのではないかと思いますね。でもそういう素振りを全く見せないんですよ、彼女は」

廣瀬は頷くしかなかった。

デスクに戻った廣瀬はパソコンで人事管理記録を開いて栗田茉莉子のデータを確認した。廣瀬にしては珍しくデータを復唱しながら呟いていた。

「国内でも最難関の看護大学を出てピッツバーグ大学医学部に留学か……臓器移植ス

タッフを二年間経験して東大大学院で助産師課程修了か……ピッツバーグ大学医学部は世界最大の臓器移植を行っている大学なのか……TOEICは九二〇……とんでもない人材を持っていたんだな」

川崎殿町病院は全国の私立の病院では珍しい臓器移植指定病院になっていた。心臓以外の臓器移植の技術を持つ消化器外科医が三人揃っていたからだった。とはいえ、これまで実際に臓器移植を行ったのは腎臓移植が一回だけで、その時も院内では密かに大騒ぎになったものだった。

「栗田茉莉子か……才能をどう生かしてやればいいのか……」

警察時代から人事配置には精通していたつもりでいた廣瀬にとって、人材の適材適所問題で悩んだのは初めての経験だった。

翌日、廣瀬は住吉理事長のデスクを訪れた。

「いろいろ進展しているみたいですね。経団連会長からも電話がありましたよ」

「そういえば、あの会社のホールディングスの会長は経団連のトップになっていたのでしたね」

「そう。本来ならば企業がやらなければならないところを、民間病院に気遣いさせてしまった……と謝罪されましたよ」

「謝罪することではないでしょうが、ホールディングスと言っても大会社を十五社以上抱えているんですから、そんなところまで目が届かないのが実情でしょう。おまけに旧財閥系ですから、他のグループ企業との兼ね合いもあるでしょうしね」

「そこなんですよね。組織が大きくなればなるほど自由な活動もできなくなる……ということですね。ところで今日は何か用件があったのですか？」

「実は、産科の栗田助産師のことなんです」

「彼女は優秀なんでしょう？」

「優秀と一言で言える段階を大きく超えているんです」

「ほう。そんなスーパーウーマンでしたか？」

「僕もこれまでいろいろな世界を見てきましたし、それなりの人物に出会ってきたと自負していたのですが、今回ばかりは驚きました。才能はともかく、そこまで職務に打ち込むことができるのか……ということです」

「それを言うなら廣瀬先生だって、うちの医療法人社団敬徳会だけでもどれだけの労力をつぎ込んでいただいていることか。私にとっては驚くべき成果をのこしていただいていると思っているのですが……」

「僕の仕事は危機管理という、実態があってなきがごとき実に幅が広い分野なのですが、彼女の場合は助産師というこれまた単一職務にしては実に幅広い分野を一人でこなしているのです。こなしている……という言葉は失礼かもしれませんが、それほど自分の身を削ってやっているのです。僕は思わず目頭が熱くなってしまいました」

「確かに、先日も言ったように助産師というのはあまりに広い職務が与えられています。これは昔、産婆という、地域に密着した職業の延長線上にあるからです。それを一病院に勤務していて一人でやろうという方が寧ろ無謀なのかもしれません」

「しかし、彼女はそれを実際にやっているのです。通常勤務外に院内にある託児所にまで足を運んで受け持った子どもだけでなく、そこに子どもを預けている親の相談に乗っている……というのです」

「なるほど……確かに託児所は負担になるかもしれませんね。彼女は川崎周辺に居住している子どもや親の相談にも、インターネットだけでなく直接会って話をしているのでしょう」

「そうなんです。しかも彼女は英語とポルトガル語をネイティブ並みに話すらしく、他の外来や病棟からのＳＯＳにも臨場しているそうなんです」

「どこの職場に行っても、できる人のところには自ずと仕事が集まるものなんですよね」

そこまで言って住吉理事長も自分のパソコンを開いて人事記録を確認し始めた。

「ピッツバーグ大学医学部で臓器移植担当に二年間従事……でしたか……あの時いてくれれば、担当医も楽だっただろうに……そうか……しかし、それでも帰国後に東大大学院で助産師資格を取ったということは、最終的に看護学の中でも助産の道を選んだ……ということなんじゃないですか？　当院でも助産師の募集に応じたわけですから」

「それが、決して助産師の枠で募集に応じたわけではなく、三人の専門分野の資格を持つ看護師の一人として採用したのです。ちょうどその頃、助産師に空きが出て、急遽そちらにいってもらった……という経緯があるのです」

「そうでしたか……参りましたね。どうしましょうか……」

珍しく住吉理事長も悩んだようだった。

「本人の希望を一度聞いてみましょうか？」

「いまさら……という感じがしないでもないですし、産科では彼女の存在なしには動かないようですよ」

住吉理事長は人事記録の中でも廣瀬が見ることができない勤務評定欄を確認して話

をしているようだった。

「確かにそうなのでしょうね……野々村優子代議士の出産もありますしね……」

「産科に助産師をもう少し増やして栗田さんの負担を減らしてやるのも一つの対策ですし、栗田イズムを新人に教える立場に上げてやるのもいいかと思います」

「といっても栗田助産師もまだ二十代ですからね」

「能力に年齢は関係ないでしょう。実力と仕事量に対しては地位と報酬で答えるのが経営者の立場でしょう」

「なるほど……今、検討中の新規採用業務を早急に進めたいと思います」

廣瀬は事務長室に向かった。

第四章　医療事故と詐欺集団

「当院にご来院の方、ご家族の方にお知らせします。至急お車のご移動をお願いいたします。車両は青色で消火栓の前に停車しております。お急ぎ近くの職員にご連絡願います」

落ち着いたトーンのアナウンスが一般外来と病棟に一斉に流れた。

廣瀬は事務長室で事務長と人事案件に関して話をしていたところだった。

「コードブルーですね。オペ室か」

「コードブルー」は川崎殿町病院で最も頻繁に用いられるスタットコールで、院内の患者の容態が急変し、一秒でも早く人手・知識・機器が必要な状況で用いられる。救急外来等で、患者の容態急変に際して心肺停止などの緊急事態が発生した時に発せられるサインである。

廣瀬は事務室に電話を入れた。

「危機管理担当の廣瀬です。何があったのですか」

「湯川医師がオペ中にミスをして、アッペのクランケが重篤になっています」

アッペというのは虫垂炎のことで、いわゆる盲腸である。

「アッペなら腹腔鏡手術ですね？」

「いえ、炎症・癒着が予想を超えて激しく、臓器損傷等による出血がひどくなったため、腹腔鏡下手術の続行が困難と判断し、開腹手術へ移行した結果です」

「執刀は湯川先生お一人で行っているのですか」

「麻酔科の竹野先生もご一緒です。オペ室担当看護師も三人入っていますが、湯川先生がパニック状態です」

「了解。コードブルーが入りましたので消化器外科医がすでに向かっていると思います。異変があったらこちらに連絡を下さい」

一分一秒が命取りであることを知っているスタッフたちは、外来や入院患者に緊急事態を悟られないように、院内のバックヤードを猛ダッシュで手術室に向かってい
た。

最初に第一手術室に到着した消化器外科の濱田一統医長は執刀準備を整えて静かに

手術室内に入った。患者の血圧、脈拍等を確認すると懸命に措置を続けている湯川医師の手の動きを見て言った。

「出血がひどいな。すぐに輸血準備を、オペを代わろう」

そこに二人の消化器外科医も到着した。それを確認した濱田医長が指示を出した。

「私が執刀します。二人は補助をお願いします」

「さて、虫垂組織を破ったか……皮下膿瘍（のうよう）と遺残膿瘍の対策措置を。腹膜炎が合併していたのか……腸管も損傷しているな。虫垂炎の炎症が卵管に及んでいる、卵管閉塞を起こす可能性がある。この措置を次に行う」

濱田医長は的確に指示を出した。

「少し時間がかかるが始めよう」

濱田医長は消化器外科医の世界では著名な医師の一人だった。

手術は二時間以上を要したが、何とか無事に終了した。

「後はお願いします」

縫合をもう一人の医師に任せて濱田医長は手術室を出ると、麻酔科の竹野医師を自室に呼んだ。

「湯川君はどうしてあんな初歩的なミスを犯してしまったんだ？」

「体調不良かと思うほど、オペ前から覇気がなかったんです。私が『大丈夫ですか？』と訊ねると、『たかだかアッペですよ』と笑って答えたのですが、その笑い方にも取り繕ったようなところがありました」

「湯川君は優秀な消化器外科医だし、腹腔鏡下手術を行う外科医としては相当な経験を積んでいるはずだが……何かあったのかな？」

「湯川医師は院内では特に友人というものがいないようなんです」

「まあ、彼はボンボンだからな。実家は青山にある中規模病院だろう？　お祖父さんは著名な外科医だったし、事務長の叔父さんはやり手で有名だったからな」

「はい。車は半年に一回は買い替えていますし、今はポルシェの中でもグレードが高いものに乗っています。学生時代や研修医時代の仲間との付き合いが忙しいようです」

「家族も、うちの理事長もそれを良しとしてきたんだからいいとして、面談する必要がありそうだな」

「私は医局も違いますから、後は濱田医長にお任せ致します」

竹野医師を帰すと濱田医長は湯川医師を自室に呼んだ。

間もなく医局から憔悴しきった湯川がやってきて扉をノックした。入室を促してソファーに座るよう指示を出した。

「湯川君、何か心配事でもあるのかい？　今日のミスは普通じゃ考えられないものだったが……」

濱田医長が穏やかな口調で訊ねた。

この日、湯川医師が行った急性虫垂炎、急性腹膜炎の手術は、本手術前段の周囲組織からの剝離、血管の処理段階で失敗を犯していた。さらに、これに慌てた湯川医師は虫垂に傷をつけ、内部組織がこぼれてしまったのだった。

一般的に虫垂炎を「盲腸」と呼ぶが、虫垂＝盲腸ではない。盲腸とは、小腸から大腸に移行する最初の部分で、回盲弁より下方に伸びて結腸へとつながる器官である。ヒトの盲腸の長さは約五センチメートルから七センチメートルで、盲腸の後内側表面からは虫垂と呼ばれる細長い器官が飛び出すように伸びている。ここが炎症を起こした状態が「虫垂炎」で、これを昔から「盲腸、盲腸炎」と呼び習わしている。

川崎殿町病院は腹腔鏡下手術における執刀医の『目』である腹腔鏡のモニターに、三八四〇×二一六〇の粒子が一画面にある4Kテレビシステムを導入していた。このため、腹腔鏡下手術のミスは、オペ室で手術に携わっている誰の目にも明らかだった。

「誠に申し訳ありません。私事を仕事に持ち込むなど、言語道断のことでした」

湯川医師がテーブルに頭が付くほど首を垂れた。

「私事……何かあったのかい。差し支えなければ話してくれないか?」

湯川医師は迷っている様子だった。

「すぐに解決できるような案件ならばいいが、今後の手術に影響するようでは医局全体の問題になるからな」

濱田医長の言葉に湯川医師は大きく息を吐いた後にポツリポツリと語り始めた。

「実は、私自身の将来設計が大きく崩れてしまいそうなんです。この一週間、ほとんど眠ることもできず、今後、私はどうしたらいいのか……暗中模索の状態なんです。というのは、実家の病院が詐欺集団に引っ掛かって、なくなってしまいそうなんです」

「詐欺集団? 病院がなくなる? どういうことなんだ?」

「濱田先生は私の祖父をよくご存知だと思いますが、祖父は医療法人の理事長職を事務長の叔父に譲り、そろそろ引退を考えていたのです」

「そうか……おじいさんの湯川先生には私も東大の研究室でお世話になったんだ。立派なドクターだと、今でも思っている。君の亡くなったお父さんも学会でよく顔を合わせたものだった」

「私がこの病院にお世話になるきっかけは、祖父の友人からの紹介だったのです。ここで実力をつけていつかは実家に戻るつもりでした」

「それはそうだろう。実家に病院がある医者は皆そういうものだ。国会の世襲議員とは違って、如何に地盤、看板があろうと、医師としての腕がなければやっていけないのがこの世界だからね。まあ、うちの理事長のように診療しないオピニオンリーダーもいるが、それはそれでこれだけの立派な病院を造るだけの才能があるのだから、寧ろ、それは是としなければならないだろうが……その病院がなくなるとか、詐欺集団というのはどういうことなんだい？」

「実は数年前に実家の医療法人をどうするか……という話し合いがあったのです。その時、アドバイスをしてくれたのが、都内にある医療専門のM&Aの商社だったのです。バブル期に、うちの病院周辺の地価が異常に高騰してしまい、古くからの住民がどんどん離れていった時期がありました。うちの病院は曾祖父の時代から青山で開業し、何分にも当時は明治中期で、青山といえどもまだキツネやタヌキが出ていた時代だと言います。土地は数千坪所有していましたが、戦後の区画整理や昭和の時代の東京オリンピック等で相当な土地を手放したようです。それでも、北青山に千坪ほどは病院や寮、倉庫、車庫等に分けて所有していました」

「よく知っているよ。表参道(おもてさんどう)から一本赤坂寄りに入った高級住宅地だからね」

「かつては住宅地でしたが、今では完全な商業地になってしまいました」

湯川医師はため息をつきながら答えていた。これを見た濱田医長は懸命に言葉を選びながら訊ねた。

「それで、その土地を病院関係者はどうしようとしたんだね?」

「うちのような中規模病院にとって相応な機能評価を受けるには相当な院内整備を行わなければならない状況でした。その負担を埋めるためにも不動産の有効活用は重要な問題だったのです」

機能評価というのは公益財団法人日本医療機能評価機構が国民の健康と福祉の向上に寄与することを目的に、中立的・科学的な第三者機関として病院の活動状況を評価することをいう。しかし、病院機能評価の審査の結果、一定の水準を満たしていると認められた「認定病院」は全国の病院の約三割にとどまっているのも実情だった。

「うちの理事長は評価機構の理事だが、病院経営には厳しい目を向けているからね」

「よく存じております。しかし、全ての病院経営者が住吉理事長のような優れた経営者であるわけではありません。実際に私の祖父は医師としてはそれなりの評価を受けていましたが、経営者としては問題があったようでした。ですから事務長だった叔父が経営を任されていたのです。しかし、いくら地の利はよくても人が住んでいない土地で病院経営をするには、何かに特化した経営を行う必要があったのです」

「それはよくわかるよ。ヘモ専門で病院を大きくしたところもあるからね」

ヘモとは「痔（じ）」のことである。

「日本中から医者におしりを診せに来るのですから、それはそれで凄いことだと思います。叔父は内視鏡検査に特化しようと業界人に相談したようなんです」

「そこで、先ほど言ったM＆A商社が出てくるんだね」

「私は後で聞いた話だったのですが、そのM＆A商社の役員に、かつて野球界でも一世を風靡（ふうび）した名投手のお兄さんが入っていたのです」

「その名投手のお兄さんというのは、とっくに逮捕されているんじゃないのか。一時期、クリニックモールの開設や医療機関開業経営支援コンサルティング、不動産賃貸、管理をやっていた会社に食い込んでいたブローカーというのが本当の姿だったはずだが……」

「そんな有名人の兄が役員の一人であることで、そのM＆A商社を事務長はすっかり信じ込んでしまい……。でもその実体は詐欺集団だったというわけです。それにしても医長は、このお兄さんをご存知なのですか？」

湯川医師は驚いた顔つきで訊ねた。

「これはだいぶ前に東京都の総合病院協会で聞いた話で、今、うちの常務理事をやっている廣瀬先生が詳しいはずだよ」

「ああ、あの危機管理担当の方ですね……あの方は元警察なんでしょう？ どうしてそういう人がうちの病院で働いているのか気にはなっていたんですよ。総務部長や事務長まで、まるで部下のような感じですからね」

湯川医師は憮然（ぶぜん）とした顔つきで訊ねた。

「あの人は面白い人だよ。人脈もさることながら、人格的にも非常にできている。警察官にもああいう人がいたのか……と思うとホッとするよ」

「わからないなあ」

湯川医師は首を傾げていた。

「もし、湯川君が実家の病院の詐欺問題で悩んでいるのなら、一度、廣瀬先生に直接相談してみてはどうだろう。彼なら何かいいアドバイスをしてくれると思うんだけどね」

濱田医長が言うと湯川医師は「うーん」と言いながら首を振った。

「私は基本的に医者や弁護士ならば信用しているんですが、警察はどうも……」

「ほう、どうして」

「警察という仕事は公僕のくせに、人の弱みに付け込んで仕事をしている輩じゃないですか。交通違反の取り締まりにしてもコソコソ隠れてやっているから『ネズミ捕り』なんて言葉が世間でも通用しているのでしょう?」

「なるほど……君にそういう思想的なものがあるとは思わなかったが、君がそういう感覚ならば仕方がないな。それならば弁護士に相談して上手く解決することだな。しかし、詐欺となれば警察が出てくることになると思うんだが」

「ですから私は警察沙汰だけにはしたくないんです」

「そういう考えがあるならば、そうすればいい。ただし、それを仕事に持ち込まないでくれ。もし、今日と同じようなことが再び起こるようでは、同じセクションの者として私の管理能力が疑われてしまうからね」

濱田医長が言うと湯川が鼻を膨らませ、口を歪(ゆが)めるような笑いを見せて言った。

「濱田医長はどうして独立されないのですか?」

濱田医長は湯川の背筋が寒くなる様ないやらしい笑いを見て、この男の本性を初めて知ったような気がしていた。

「私の実家は医者じゃないし、親族にもいないからね。雇われ医で十分だと思っている。もっと言えば、開業したところで、自分が目指す治療はできないと思っているからだな」

「自分が目指す治療……ですか？」

「医学の進歩は目覚ましい。それは医者の技術もさることながら、医療機器の進歩がそこにあるからだと思う。しかし、その先端医療に携わる機器を作っているのは、ほとんどが海外で、日本製のものは極めて少ない。だから必然的に海外で医学を学ばなければならない。臓器移植などはその典型だろう」

「確かに開業してしまえば、医学の進歩についていけないかもしれないですね」

「自分の能力には限界があるし、その前提には自己の年齢も考えておかなければならない。それを許してくれる医療機関というのは、大学病院かここのような個人の大病院くらいしかないんだよ」

「それじゃあ金儲けはできませんね」

「金儲けが夢ならば医者にはなっていないだろう。君はまだ若いから、目先の金を追いかけたいと思うのかもしれないが、所詮、金持ちの医者と言っても限りがある。これだけの大病院を持っている住吉理事長にしたって、若くして成功したＩＴ長者に比べれば、その比ではないだろう」

「ここの理事長は理想が高すぎるんですよ。私ならもっと上手くやりますけどね」

濱田医長は湯川と話しているのが無駄な時間だとはっきり感じ取っていた。

「そうかい。それならば実家の案件をサッサと片付けて、ここよりもいい病院を造ってくれ」

濱田医長が言うと湯川はハッと思い出したように俯（うつむ）いた。それを見た濱田医長が言った。

「今回の事案はインシデントレポートの対象となる。そうなると、住吉理事長をトップとした審査会議が開かれることになるだろう。君もその準備だけはしておいた方がいいだろう。君のオペの一部始終は記録されているんだからな」

それを聞いた湯川の顔色が変わった。

「それは査問委員会なのですか？」

「ＩＡレポートの本質を学んでいないのかい？」

ＩＡレポートとはインシデントレポート及びアクシデントレポートのことで、「アクシデント」とは、通常、医療事故に相当する用語で、「インシデント」とは、診療の場で、誤った医療行為などが患者に実施される前に発見されたもの、あるいは、誤った医療行為などが実施されたが、結果として患者に影響を及ぼすに至らなかったものをいう。医学界ではインシデントの同義語として「ヒヤリ・ハット」を用いているが、厳密には異なるものと否定する声も大きい。

ＩＡレポート作成の最大の目的は、事故当事者の個人的責任を追及するものではなく、収集した情報を分析し、医療事故防止策を検討し、実施する目的に使用することにある。

「医療事故の予防とはいえ、結果的にインシデントに至った者の査問じゃないですか」

「君がそう思うのであれば仕方がないな。事情聴取には変わりないからな」

事情聴取という言葉を聞いて、湯川は敏感になった様子だった。

「まさか、そこに廣瀬さんも立ち会うのですか？」

「当然だろう。彼は当院の危機管理責任者だからな」

「医療の素人に何がわかるんですか？」

「それは君が事情聴取を受けてみればわかることだ。もちろん、住吉理事長、院長に加えて私も同席するがな」

湯川医師の憮然とした表情を見て濱田医長が席を立つと、これに促されるかのように湯川は退出せざるを得なかった。

廣瀬はコードブルーの報告を自室で濱田医長から受けていた。

「インシデントレポートは私が作成致しますが、取り組みに関わった担当者等については、安全管理部門のスタッフを含めなければなりません。廣瀬先生のお名前をお借りしてよろしいでしょうか」

「もちろんのことですが、オペ画像を見る限り、この日の湯川先生は明らかに体調が悪かったのではないですか？」

「そのとおりです。本人にプライベートな悩み事があったらしく、眠れない日々が続いていたようです」

「濱田先生はそれには気が付かれなかったのですね」

「消化器外科には十二名の医師がおりますが、腹腔鏡下手術に関しては舟本（ふなもと）主任医師に任せておりました」

「なるほど……濱田先生が直接手術をなさるのは特別な場合が多いですからね。それはそうと、今回のオペは急性虫垂炎ということで急遽決まったのでしたね」

「そうですね。急患で運ばれて、翌日の手術だったのです」

「腹腔鏡下手術の実施にあたり、患者に対するインフォームド・コンセントは行われていたのですね」

「急患だったため、まず検査結果を見て患者に負荷が少ない腹腔鏡下手術を勧めた旨の報告は受けております。急性虫垂炎の場合、当院では八割がた腹腔鏡下手術を行っているのが現状です」

インフォームド・コンセントとは、「十分な情報を得た（伝えられた）上での合意」を意味する概念で、特に、治療や治験などの対象者（患者や被験者）が、その治療や治験の内容について医療従事者からよく説明を受け十分理解した上で、対象者が自らの自由意思に基づいて医療従事者と方針において合意することである。

一九九七年の医療法改正によってインフォームド・コンセントを行う義務が、初めて法律として明文化されている。

「今回のオペは局部麻酔から全身麻酔に切り替えていますから、患者も当然ながらオペの異常に気付いているのではないかと思うのですが……」

「どこまで患者に対して情報開示をすべきか、現在腹腔鏡下手術の舟本主任医師に検討してもらっています」

「ミスは全て報告する義務があります。患部に想像以上の癒着があったのは事実のようですが、本手術前段の周囲の組織からの剝離、血管の処理段階でミスを犯していることを考えると、これは患者にその旨を明らかにして相応の対策を講じなければなりません」

「それは治療行為とは別の意味ですね」

「危うくアクシデントになるところでした。その後のオペは先生のおかげで上手くいきましたが、今回のように虫垂そのものを傷付けたことによって、術後に起こりやすい合併症の遺残膿瘍の可能性も否定できませんよね。通常抗菌薬を使用することによって治すのでしょうが、現在もドレーンを留置する治療行為を続けているわけでしょう？」

「確かにそのとおりです。それにしても、廣瀬先生はよく勉強されているのですね」

濱田医長が驚いた顔つきになって廣瀬に訊ねると、廣瀬は表情を変えずに答えた。

「扱いが多い疾病（しっぺい）に関しては、最低限度の知識はあります。今回は治療以外で責任を果たす義務が生じている……ということです」

「承知しました。その旨を医局に持ち帰りまして、もう一度ご報告いたします」

「よろしくお願いいたします」

濱田医長が退出すると、廣瀬は大きなため息をついた。濱田医長に危機管理に関して積極的な姿勢が見受けられなかったからだ。

住吉理事長には院長からインシデントの報告がなされていた。コードブルーが発令された時には自動的に院長は理事長に結果を速報することになっていた。

「廣瀬先生、今回のオペ、どう思いますか？」

「インシデントではありますが、極めてアクシデントに近いものだと考えております。患者に対する謝罪と補償が発生してくると思います」

「そうですよね。湯川君にしては珍しいことなんだが、画像を見るとオペ前から雰囲気がおかしいからね」

「濱田医長からの報告では個人的な問題でこの数日よく眠れていなかったようです」

「そういう状況を周囲はどう見ていたのでしょう？」

「湯川先生は院内の医師とはあまり付き合いがなかったようですね」

「彼もまたかつての藤田(ふじた)医師同様、開業医のボンボンですからね。ポルシェを乗り換えるので有名らしいですね」

「そのようです。私生活はともかく、外科医師としての腕さえよければいいのですが。とにかく彼には眠れないほどの心配事があったのですね」

「消化器外科の濱田医長によれば、実家が詐欺集団に騙されて、大変なことになっているらしいのです」

「詐欺集団……ですか？　かつてのアイドックホールディングスのような詐欺集団でも出てきたのでしょうか？」

「あの田町ハートセンター等を使って十五億円を病院にリースをかけさせて、裏で八億円をバックさせる手口ですか……」

「さすがによくご存知ですね」

「私の友人の実家もやられたのですよ。医療機関をターゲットにした不動産ブローカー業の男が、ＳＭＯ（医療機関向け治験支援）事業主力のアイドックホールディングスと密接な関係にあって、都心の医療機関を物色していたのは紛れもない事実でしたからね」

「その不動産ブローカー業の男というのは、一時期、メジャーリーグにまで行った投手の義理の兄貴ですね。義理の弟に二十億円もの借金を背負わせたうえ、球団を巻き込んだ大騒動を引き起こした張本人でしたからね」

「あれだけ鳴り物入りで入団して、相応の結果を出したにもかかわらず、退団する時、球団オーナーは退団挨拶すら許さなかった……といいますからね。しかし、公安はそういう分野にも情報があったのですか？」

「アイドックホールディングスの連結子会社で、医療機関経営支援コンサルを行うアイドックメディックを原告、医療法人社団Ａ会を被告とする貸金請求事件がありました。この時、アイドックメディックのバックに付いたのが反社会的勢力の中でも詐欺事件に通じた奥島組一成会で、奴らの詐欺グループの一翼を担ったのが、今や十八支部に分裂を引き起こしていると言われる松山易断宗家だったのです」

「よく書店で売っている易による運勢占いでしょう？」

「僕は動物占いの方が当たると思うのですが」

廣瀬が言うと住吉理事長が笑って言った。

「廣瀬先生は確か『品格あるチーター』……でしたかな」

廣瀬が驚いた顔つきで言った。

「そんなことまで、よくご存じですね。占いは昔から『当たるも八卦当たらぬも八卦』と言いますが、八卦そのものが古代中国から伝わる易における八つの基本図形ですからね。一時期流行った風水もこの流れを汲んだものでしょう。参考にするのはいいとしても、あまり本気にしない方がいいと思うのですが……」

「しかし、私の周囲にも事あるごとに占い師の意見を聞いている人がいますよ」

「自分自身に自信がない人なのでしょう。そういう人が会社のトップに就くと、下の者はたまりません」

「まあ、そうですね。それにしても松山易断宗家が十八分裂しているとは思いませんでした。しかも反社会的勢力の手足になっているとはね……」

「反社会的勢力が詐欺集団になっていることもまた情けないものなのですが、詐欺ほど笑いが止まらない商売はない……と豪語していた反社会的勢力に極めて近い詐欺師を知っています」

「濡れ手に粟……の商売なんでしょうね」

「未だに特殊詐欺の被害に遭う方が多いことも社会的な問題ですが、手を替え品を替え、旨い話を考え付く才能はどうしようもないですね」

「才能か……まあそうですね。それで、湯川君の実家はどうなのでしょうか」

「病院を狙う詐欺集団というのはそんなに多くはないと思います。アイドックメディックも形を変えて相変わらず裏稼業をやっていると思います」

「詐欺は裏稼業なのですか？　ＳＭＯ自体が詐欺なのではないのですか？」

「ＳＭＯは表向きの仕事ですが、これはこれでまともにやっているようです。ただ、関連会社のアイドックＭＰがやっている医療機関開業経営支援コンサルは完全なる詐欺集団です」

「警察は取締りをやらないのですか？」

「これまで七件を取締って、アイドックMPの社員は七人逮捕されています。しかし、あくまでも社員が個人的に外部のブローカーと組んでやったことで、社員については全て執行猶予付きの判決が出ているのが実情です」

「七件、七人全員に執行猶予が出ているのですか？」

「はい。その手口が実に巧妙なのです。まず、外部ブローカーグループはターゲットに選んだ医療機関に対して役員を送り込みます。例の野球選手の義兄もそのパターンです。医療法人の理事長を信用させて、病院の理事に就任すると、不動産売却に関して交渉担当に就きます。そこにアイドックMPの社員が登場します。医療機関の理事として不動産ブローカー時代に別の病院事業で得た利益数十億円を見せ金にしながら、医療法人理事長を信用させ、医療法人が所有する周辺の土地の買収を進めるのです」

「そうか……アイドックMPには医療機関開業経営支援コンサルティングだけでなく、不動産賃貸、管理も営業項目にありましたね」

「そうです。元々、自分の金でも何でもないわけですから、これに反社会的勢力の地上げグループを加えれば、周辺の土地の買収はいとも簡単です。脅しから放火まで何でもやりますからね」

「そこまでやるのですか？」

「バブル期の都心の土地買収をやってきた連中の残党です。バブル期のように、どんな手を使っても……という手口は影を潜めましたが、殺し以外は何でもやりますよ」

「バブル期は殺しもやっていたのですか？」

住吉理事長が驚いた顔をして訊ねた。

「少なく見積もっても数十人は亡くなっています。ただし、死体が出たのは二、三体でしたが、他は行方不明のままです」

「それがあの狂乱経済の裏舞台にあったわけですね」

「おねえちゃんたちが舞台の上で扇を振って踊っている裏で、ひっそりと人の命が消えていたんです。まるでバブルのように……ですね」

「そういう状況だとすれば、湯川君の実家を巡る詐欺集団もなかなか手強いかもしれませんね」

「相当有能な弁護士を付けるしかないでしょうね。警察もそれなりの体制を組むとは思いますが、捜査二課が前面に出るならともかく、背後に反社会的勢力の姿が出た段階で組対が対応することになります。そうなると、彼らは反社会的勢力は徹底的に叩きますが、それ以外の部分については、明らかな証拠が出てこない限り深追いをしません。そこが公安警察との違いなんです」

「公安は徹底的に潰していくのが本来の姿なのでしょうからね」

「少しでも残党を残すと、結果的に分裂した新たな敵ができるのと同じです。オウムと一緒ですね」

「しかし、オウム捜査は公安がやったのでしょう？」

「公安は途中から長官狙撃事件に集中することになってしまいました。それも一部の無能なキャリアの忖度（そんたく）で……」

廣瀬にしては珍しく苦渋に満ちた顔つきだった。それをみた住吉理事長がため息まじりに言った。

「廣瀬先生が組織を辞めたのも、そのような無能なキャリアの存在があったからなのでしょうね」

「大切な人がいなくなった……というよりも、組織内で自分自身の先が明確に見えてきたからですね」

「それでも古巣を大事にされていますね」

「今の僕を育ててくれたのが古巣であることは間違いありませんし、今でも、同期生だけでなく、他の現職とも付き合いがありますから」

「そうですか……ところで、湯川君との面談をお願いしてもいいですか?」

「もちろんです。僕の仕事ですから」

廣瀬が笑顔で答えた。


翌朝、廣瀬は消化器外科医局からのインシデントレポートを確認して、湯川医師を自室に呼んだ。

廣瀬の部屋に入った湯川は六畳ほどの狭さに驚いたのか、部屋の中を無遠慮に見回して簡易なソファーに腰を下ろした。

その態度に対しても廣瀬は無表情に湯川の前に座って口を開いた。

「湯川先生、先ほど消化器外科医局から届いたインシデントレポートを拝見しましたが、あのオペがインシデントの対象であることは理解されていらっしゃいますね」

「ええ。自分のミスが重なったことが原因で開腹手術となり、濱田医長以下三人の医師に委ねる形になってしまったのですから」

湯川は平然と言った。

「ミスの原因が湯川先生ご自身のプライベートな問題で、睡眠不足と心配事によるオペに対する集中力の欠如があったことも事実なのですね」

「そのとおりです」

「現在はどうなのですか？」

「プライベートの問題が全く解消されるどころか、さらに複雑化してしまったことで、余計重症になっています」

「すると外科医としての医療行為を行うことに支障が出たまま……ということですか？」

「まあ、はっきり言えばそういうことになりますね」

湯川は自分がしゃべっている意味もわかっていないのか……と思えるほど平然と答えていた。

「もし、湯川先生が開業医だったとすれば、治療できる状況ではないわけですね」

「そういう仮定の質問に答えることはできませんね」

廣瀬のこの質問には若干の悪意が込められていたのだが、湯川は全く意識していない様子だった。

「では、現在、当院の勤務医として仕事をされていらっしゃるわけですが、医療行為を行うことは難しい状況ですか？」

「患者を診断するのはどうってことはありませんが、オペは難しいかもしれませんね」

「湯川先生は外科医です。オペをしない外科医に存在価値があると思いますか？」

「何？」

湯川の顔つきが一気に変わった。

「廣瀬さん、あんた何様のつもりか知らないが、医者でもないのに医者の存在価値をどうこう言う資格があるのか？」

「僕はあなたが勤務している川崎殿町病院のホールディングス的立場にある医療法人社団敬徳会の常任理事です。関連する四病院の人事権を持っています。当然ながら、その対象の中に医師も含まれています」

「人事権が何なんだ。医者の存在価値をあんたにどうこう言う資格があるのか、と言ってるんだ」

「医療法人社団敬徳会に勤務する医師に関して必要かそうでないかを判断する資格を有しているという意味でいえば、言う資格はあると思っています」

「それならば、俺が開業医だったら何も言う資格はないということだな」

「そういう仮定の質問に答えることはできませんね」

廣瀬はポーカーフェイスを崩さずに答えたが、湯川は前に自分が言った台詞を覚えていなかった様子で、声を荒らげて言った。

「あんたね。医者を冒瀆しているんだよ。そんな奴に存在価値だなんだと言われたくないね」

「それでは、当院をお去りになって結構ですよ。そうすれば湯川先生の存在価値を見出して下さる方もいらっしゃることでしょう」

「なんだこの野郎。お前なんか俺が首にすることだってできるんだぜ」

「ほう。そうですか……ただ、それを楽しみに待っている時間は僕にはないんですよ」

「ふざけたこと抜かしやがって。お前、俺の力を知らないな」

「全く知りませんね」

そう答えると廣瀬はプイと脇にある時計を見た。その態度が気に障ったのか湯川が立ち上がって言った。

「医者に対してそんな態度をとるんだなお前は。俺にも考えがある」

「そうですか。それならその考えを実行に移して下さい。私も相応の対策を取りますから」

「何？　後になって吠え面をかくなよ」

「後がいつになるのかわかりませんが、私も今日中に緊急理事会を招集して湯川先生に対するインシデント報告と人事問題を提議します」

「人事問題？」

「私には人事権があると申し上げました。その権限をあなたに対して行使させていただくための提議です」

「俺を首にするつもりか？」

「それは理事会が判断することです。私は提議するだけです」

「ほう。やれるものならやってみろ」

「承知しました。お帰り頂いて結構です」

湯川はソファーの長椅子を膝の裏で思い切り後ろに飛ばすようにして立ちあがると、扉を思い切り閉めようとしたが、あらかじめドアクローザーをきつめに調整していたため、扉はゆっくりと動いた。これを見た湯川は形相（ぎょうそう）を変えて退室した。

直ちに廣瀬は住吉理事長に対して医療法人社団敬徳会緊急理事会の招集を依頼した。

当日午後三時、医療法人社団敬徳会赤坂中央病院二十七階の会議室に緊急招集にもかかわらず十四人の常任理事、理事が顔を揃え、欠席者三人の白紙委任状とともに理事会が開催された。司会進行役の住吉幸之助理事長が開会を宣言した。

「本日は川崎殿町病院で発生したインシデント事案の報告並びに、当事案当事者の消化器外科医師、湯川賢司（けんじ）の解雇に関して廣瀬知剛常任理事から提案書が出ておりますので討議いただき、その決を採りたいと思います」

廣瀬は川崎殿町病院消化器外科医局長作成のインシデントレポートを配付して報告した後、川崎殿町病院総務部危機管理対策室での廣瀬と湯川医師との会話の録画を見せた。

「親の心、というか、祖父の心、子知らず……ですな」

常任理事の一ノ瀬昇（いちのせのぼる）医師が口を開いた。

「湯川賢一郎（けんいちろう）先生もお嘆きになるでしょうね」

同じく常任理事の近藤修二（こんどうしゅうじ）医師も同調した。

湯川賢司の祖父である湯川賢一郎氏は日本医師会の重鎮であり、整形外科の世界でも股関節脱臼治療に関しては東大大学院で教室を持ち、世界的にその名が知られていた。

理事で青山整形外科病院長の古田次男が腕組みをして言った。

「賢一郎先生の病院は港区医師会でも一緒ですから、先生のご依頼を受けて賢司君を川崎殿町病院にご紹介したのですが……増長してしまいましたね。それにしても廣瀬先生、『存在価値』という言葉はやや強かったのではないですか」

「実は湯川医師に関しては院外でも問題を起こしていたのです」

「どういうことですか？」

「彼は学生の時にアメリカに留学していたのですが、当時取得したカリフォルニア州発行の運転免許証を現在も更新しておりまして、日本の運転免許証と併用しているのです。そして、交通違反を起こすとアメリカの運転免許証を示して英語でまくしたてるため、警察も交通切符を切りながらその後の違反金請求ができないでいたのです。ところが、オービスによる時速百二十キロオーバーの違反をした際に日本の運転免許証台帳と照合した結果、本人であることが判明し、間もなく逮捕手続きが開始される旨の情報を得ています」

「百二十キロオーバーですか……」

会議室がざわついた。理事の吉川道夫医師が発言した。

「現職医師逮捕……しかも当医療法人社団の名前が出ることになりますね。それは避けたい。廣瀬先生、逮捕はいつ頃の予定なのですか？」

「過去の違反件数もあり、現在集計中とのことですが、逮捕状の請求は終わったようで、任意同行はせずに通常逮捕状の執行を行うとのことですから、時間の問題かと思い、緊急理事会の招集を依頼した所存です」

「こりゃ仕方ありませんな。解雇の理由はともかく、解雇に関しては賢一郎先生にも内々で伝えた方がいいでしょうね」

するとと住吉理事長が言った。

「賢一郎先生の病院も大変なことになっているようです」

「どういうことですか？」

「詐欺集団にひっかかって、病院ごとなくなってしまうことになる可能性が高いのです」

これには一同が驚いた。吉川理事が廣瀬の顔を見て訊ねた。

「これも廣瀬先生の情報ですか？」

「いえ、湯川賢司医師が消化器外科医長に自ら報告したものです。インシデントレポートには、他病院の個人情報にかかわるものですから詳細が記載されておりませんが、湯川医師の個人的問題というのは実家の病院のことだったわけです」

「表参道病院といえば、あの場所で千坪近くある、あの地域では二番手の病院でしょう？　どうしてまた……しかも賢一郎先生の次男の事務長もやり手で有名だったでしょう？」

「そのやり手の盲点を詐欺集団に突かれたのでしょう」

「警察は動かないのですか？」

「動いても全摘とはいかないのが、反社会的勢力が背後に入った詐欺集団の手口です。初期治療さえ適切にやっていれば被害は少なくて済んだでしょうが、おそらく土地、建物とも手放さなければならない状況になっていると思います」

「そんな……」

　そこで住吉理事長が会議をまとめた。

「他院のことは他山の石として、皆さんも十分にご留意いただくとして、今回のインシデント事案の厚生労働省への報告並びに川崎殿町病院医師、湯川賢司の解雇に関する提議にご賛同の方は挙手を願います」

　全員が何のためらいもなく手を挙げた。

「では全会一致で本件の措置を廣瀬常任理事に任せることにいたします」

　理事会が終わると住吉理事長が廣瀬を呼んだ。

「いつもありがとう。常任理事や理事の皆さんも、ご自分の病院等で何かあったら、間違いなく廣瀬先生を頼りにすると思いますよ。その時はよろしくお願いします」

「何をおっしゃいますか。ファミリーは大事にしますよ」

廣瀬は笑って答えた。

翌日、廣瀬はインシデントレポートを厚生労働省に報告すると共に、湯川賢司を呼び出し医療法人社団敬徳会理事長名で解雇通告を行った。

「覚えていろ」

捨て台詞を吐く湯川に廣瀬が言った。

「忘れはしないさ。二重免許なんて流行らないぜ。医者なのにフィリピンで国際免許証を取るヤクザもんの真似をするんじゃない。いつまで、医者の身分があるかわからないがな」

「何だと」

そう言った湯川の顔に一瞬、不安げな表情が現れたのを廣瀬は見逃さなかった。

湯川賢司が神奈川県警交通部交通捜査課から逮捕されたのは、その二日後だった。

さらに、湯川の実家である表参道病院に対して、警視庁組織犯罪対策部が強制捜査に入ったのは湯川解雇から二週間後だった。詐欺集団から医療法人に潜り込んでいた不動産ブローカーが得ていた金額は二十五億円で、湯川の叔父である病院事務長は病院の土地・建物の売却益を意図的に申告していなかったという。重加算税を含む追徴税額は約三十四億円に上るとみられていた。

「あっけないものですね」

住吉理事長は二階の理事長室でブランデーを傾けながら、廣瀬に寂しそうに呟いた。

「身内を信用し過ぎたのでしょうね。湯川医師は覚醒剤にも手を出していたようで、これで医師免許も剝奪されることになるでしょう。あの強がりも弱さの一端だったのかもしれません」

「廣瀬先生は湯川君が覚醒剤に手を出していることに感づいていたのではないのですか？」

「残念ながら、全く気づきませんでした。始めたばかりだったのでしょうが、入手ルートをしっかり話してくれればいいのですが」

「執行猶予は付かないでしょうね」

「医者ですからね。法の下の平等とはいえ、人を裁くのは所詮人です。そこには感情が大きくものをいいますからね。医者のくせに……が常套句になってしまいます」

「医者でもないくせに……が彼の口癖だったようですが、そこが命取りになってしまったのですね。私も、もう少し人を見る努力をしなければなりません」

「理事長は理事長の仕事があるのですから、いまのままでいいと思います。ただし、今後は一切の縁故採用は止めましょう」

「そうですね……今でも数件の依頼を受けているのですが、私は最終決定だけにしておきます」

そういうと住吉理事長はバカラグラスに入っていたブランデーを一気に咽喉に流し込んだ。

「白衣を着て仕事をすることになるとは思いませんでした」

前澤真美子が照れくさそうな顔をして廣瀬に言った。

「病棟にスーツ姿じゃ却っておかしいでしょう。すぐに慣れますからしばらく我慢してください」

「おまけに看護師さんは私のことを『前澤先生』と呼ぶんですよ。お医者さんでもないのに……」

「先生という呼び名を意識する必要はありません。これから病棟内でいろんなことが起こりますが、その時、看護師や病院職員が困った時に助けるのが僕たちの仕事ですから。お助けウーマンのつもりで、まずは看護師さんと良好な人間関係を構築して下さい」

「はい。ところで、廣瀬先生が職員の顔と名前をほとんど覚えている……というのは本当なんですか？」

「ほとんどとまではいきませんが、ある程度は覚えています。なにぶんにも職員数は二千人近いですからね。総務課と医事課、そして医局、看護師はほとんど覚えているかな」

「やはり噂は本当だったのですね。持田さんがおっしゃっていました。持田さんがいらっしゃるおかげでどれだけ助けられているか。本当にありがたい存在です。それから、持田さんの大学院の後輩に当たるのが、以前お世話になった助産師の栗田茉莉子さんでした。お二人とも東大大学院出身だったなんて、ビックリです。栗田さんにもお会いできて嬉しかったです。今度、女子会をすることになりました」

前澤の実に生き生きとした顔を見て廣瀬は穏やかに微笑んで言った。

「病棟でそんな話が出ていましたか？　持田さんは極めて有能な人材で、病棟担当看護師長から、うちのセクションに来てもらったんですよ。栗田さんもスーパーウーマンですからね。仲良くしてください」

「持田さんはもちろん、皆さん、とても廣瀬先生を信頼されていて、暴力団の組長も頭を下げていたとも言っていました」

「まあ警察出身であることは皆知っていますからね」

「でも、財務大臣や官房長官ともお知り合いなんでしょう?」

「財務大臣は緊急入院されたことがあって、それで知っているだけです。官房長官はその時の官邸との調整役をやってくれただけですよ。困るな、そんな話が広がってしまうと……」

廣瀬は真面目な顔つきで言った。

「でも、県警を退職する日、中途退職者にしては初めてだったらしいのですが、警務部長室に呼ばれたんです。そして藤岡警務部長から『廣瀬さんの人との接し方を学びなさい』と言われました。そして、『廣瀬さんは驚くほどの人脈をお持ちだ』ともおっしゃっていました」

「余計なことを……どんな世界でも一緒なのでしょうが、特に警察や病院は相手の立場を十分におもんぱかってあげないといけません。誰しも好きで来ているわけではないのですからね」

「確かにそうですね……患者さんだけでなく、お見舞いに来られている方もそうですよね」

「警察だってそうだったでしょう。交通事故に遭った、泥棒に入られた、騙された……好きで警察を訪れる人は誰もいなかったと思います」

「恥ずかしいです。在職中にそう考えたことは一度もありませんでした」

「そうでしたか……僕たちは警察学校に入った時に最初にそれを学びました。そして卒業配置した所属で、独身待機寮のクリスマスパーティーがあったのですが、その時、来賓でいらっしゃった病院の総婦長さんが警察と病院が『違うようで実は似ている』ということを教えてくれました。警察官と看護師さんのカップルが多いこともね」

「そうなんですか？」

「警視庁では確かに多かったですね。ただし、お互いに夜勤があって、すれ違い人生を送らざるを得ない人がいたのも事実でしたけど。皆いろいろな悩みを抱えています」

「そうですね。そうなると院内交番は患者さんだけでなく、職員の方の駆け込み寺でもあるわけですね」

「それを理解していただければ十分です。あまり能動的になる必要はありません。まだ周囲も遠慮があると思いますが、そこもまた警察と同じで、慣れてくるとどんどん仕事が入ってきます。決して一人だけで片付けようとは思わず、何でも相談して下さい。牛島君もいますしね」

「はい。心強いです」

前澤真美子は三十二歳の二児の母親とは思えない、意欲溢れる新人そのままの姿勢だった。

「やはり向いているな……」

廣瀬は呟いていた。


外来を廣瀬が覗いてみると、初診の受付事務で牛島隆二が早速動いていた。

そこでは六十代前半と思われる、丸刈りの男が職員に怒鳴っていた。

「急患だと言っているだろう。いつまで待たせるつもりなんだ」

「窓口では順番にお呼びしております。受付をした際に呼び出し票をお渡ししたと思います。窓口ではその順番どおりにお呼びしております」

川崎殿町病院の初診受付は十人の職員が診療科目ごとに手続きを行っていた。牛島が受付内の職員に状況を訊ねると、

「実は、この患者さんは過去に二度の治療費不払いがあって、コンピュータがはじき出したのです」

「なるほど……私が対応しましょう。データを添えて第二応接室に案内して下さい」

丸刈りの男は診察室ではなく応接室へと促された段階で大声を出し始めた。

「こんなところで俺を診察しようってのか」

「患者さん。病院内で大声を出すのはご遠慮下さい。あなたよりももっと重病の方もいらっしゃるんです」

「何だ若造。俺の病気も知らないで何がもっと重病だ。ふざけるな」

牛島は慇懃(いんぎん)無礼な態度と柔らかい口調で説明しながらも、巧みな逮捕術の技を使って男の右ひじを完璧に決めていた。

「いてて、何をしやがるんだ。この野郎」

「どこが痛いんですか？　大丈夫ですよ。ここは病院ですから」

周りにいた患者や職員も牛島が丸刈りの男を優しく抱きかかえているようにしか見えない。

第二応接室は完全防音設備が整っていた。応接室に入ると、牛島の顔つきが変わった。

「寺田三吉(てらださんきち)さん。あなたはこの一年間で二度、この病院で治療を受けていながら、そのどちらも治療費が不払いになっていますね」

「この病院は金がない者は診てくれないのか？」

「症状が重篤である等直ちに必要な応急の措置を施さねば患者の生命、身体に重大な影響が及ぶおそれがある場合においては、医師は診療に応ずる義務があります。しかし、今のあなたにはそれを認めることはできません。何度も支払い要請をしたにもかかわらず、その支払いを拒んでいながら、それでもまた当院に来るとは、ちょっと虫がよくないですか？」

「診察もせずに、俺が重病じゃないとお前は言えるのか？　お前は何科の医者なんだ？」

「それに答える必要はありません。あなたが当院で受けた、過去の医療費、入院費等を支払わない限り、当院であなたを診療することはできません。できることなら公立病院に行って下さい。裁判所からも通知が行ってるはずですし、もちろん今後もあなた宛ての請求は続けますけどね。たとえそれが生活保護費であっても、一部を差し押さえることもしなければならないかもしれません。なぜなら、あなたは生活保護費を酒とパチンコで使い切っているのでしょう」

「てめえの金をどう使おうが、お前にとやかく言われる筋合いはない。患者を診ないというなら、裁判を起こしてやろうじゃないか」

「どうぞ、ご自由に。あなたの家に行っても、どうせ何一つ差し押さえるモノもないでしょうが、当院としてもただ指をくわえているだけではないということを教えて差し上げますよ」

「舐めたことを言うんじゃないぜ。お前、俺のバックに何があるのか知っているのか？」

「知りませんね」

「知って吠え面をかくなよ」

「吠えも泣きもしないと思いますが、参考までに教えて頂けますか？」

「俺のバックにはな、泣く子も黙る立石一家が付いているんだ」

　寺田三吉は初めてドスを利かせた声を出した。それを聞いた牛島は「ほう」と言うとニヤリと笑って寺田よりもさらにドスを利かせて言った。

「おい、三吉。てめえのような仕事もせずに遊んでいる野郎が軽々しく立石金一の名前を出すとはいい度胸じゃねえか。なんなら、ここに立石組長を呼んでやってもいいんだぜ。てめえの一言で暴対法が立石組長に適用されたら、てめえ、明日の今頃は追浜の蝦蛄の餌になっているだろうよ」

　寺田三吉の口元に泡が吹き出した。目を丸くして牛島の顔をジッと見つめている。牛島がさらに言った。

「ここはてめえのような、チンピラにもなれねえクズ野郎が来るところじゃねえんだ」

寺田の身体がわなわなと震え出した。牛島は一瞬、「これは何かの病気か？」と思うほどの震え方だった。しかし、川崎殿町病院で調べた過去の検査結果には癲癇（てんかん）や、その他の病気を示すデータは載っていなかった。

「おい、三吉どうした」

「う、うるせえ。てめえの名前は何と言うんだ」

「川崎殿町病院院内交番長の牛島隆二だ」

「院内交番？　何だそりゃ？」

「病院内で、てめえのような悪い野郎を野放しにしない役目だ」

「てめえ、おまわりか？」

「警察がこんな格好をして病院の中にいるわけがないだろう」

「今日のところは帰ってやるが、お前、ここを首になるぜ。覚えとけよ」

「ああ。覚えとくよ。とっとと帰りやがれ。ところで、三吉、お前の病気は治ったのか？」

牛島が笑って訊ねると、寺田は睨（にら）み返しはしたものの、何も言葉を返すことなく応接室を出て行った。

翌日、牛島を訪ねて二人の弁護士が川崎殿町病院にやってきた。医事課の職員に二人を第二応接室に案内させ、牛島が対応した。弁護士はそれぞれ名刺を差し出した。顔と名前を確認すると二人とも牛島が公安時代に知っていた極左系の人権派弁護士だった。

「ご用件をお伺いいたしましょう」

「あなたは昨日、この病院で診療を希望した寺田三吉さんを受診させることなく追い返したとのことですが、それは事実ですか？」

「はい。事実です」

「それは医師法十九条一項に規定されている応召義務違反になることをご存知ないのですか？」

「医師法十九条一項の応召義務は『診療に従事する医師は、診察治療の求があった場合には、正当な事由がなければ、これを拒んではならない』というものだったと記憶していますが、その主体はあくまでも医師であって、私は医師ではありません。したがって、私自身、医師法の対象ではないと思います」

「それでは、この病院の院長を呼んでいただけますか？」

「院長は現在、医療法人の理事会に出ておりまして不在です。当院の医師、職員との面談をご希望であれば、あらかじめ約束をいただかなければ対応しかねます」

「では副院長をお願いします」

「同じことを何度も言わせないで下さい。あらかじめ約束をいただかなければ対応しかねると申し上げたはずです」

二人の弁護士は顔を見合わせて目配せをして言った。

「私たちも忙しいんです。ここまでわざわざ出向いてきたことをご勘案いただきたいのですが。法律違反をしたのはあなたのほうなのですからね」

「それはあなた方の都合と勝手な言い分で、法律違反を問うのは裁判所です。後ほど、医事課の担当者を引き合わせますので、そこで日程の調整をしたうえで改めてお越しください」

「ここに医事課の担当者を呼んではくれないのですか？」

「ここは応接室です。窓口でお願いします」

「牛島さん。あなたは弁護士である私たちにもそういう態度を取ったとなれば、寺田三吉さんに対してどういうことを言ったのか推して知るべし……です。この病院の体質が問われますよ」

「あなたがどう思おうとご自由です。窓口にご案内いたします」

憮然とする弁護士を気にすることなく、牛島は席を立って応接室の扉を開けた。

弁護士を医事課の窓口に案内すると、牛島は「では私はここで……」と言って、その場を離れ廣瀬の部屋に行った。

「昨日報告致しました治療費不払い患者に関しまして、今、弁護士が二人参りましたので、医事課で院長との面談手続きをさせております」

「そうですか。弁護士二人でしたか……プータロー相手にしては対応が早いですね」

「極左系の人権派弁護士でした」

「なるほどね……まあ、敵の出方をのんびり見ていましょう。応召義務に関しては理事会でも何度も話題になったことがあります。今回の牛島さんの対応は見事でしたよ」

「ヤクザもんの名前を出してくれているので助かりました」

「まあ、あれだけの捨て台詞を吐いて帰っていますから、応召義務以前の問題でもあるのですが、治療費不払い患者に対する応召義務に関しては、はっきりとした判決を出してもらった方がいい時期にきていると思いますし、厚生労働省とも話をしているところでした」

「廣瀬先生から予めのレクチャーを受けていたので、助かりました」

「ヤクザもんが病院を脅す時の常套手段の一つですからね。これでよかったと思っていますよ。それにしても牛島さんもなかなかの役者でしたね。あんなドスの利いた声は慣れていないと出るものではありませんよ」

廣瀬が笑って言った。

牛島が廣瀬の部屋を出ると、廣瀬は事務長室に向かった。

「廣瀬先生、御用でしたらご連絡下されば、こちらから出向きましたのに」

戸田事務長が飛び上がるように席を立って言った。

「いえ、ちょっと病院の会計実態の一部を知りたかったものですから、二度手間、三度手間にならないように参りました」

「会計実態……と申しますと？」

「実は、現時点で当院の医療費未払いがどれくらいあるのか、金額と件数、対象人員、その督促状況のことです」

「医療費未払いに関して、一般的には救急や出産、そして訪日外国人の治療によるものが三大要因と言われています。幸いにも、当院ではその全てを受け入れているにもかかわらず、地域医療支援病院の認定を得ていますので、悪い患者が少ないです。さらには特定機能病院に準じた扱いを受けていますから、社会的認知度も高いと言えます。数字的には……ちょっと待ってください」

地域医療支援病院は、患者に身近な地域で医療を提供することが望ましいとの観点から、紹介患者に対する医療の提供（かかりつけ医等への患者の逆紹介も含む）、医療機器の共同利用の実施、救急医療の提供、地域の医療従事者に対する研修の実施という四つの役割を満たす病院である。

特定機能病院とは、高度の医療の提供、開発並びに研修を実施する能力を有し、他の病院又は診療所から紹介された患者に対し、医療を提供する病院として厚生労働大臣の承認を受けた病院をいう。四百床以上の病床を有することが必要であり、多くの大学病院等がこれに当たる。

戸田事務長は自席のパソコンを操作した。

「現時点で健康保険の強制徴収制度を活用しているもので三十五件、三十人、金額で二千七百万円です」

強制徴収制度とは、健康保険者が未収金を回収して、それを医療機関に支払うという制度であるが、強制徴収制度が適用されるためには、医療機関が未収金回収のための回収努力をしたことが要件となっている。

「結構な金額ですね……昨日、初診受付で騒いだ寺田三吉という男はどうですか？」

「こいつは二件ですね。金額は合計で二百二十万円です。交通事故で救急搬送されたのですが、飲酒事故だったために保険が下りなかったのが最初です。二度目も救急搬送で、この時は薬の大量服用で胃洗浄等の処置をして二日間の入院でした」

「薬の大量服用ですか……自殺でも図ったのですか？」

「元妻の気を引こうとしたようですね。どちらも県警が捜査を行っています」

「ろくでもない野郎だったわけですね。それなのに今回は救急搬送ではなく、自分からやってきたわけですか……」

「医事課の職員が本人に面談や電話、さらには内容証明郵便などで督促を続けていたこともありますが、どこの病院も受け入れてくれなかったのが背景にあったのでしょう」

「医事課は相応の努力はしたわけなんですね」

「そこで強制徴収制度を活用したようなんですが、役所も、奴が他の病院等でも長期滞納常習者で、財産調査等の滞納整理事務及び難ケースとして指定していたようです」

「こういう奴がいると、国民皆保険制度というものが果たして必要なのか……と思ってしまいますね。特に国民健康保険料はある意味で第二の所得税のようなものですからね。僕も一時期個人事業主の時があったのですが、その時の月あたりの国民健康保険料が九万円でしたからね」

「月、九万円……年に九十万円ですか？　そもそも日頃、そんなに病院にかかることもありませんけどね。国民健康保険は、日本の国民健康保険法等を根拠とする、法定強制保険の医療保険ですからね」

戸田事務長が驚いた声を出した。

「僕は、そんなお金を支払ってまで保険に入る必要があるのかとも思ったのですが、法律で決まっていることで、支払わなければ財産を差し押さえられることもありえるのだそうです。それから少し勉強をしてみたのですが、健康保険料は所得に対して税率をかけるので、所得が上がれば保険料も上がることに驚きました」

「確かに第二の所得税ですよね……おそらく国民健康保険料のほぼ最高限度額だと思いますよ」

国民健康保険は主に市町村が運営し、日本におけるユニバーサルヘルスケア制度の中核をなすものである。

日本の人口のうち約二六パーセントが市町村国保への加入者であるが、そのうち減免措置を受けている世帯が約六〇パーセントに上っている。ユニバーサルヘルスケアは手ごろな費用で広範囲に展開可能であるとされているが、医療費負担制度を累進性にすることで補われている。

「ところで、今回の医療費未払いと応召義務との兼ね合いを、廣瀬先生はどう考えていらっしゃるのですか？」

戸田事務長が身を乗り出して訊ねた。廣瀬が一度頷いて答えた。

「今回の案件は応召義務で勝負しようとは思っていないのです。ただ、相手方の出方次第では最高裁にまで持ち込まれることを覚悟しています」

「最高裁……ですか？」

戸田事務長が目を丸くして訊ねた。

「これはいつかどこかの医療機関がやらなければならないことだと、理事会では何度か協議したことがあったのです。ですから、そのいいきっかけになるかもしれません。世論を二分することにもなりかねませんが、やっておいた方がいいと思っています」

「うちがやる必要があるのですか？」

「本来なら、法定強制保険を創った国家が補償しなければならないはずなのに、これができていない。これから高齢者が増えてきた時、今の制度は必ず破綻します。その警鐘を鳴らす必要があるのです。その中で応召義務という、医師にだけ一方的に命じられた義務には、それに相応な権利もなくては権利義務のバランスを取ることができません。そもそも、応召義務が成立した背景には、医師法制定時が戦後の医療供給体制の量的確保が進められていた時期だったことがあるのです」

「戦後の医療問題ですか……」

「応召義務は医療の公共性と独占性を背景とした倫理規定的なもので、医師個人に応召義務を課すことで国民の需要に応えようとしたものだったのです。しかし、現在では状況が大きく変わっていますからね」

「時代にそぐわなくなったものになっている……ということですね」

「個人の医院やクリニックでも、診療場所と医師の住居が離れている……なんてことは常識ですからね。昔の町医者とは環境が変わり過ぎているのです。また、病院であっても、病院にその患者を診る医師がいなければ、それは応召義務の問題ではないのは自明の理です」

「治療費の不払いはどう対応するつもりなのですか？」

「先ほども言ったように権利義務のバランスの問題です。今回のような当院だけで二度の不払いをやっているような輩は、おそらく他所でもやっているはずです。当院が地域医療支援病院となっていることを考えれば、救急外来の患者以外は必ずどこかの医療機関からの紹介が必要です。しかも医師なら誰でもいいわけではなく、紹介元の医師もある程度はこちらで認可した医師に限定しているわけです」

「それも最初は少し問題になりましたよね」

「信用の問題ですね。医師としての能力はあっても病院経営者として患者の資質をも見抜く能力がなければ、紹介先に迷惑が掛かる。地域医療支援病院の根幹にかかわる問題でしたからね」

「先日も当院の救急外来でＭＲＩ検査をして一ヵ月間入院した患者に、健康保険診療報酬自己負担分の請求をしたところ『こんなに多額になるとは思わなかった。持ち合せがないので払えない。多額になることを事前に教えてくれなかった病院が悪い』と言って払わずに帰ってしまいました。その後、何度か請求書を送り、面談もしましたが、一切の支払いをしません」

「そういう輩は徹底した調査を行ったうえで回収を図った方がいいですね。悪意がある者ならば必ず、他の病院でもやっていることでしょう」

「患者の支払拒否は放置できないので、法的手続きを進めています」

「保険診療の自己負担分が多額になることが予想される場合でも、これはインフォームドコンセントの対象ではありません。患者が質問もしないのに病院側から積極的に概算額を知らせる義務はありませんが、当院としては予めの告知をしていたのですからね。その者に対してはどのような措置を取っているのですか？」

「民事調停や支払督促をしても仕方ないと思いましたので地方裁判所に通常訴訟を行いました」

「ベストですね。後は敵の出方でしょう」

「敵……ですか？」

戸田事務長が驚いた顔つきで訊ねた。

「日本の医療に対する敵対行為でしょう。こちらが求めているのはあくまでも健康保険診療報酬自己負担分です。自由診療ではありません。それに、金額を見ても十数万円のことでしょう？　常識的に考えれば差額ベッド料金を計算しても安いくらいの料金です。世の中がそんなに甘いものではないことを知らしめてやるべきですし、そういうことは積極的に広報した方がいいんです。その結果、うちの病院を『とんでもない』と思う人は来てもらわない方が助かりますし、どこかの国のように感情的になって不買運動ならぬ『不通院運動』でも起こしてもらったらいいのです」

「しかし、富裕層専門病院……のように思われるのもいかがなものかと思いますが……」

「うちのどこが富裕層専門なのですか？　事務長が口にすることではないし、そんな懸念を持つこと自体が問題だと思いますよ」

廣瀬がやや厳しい口調で窘めると、戸田事務長が慌てて訂正した。

「かつて幾つかのマスコミにVIP専用の窓口がある病院……という取り上げ方をされたことがあったので……つい、神経質になってしまいました」

「VIP専用の窓口がある病院のどこが悪いのですか？　国家の重要な立場にある方を一般外来で待たせますか。そういう人が病気になることだけで、経済だって動くことがある。VIPを守るということは国家を守ることにもつながるんです。事務長、ちょっと呆けてきていませんか？」

廣瀬にしては珍しく嫌味のこもった口調で言った。

「仰せのとおりでした。私の認識が甘くなっていました」

「そういったことは新人職員の採用研修でもきっちりと教えていることです。もう少ししっかりしてもらわなければ困ります。治療費不払い患者に対する法的手段を取るにしても時効を考えなければなりません。治療費請求権については、民法第一七〇条で三年という短期消滅時効が定められていますから、診療終了から三年間放置すると請求権は消滅しますからね」

「えっ、そうでしたか？」

廣瀬は久しぶりに怒りがこみ上げてきた。

「最近の治療費不払いの増加は病院が厳しく取り立てをしなかったため、甘く見られているのかも知れません。踏み倒しだけは絶対に許さない……その姿勢を示すことが大事です。あなたのように悪評を恐れていては病院経営なんてできませんよ。さらに言えば、そんなことで悪評が立つような医療行為を当院では一切行っていない。その自負がない職員はどのような部署であっても必要がない」

戸田事務長は蒼白になりながらも訊ねた。

「もし、裁判をしても相手が支払わない時は、どうなりますか」

「強制執行をすればいいでしょう。給料や預金などの債権差押や土地建物の競売など、目に見える執行を行うのです。それをやって初めて回収不能として税法上の損金計上ができるわけでしょう」

　廣瀬の論理だてた回答に戸田事務長はタジタジになっていた。それを見た廣瀬はさらに一言付け加えた。

「事務長は単なる事務屋じゃないはずです。経営戦略を持っていなければ、病院経営もできない。その計算を行うのが事務長でしょう。応召義務と治療費不払いの問題も同様です。医師と患者との間には診療契約が成立しています。医師は診察を行い、患者はその料金を支払うことが契約内容となっています。一般の商取引であれば、一方が代金を支払わないのであれば、他方は商品やサービスを提供する必要はありません。契約を解除することもできますし、再度の契約を拒絶することもできるでしょう。しかしこれまでは、治療費不払いが医師法にいう『正当な事由がなければ』という応召義務の免責規定に属していなかった。厚生労働省も『医業報酬が不払であっても直ちにこれを理由として診療を拒むことはできない』としていますからね。それでは誰が医師を守ってくれるのか……今、その戦いを始めるのが医療法人社団敬徳会だということです」

「本気なのですね……」

「当たり前でしょう。そのための危機管理担当常務理事なんですから。地方自治体でも国民健康保険料の未収債権徴収率が大きな問題になっています。ある政令指定都市では未収額及び件数の合計が約二百六十億円、件数が約百六十万件、十八万人を超えているのですよ。国民健康保険料さえも支払わない人が治療費を払うはずがない。言葉は悪いがこれは間違った人権意識です。そういう人を甘やかしている地方自治体に問題があるし、保険屋にも問題があるわけです」

「当院が外国人に対する扱いが厳しいのもその点ですか？」

「羽田空港が近い関係で、航空会社や空港ビルから依頼がある場合がありますが、外国人旅行者の場合には保険加入状況を確認した上でしか受け入れません。さらに日本に居住している外国人であっても、加入者本人との虹彩データ照合が一致しない限り受け入れません。僕自身が性善説を否定していますから、特に不良外国人に対しては特別ですね」

「不良外国人の見極めはどうされているのですか？」

「当院が初診受付時に行う院内ＩＤ用の写真撮影では警視庁のＳＳＢＣ並みの画像解析システムを取り入れています。さらに、パスポートだけでなくビザ、顔写真付きの保険証書等と照合しますからね」

「それで先日はフィリピン人のなりすましを排除されたのですか？」

「そうです。妹の保険証とパスポートを使って当院で手術を受けようとしたのですが、虹彩データ認証で他人であることがわかったのです。すぐに神奈川県警に引き渡し、姉は直ちに国外退去、妹も詐欺罪で起訴されて先日、国外追放されました。この事件で同様の行為を行っていたフィリピン人医療詐欺グループを摘発し、数十人規模の検挙事案があったようです」

「警察とのパイプの強さですね……」

「最近は中国人も増えてきています。特に観光で来て日本国内で失踪した中国人の画像リストを入手していますから、福岡分院でも先日、なりすまし容疑者を逮捕しています。日本の医療は東南アジアをはじめとして、ロシアの極東地域でも憧れの存在なのです。だから旧東欧諸国を含めた不良外国人が狙ってくるのです」

「そういう背景があったのですか……」

「幸いなことに、先月、新しく当院の危機管理担当として院内交番に配置した二人は、その道のプロですから、活躍を期待しているところです」

「それで今回も牛島先生が対応されたのですね」

「もちろん私もフォローしますが、やれるところまで彼に任せてみようと思っています。弁護士の出番はまだまだ先ですね」

「弁護士といえば、当院に顧問弁護士がいないのはどういう理由ですか？」

「弁護士には得手不得手があるでしょう？　オールマイティーな弁護士なんて存在するはずがありません。事案に合わせて弁護士を選べばいいだけです」

「医療法人社団敬徳会として、大きな弁護士法人と契約しては……とも思ったのですが」

「大きな弁護士法人ほど当てにならないところもないのです。有能な弁護士は独立しますからね。若手の練習場のようなところだと思った方がいいですね。かつて、日本で三指に入る大法律事務所が五人がかりである事件に臨んだのですが、田舎弁護士一人にコロリとやられましたよ。公判や実務を横で見ていた僕も唖然とするほどの、出来の悪い弁護士たちでしたね」

「そういうものなのですね」

「そうです」

廣瀬ははっきりと答えた。

戸田事務長がうな垂れているのを見て、廣瀬は自室に戻った。

四日後、川崎殿町病院の福永院長を訪ねて先日の二人の弁護士がやってきた。

第二応接室で面談が行われた。病院側は福永院長と牛島の二人が対応した。

弁護士の一人が一度牛島を睨んでから院長に向かって切り出した。

「応召義務違反の件で院長のご意見を伺いたく、お時間をいただきました」

「当院では応召義務の違反はなかったという認識です」

「寺田三吉さんからの報告を聞く限り、ここにいる牛島氏がとった行為は応召義務違反であることは確実です。しかも、彼は私に医師でもない自分に医師法は適用されないともおっしゃった。病院職員が病院を代表して患者と対応したのですから、これは福永院長、あなたが寺田三吉さんに言ったのと同じだと考えていますが、どうでしょうか？」

「寺田三吉さんと当院は現在、横浜地方裁判所で係争中です。その件は当然ご存知ですね」

「えっ？　係争中……ですか？」

「当院の医事課の職員が三度面談しておりますし、内容証明郵便も三度、ご本人が受理しています。それでも支払いの意思がないということでしたので、横浜地方裁判所に対して通常訴訟を行っておりますが、ご本人が第一回目公判日に出廷していません。そういう方を患者として受け入れることは、さらなる事案の拡大と考え、本人に対しても患者としての受け入れを拒絶する旨の通告も行っています」

弁護士は寺田三吉から裁判の件を知らされていなかったようだったが、懸命に頭をめぐらしたようで、数秒の沈黙後に口を開いた。

「しかし、判例では治療費不払いを以て診察を拒絶することは応召義務に違反する旨の決定が出ているはずですが、院長はそれをご存知ないのですか？」

「判例にしても、厚生労働省の見解にしても、治療費不払いが医師法にいう『正当な事由』にはならないと言っていることは存じておりますが、そこにはどちらも『直ちに……』という文言が入っております。当院といたしましては、裁判で係争中の相手を受け入れることと、拒絶することの双方を比較検討した結果、後者の判断をしたわけですから、何の問題もないと考えております。寺田さんが訴訟を起こしたいとおっしゃっているなら、どうぞご自由になさって下さい。それによって当方に生じた時間的なロスに関する賠償については別途請求させていただきますが、その際はお二人が所属する法律事務所宛になることもご承知おき下さい」

「何ですって？　法律事務所に損害賠償請求をするなんて聞いたことがありませんよ」

「海外ではよくあることです。弁護士同士の請求もあるようですからね」

「海外は海外でしょう。ここは日本ですからね、訴えの利益が認められるとは思いませんが……」

訴えの利益とは、民事の世界では原告の請求に対して本案判決をすることによって当事者間の紛争を解決するために有効であり、しかも適切であることを言う。

「そうですか？　あなた方が医師法違反で告訴、告発されるというのなら、どうぞやって下さい。次回は裁判所でお会いすることになるのを楽しみにお待ちしております」

「院長。あなたがそんなことを言っていいのですか？」

「裁判をしたいのでしょう？　どうぞやって下さい……と申し上げているのです」

二人の弁護士はお互いに顔を見合わせていた。それを見て福永院長が突き放すように言った。

「他に何か御用がおありですか？」

「いえ、では次回は裁判所でお会いしましょう」

弁護士は不機嫌そうに言って立ち上がった。

弁護士が帰ると福永院長が廣瀬を呼んだ。対談の結果を聞いた廣瀬が笑いながら言った。

「当てが外れたのでしょうね」

「当て……どういうことですか？」

「彼らの目的は示談金を得ることだったと思いますよ。僕が『強気で押してください』と言ったのは、向こうが金銭を要求してくると思ったからなんですが、もっと面白い方向に進んだみたいですね」

「示談金目当て……でしたか……廣瀬先生が、当方には落ち度がないとおっしゃったので、強気に言っただけなんです。裁判所に出廷した際の時間分の報酬を法律事務所に請求すると言ったら驚いていましたよ」

「奴らは国家賠償を求めるのは得意ですが、自分たちが賠償を求められるのは初めてのことだったのかもしれませんね」

そういうと廣瀬は愉快そうに笑った。

「本当に裁判を起こしてくると思いますか？」

「僕としては起こしてほしいですね。応召義務に関する新たな判決ももらいたいところです。院長にとってはご迷惑でしょうが、日本の医学界にとって画期的な判断が出ることを期待しているんです」

「理事会でも、今までに何度かその話が出たことがありましたが、まさか私が当事者になるとは思いませんでした」

　自室に戻った廣瀬は牛島を呼んだ。

「弁護士は前回と比べてどんな感じでした？」

「今回は極左の顔は見せませんでしたね。私にも一切の質問をしませんでした」

「なるほど……院長がそんなに手強いとは思ってもみなかったんでしょうね」

「廣瀬先生とは入念な打ち合わせができていたのですね」

「応召義務に関しては理事会でも何度か話題になっていましたし、弁護士への対応策は医療法人各病院の院長には伝えていましたからね」

「奴らは告訴、告発をやってくると思いますか？」

「三吉がどういう経緯で奴らとつながっているのかが問題ですね。単なるチンピラ野郎ではなさそうですしね」

「私はチンピラにもなれない、生活保護受給直後に、これをパチンコでスッてしまう程度の者としか考えていませんでしたが……」

「医事課の行確結果報告書だけを見ると確かにそうなんだが、今回の弁護士連中は、極左の中でも、いまだに内ゲバをやっている革命的社会主義協議会だからな。三吉と何か特殊な関係がなければ弁護士が二人も動いたりしないでしょう」

「確かにそうですね。寺田三吉のバックグラウンドをもう少し調べた方がよさそうですね」

「僕も公安部に確認してみますよ」

廣瀬はあえて牛島の前でデスクの電話をスピーカー機能にし、短縮ダイヤルを押した。

「警視庁です」

キレのいい若い女性の声だった。

「OBの廣瀬と申します。公安部公安総務課の寺山理事官席にお願いします」

間もなく電話が切り替わった。

「寺山です。廣瀬ちゃん、相変わらず忙しそうだね」

「理事官もこの秋の異動で、いよいよ署長らしいですね」

「これも順送りだからね。静かなところに行きたいと思っているんだよ」

「それは無理というものですよ。公安事件専門官の寺山理事官を暇な署に出すほど、人事一課はお人好しじゃありませんから」

「それよりも今日は何事なんだい？」

「実は革命的社会主義協議会の弁護士二人が、反社会的勢力系列の男の代理人として当院に告発準備としてやってきたんです」

「革社協か……あそこは未だに内ゲバをやっているからな、その弁護士の名前ともう一人の男の人定を送ってもらえるか？　それと、告発内容は何なんだい？」

「弁護士は二人とも東京の二弁です。告発内容は応召義務違反です」

二弁とは第二東京弁護士会のこと。東京には他に東京弁護士会、第一東京弁護士会があり、この三弁護士会はすべて日本弁護士連合会に属する。二弁には左翼系の弁護士の多くが在籍することも、警察内では知られていた。

「なるほど二弁ね……あっちの連中が多いからな。応召義務に関しては、今、奴らの闘争方針の一つになっている。反社会的勢力とつながっている可能性は面白い図式になるかもしれないな。神奈川県警は動いていないのかい」

「まだです。状況次第ではチヨダに連絡をしていただいてもいいのですが、一課の動き次第ですね」

「革社協は現在は一課の第四担当がやっているんだが、今のメンバーはいいぞ。廣瀬ちゃんもよく知っている小早川（こばやかわ）が管理官だ」

「小早川が一課に行ったのですか？　てっきり二課のエースになると思っていました

が……」

「二課で係長をやっている時に、家族が革社協に狙われたんだ」

「えっ？」

「長女の菜穂子ちゃんが早稲田の文学部に入ったんだが、小早川の娘だとわかって、危うく拉致されるところだったんだよ。革社協の非公然部隊への二課の潜入組がそれを確認して、潜入を打ち切って救出したんだ。七年以上の潜入がふいになったが、菜穂子ちゃんが無事だったことが一番だった」

「拉致は非公然がやろうとしていたんですか？」

「この拉致は、公然部隊から非公然に移れるかどうかの最終試験代わりだったようだな。こちらとしても奴らを徹底的に潰したが、第一拠点を移転されてしまったよ」

「そういうことだったのですか……それで、菜穂子ちゃんは、今？」

「協力者を通じて、今はアメリカ留学している。彼女自身も将来的には留学を目指していたのが、我々にとっても救いだったけれどな」

「それにしても、どうして小早川の人定が向こうに知られてしまったのでしょう」

「吉岡前警察庁長官のミスだ」

「吉岡長官……ですか？」

廣瀬が頭をめぐらしていると、寺山理事官が言った。

「小早川は一時期、長官付きとして、長官に近づく過去の同級生や企業関係者のチェックを行っていたんだ。その時、奴らは長官の私邸に忍び込んで、長官が持っていた警察庁の組織データを複写していったんだ」

「長官は私邸にデータを置いていた……ということですか？」

「うかつだったんだな」

「うかつにもほどがあります。といっても、かつて奴らは長官公舎にも忍び込んで、預金通帳等のデータまで盗んでいったことがありましたけどね」

「あの時は警備部、地域部、麹町署の幹部は大異動になったからな。預金通帳だけならまだしも、公舎と自家用車の合鍵から健康保険証まで、ありとあらゆる個人情報が筒抜けだったんだからね」

「革社協にガサを入れてびっくりしたのは当時の革社協担当だった公安二課だけでなく、長官ご本人もそうだったようですね」

「長官も敵の怖さを初めて知ったようだったが……、満期除隊直前だったからな、最もショックだったのは警察庁の公安課長と、うちの公安部長だっただろう」

「長官狙撃事件の時もそうだったのでしょうね」

「警視庁公安部にとっては犯人未検の最悪な事件だったからな。いずれにしても常に尋常ではない組織的な敵がいるのが公安部だ」

「僕は早めに切り上げてよかったです」

「公安部を背負って立つ男だと、誰もが思っていたのに……」

「とんでもない。僕がやるべき仕事はあの時点で終わっていたんです。今は、出来る限りの応援をさせていただいています」

「廣瀬ちゃんの情報は今でも十分に役立っているよ。官房副長官も認めていらっしゃるようだから、その点は組織として感謝しているよ。今回の情報もきっと何か大きなことが起きているような気がしているんだ」

「早急にデータを送りますのでよろしくお願いします」

電話を切ると牛島が口を開いた。

「やはり廣瀬先生は別格ですね。官房副長官が出てくるとは思いもしませんでした」

「僕が警部補の頃の警備局長だったからね。いろいろあった時代ですよ」

「どうしてそういう人間関係ができるのですか？」

「間に入って下さった方がいたからですよ。あの方に出会うことがなかったら、今頃、僕は警察組織の中で何をしていたことやら……です」

「それにしても、今でもお付き合いができるわけでしょう？」

「吉國内閣官房副長官は今でも僕が辞めた当時のことを苦々しく言いますよ。『君がプイと組織を去った』とか『私に一言相談があってもよかった』とかね」

「その時吉國副長官はどういう立場だったのですか？」

「警察庁次長ですね。その後すぐに長官になりましたからね」

「当時から廣瀬先生は情報部門にいらっしゃったのですか？」

「情報だけでなく事件もやっていたけど、世の中から良きにつけ悪しきにつけ『大物』と言われる人物が消えてきた時代でしたね。ワクワクするような事件もなくなってきた時代だった」

「廣瀬先生がワクワクする時代というのはどういうものですか？」

牛島が首を傾げて訊ねた。廣瀬は笑いながら答えた。

「ヤクザも、政治家も大物で、財界にも大企業の中興の祖となるような人が多かったですね。その人たちの中で様々な事件が繰り広げられるのです。その度に日本の政財界が再編されてきました。特に銀行は面白いように統廃合が続いてきましたね」

「その背後に事件あり……だったわけですか？」

「そう。企業のホールディングス化も、その背景には必ずといっていいほど大きな事件がありましたからね」

「日本では持株会社の定義は会社法にはなく、私的独占の禁止及び公正取引の確保に関する法律にあるんですよね」

「よく知っているね。会社法に定義がないのでその形態も実に曖昧なんです。他の株式会社を支配する目的で、その会社の株式を保有する会社を指す場合が多いので、ホールディングカンパニーとも呼んでいるけれど、純粋持株会社ではないホールディングスも多いからね」

「廣瀬先生は情報マンというより事件屋だったような気がします」

「東京地検特捜部を出し抜くような事件捜査を始める時は、実に楽しかったですよ」

通称「地検特捜部」、特別捜査部は、東京・大阪・名古屋の地方検察庁にだけ置かれている部で、公正取引委員会・証券取引等監視委員会・国税局などが法令に基づき告発をした事件について捜査をし、汚職・企業犯罪等について独自捜査を行っている。

さらに、上記三庁以外の主要道府県の地方検察庁にも独自捜査をする特別刑事部が置かれている。

「大事件をやる前に検事相談はやらなかったのですか?」

「東京地検公安部の副部長には必ず報告していましたよ」

警察が大掛かりな事件捜査を行う場合には、原則として検察庁に事件の相談を行うのが通例である。これを検事相談と言っているが、いわゆる捜査の内容に関して「お伺いを立てる」という意味合いではなく、検察官が事件をこなす余裕があるかどうか……が問題なのだ。そもそも警察は刑事事件の第一次的な捜査を行い、次に検察庁が起訴・不起訴を決定するための捜査を行うからである。日本では起訴は検察官に与えられた権限であるからだ。

「警察としても起訴してもらわなければなりませんからね」

「なるほど……不起訴や起訴猶予では元も子もない……というわけですか？」

「そう、特に公安事件はガサ入れによって組織を壊滅することが目的であるとはいえ、身柄を拘束した者を裁判所に行く前に放されるようなことでは、警視庁公安部の沽券（こけん）にかかわりますからね」

「ところで、今回、革社協はどうするでしょうね」

「向こうの本気度如何（いかん）ということだろうが、あれだけ軽く門前払いされてしまっては、奴らにも面子（メンツ）があるからね。寺田三吉との関係次第ですが、勝負に出てくる可能性は高いですね」

「奴らは寺田三吉のバックグラウンドを知らないのでしょうか？」

「そうは言っても我々も三吉のバックグラウンドについては何も知らないのと同じですからね。ただし、奴らにとって最大のミスは三吉の野郎が『俺のバックに立石一家が付いている』というようなことを口にしてしまったのを知らないことだね。奴らが如何に応召義務に関して争ってきても、こちらには暴対法違反の証拠があります。治療費不払いに関しても裁判で何らかの判決を出してもらわなければ困りますが、向こうに勝ち目がないことは明らかですね」

「廣瀬先生はそういう二段構えの戦術を考えていらっしゃったのですか？」

「応召義務に関しては医師法の原点にも遡る問題ですからね。下級審はどうでもいいんだ。特に地裁クラスはできの悪い、左翼的な裁判官も多いからね。僕は最高裁判決を望んでいるんです。これは当医療法人社団敬徳会の考えでもあるし、東京都総合病院協会の経営者会議の意見でもあるんです」

「最近、医師会の力は弱まった……という話もありますが、どうなんでしょうか？」

「医療関係の三師会と呼ばれる、医師会、歯科医師会、薬剤師会の中では政治的思考が最も弱いのが医師会だと言われて久しいのは事実ですね。医者は人に頭を下げることに慣れていないからね。それでも最近は若い医師に多くの負担がかかっていて、これを何とかしなければならない……という動きから、若手を中心に少しずつまとまってきているようですね。その反対が歯科医師会だと言われています。医療法人社団敬徳会の四つの病院に歯科がないのもその理由の一つですね」

「歯科医師会は闇献金問題があってから、内部分裂があったようですね」

「よく知っていますね。それが未だに尾を引いているようですね。現に直近の参議院議員選挙では歯科医師会からは立候補者を出すこともできなかったようですからね」

「歯科医師会の中で何か起こっているのですか？」

「日本歯科医学会の認定分科会の一つに日本顎咬合学会という、歯科医師会にとっては大きな権限を持つ学術団体があるんです。その団体が何らかのキーを握っているようですね」

「政治的に……それとも行政的に……ですか？」

「まあ、三つ巴（みつどもえ）なんでしょうね。過去の裏献金問題のさらに裏で動いていたのは事実のようですね」

「歯科医院濫立（らんりつ）の時代とも言われている中で、歯科医師同士の生き残りを賭けた戦いもあるのでしょうね」

「そうだと思いますよ。ひと頃歯科医師の診療報酬の引き下げがつづいて既存の開業医でも経営が難しいところも多いという話ですからね」

「ひと昔前は、歯科医が一番儲かる……と言われていましたが、最近は整体の経営者が一番儲かっている……という噂を聞きました」

「僕の知り合いでも三軒の整体治療院のオーナーがランボルギーニとフェラーリ、ポルシェの三台を毎年のように買い替えていますよ。どこの世界でも商売上手という存在はあるけれど、あれもまた過当競争の渦に巻き込まれているのが実情だね。今や日本全国に広まっている中国系マッサージと同じですよ」

「資格はいらないのですか？」

「鍼灸(しんきゅう)や整体に関しては専門学校で学んで国家資格を取らなければならないんだが、三師会とはレベルが違い過ぎますからね。これに柔道整復師という特殊な世界もあるからね」

「ほねつぎ……ですね。県警の柔道の先生出身者も多いですよ。柔道は喰いっぱぐれがない……というのは、そういう道が残されているからなんですね」

「その点で、剣道は喰っていけない。講道館と剣道連盟の設立時からの経営、運営方針の違いですね」

廣瀬が笑うと牛島がため息まじりに答えた。

「私も剣道だったんですよ。五段を取っても何のメリットもないですからね」

「僕も剣道でしたよ。講道館の二段も持っていますけど、稽古で大外刈りを喰らって後頭部を激しく強打した時、これ以上は無理だと自分で止めましたよ」

第六章　中国人エステ

「救急搬送要請です。傷害事案のようですから県警も向かうとの連絡です」

「最近、警察絡みが多いな。県警が患者を回しているわけじゃないだろうな」

救急担当の医局長が報告をしてきた受付担当医に笑って言った。

「危機管理対策室にも連絡を入れておいた方がいいでしょうね」

「事件性があるようだから、そうしておいてください。まだ、人定は送ってきていないのですね」

「三十代の女性……というだけです」

「女性に対する傷害というのも嫌な話だな。反社会的勢力とつながっているような手強い女性だとこちらも治療には十分気を付けなければならないな」

「いかがいたしましょうか？　受け入れてよろしいですか？」

「県警も来てくれるというのだから大丈夫とは思うが……、まあ、受け入れましょう」

到着した救急患者は顔面に裂傷、左上腕部、腹部に打撲傷があり、顔面の治療には縫合が必要だった。

「女性の顔を傷つけると高くつくぞ」

担当した医師が看護師に向かって言った。

被害者の女性は中国人で就労ビザを取得していたが、就労の内容が申告と違っている様子だった。被害女性には付き添いの中年女性がいたが、彼女は過去に日本人と結婚したことにより日本国籍を取得した女性で、中国人エステの経営者だった。

被害女性の日本語は日本語検定にも合格しているとのことで、エステの経営者よりも流暢な日本語で、しかも教養豊かな雰囲気を持った女性だった。

「今日は、体験アルバイトでエステの手伝いをしていたところ、客の男性から性行為を求められ、これを断ったところ暴行を受けた。許せない」

と、医師に対してまくしたてた。医師はエステの経営者の女性からの求めに応じて診断書も作成した。

間もなく、エステの所在地を管轄する所轄の刑事が病院に訪れた。

担当した医師が所見を伝えると、刑事はこの供述と診断書の内容に基づいて捜査報告書を作成した。

医師は治療には特段の必要はなかったが、刑事に訊ねた。

「犯人は捕まったのですか？」

「現場で現行犯人として捕まっています。一応、上場会社の社員のようですから、治療費の支払いは問題ないと思いますよ」

「女性の顔面を傷つけるなんて許しがたい行為ですね」

「そうですね。こういう男はいわゆる癖なんですね。今回は一週間は留置所の中でしょうから、少しは頭を冷やすことができるでしょう」

「癖……というと、以前にも同じようなことをやっているのですか？」

「暴行の前歴がありました。今回と同じような内容です」

「暴行と傷害では重さが違ってきますね」

「そうですね。しかも今回は女性の顔に傷をつけていますからね。参考までに聞いておきたいのですが、被害者の顔の傷は残りますか？」

「通常の措置だけですと、完全に消えることはないと思いますが、形成外科だけでなく、美容外科の範疇（はんちゅう）でしたら消える可能性はあります」

「美容外科だと高くつくんでしょうね」

「保険の適用がありませんから、相応の覚悟はしておいた方がいいと思います。特に美容外科のドクターは女性の味方が多いですから、取れる客からは取りますよ」

医師が笑って答えると、刑事が言った。

「裁判所でも、民事の場合、暴行罪の場合は一発十万というのが相場ですが、傷害となるとその倍、女性の顔の傷に関しては最低でもその二十倍と言われていますね」

「二百万円か……これに女性に対する精神的苦痛……なども加味されますよね」

「おそらくそういうことになるでしょうね。自業自得とはまさにこのことですね。最近は老若男女問わず、このような人種が増えてきています」

「キレる老人も多いようですからね。救急外来ではめったに遭遇しませんが、一般外来や入院患者の中にもよくあるようです」

「何かそういうものを生み出すような時代背景があるのでしょうね」

刑事はそこまで言って、救急外来を辞した。

女性被害者は一週間の入院加療と判断したが、差額ベッド料金を含む入院費用の問題から、エステの女性経営者が川崎殿町病院での入院を渋ったため、公立病院で入院することになり、退院していった。

翌日、人相のよくない二人の中国人が受付に現れた。

「責任者を出してもらいたい」

総合受付に白衣を着た牛島隆二が呼ばれた。

「どういうご用件でしょうか？」

牛島がおとなしく対応した。

「お前は誰だ？」

「私は当院総務課の牛島と申します。責任者と申しましても事案によって異なりますので、まず、私が代表してお伺いする役目でございます」

「それなら、総務部長を出せ」

「ご用件をお伝えいただけない限り、誰ともお引き合わせすることはできません」

「ふざけるな。院長を出せ」

「この場で大声は出さないでください。ここにいらっしゃる多くの一般の方はご病気なのですから」

「それなら言うことを聞け」

「ここではなんですから、とりあえず応接室にお入り下さい」

牛島は低姿勢で二人を第二応接室に案内した。

完全防音の設備であることに二人は全く気付いていなかった。

「どうぞお掛け下さい」

「院長は来るんだろうな」

「あなたもわからない人だな、私が用件を聞こうと言っているじゃないか」

牛島の態度が変わった。

「なんだこの野郎。ふざけた態度を取りやがるとブチ殺すぞ」

「面白いことをいう人だな。今の一言は冗談だと思って聞いてやるから、用件を言え。そうでなければ警察に通報するぞ」

「日本の警察が怖くて俺たちの仕事はできないんだよ」

「どこの警察なら怖いんだ？」

「警察なんぞ怖くもないんだ。余計なことを言ってもダメだ。院長を呼べ」

「お前は馬鹿か？　何度も同じことを言わせるんじゃない。院長が聞かなければならない話かどうか私が判断する。これは院長から与えられている私の仕事なんだ」

「ふざけた野郎だな。お前、今日、ここを出たが最後、横浜港に沈めるぞ」

「スキューバダイビングのインストラクター資格は持っている。お前に沈められなくても、いつでも潜ることはできるんだ。これ以上、私の仕事を邪魔するつもりなら、すぐに警察を呼んでやるから、そのつもりでいろ」

「呼べるもんなら呼んでみろ。この病院がどうなっても俺は知らんからな」

「ああそうかい」

そこまで言って牛島は白衣の右ポケットに入れている携帯電話を取り出して通話モードをスピーカー設定にして短縮ダイヤルを押した。

「はい一一〇番です。ご用件は」

「いつもお世話になっております。川崎殿町病院の牛島です。湾岸署の強行犯デスク宛てに捜査員の派遣要請をお願いします」

通話相手の音声は聞こえたものの、牛島のまるで芝居の台詞のような淀みのない言葉に中国人の二人は啞然とした顔つきだった。

「地域課ではなく刑事課でよろしいのですね」

「はい。強行犯担当をお願いします。脅迫の現行犯で証拠は整っております」

「至急手配いたします」

電話を切ると牛島は腕組みをして男に言った。

「院長よりも警察が先だ。どうせ叩けば埃（ほこり）がでることばかりやっているんだろう。今後は裁判所で会うことになるだろうな」

「ふざけるなよ。何が警察だ」

そうは言ったものの、男の顔に明らかに動揺の色が現れていた。牛島がもう一度聞いた。

「警察はあと五分足らずで来るだろうが、もう一度だけ、一応用件を聞いてやる。言ってみろ」

「うるせえ。今日のところは許してやる。また来るからな」

男が立ち上がろうとすると牛島は鼻で笑って男の額に右手の人差し指を当てた。男は立ち上がることができず再びソファーに腰を落とした。男の顔に怒りがこみあげている。しかし、牛島は表情一つ変えずに言った。

「お前たちもガキの使いじゃないだろう。言いたいことを言ってから帰ったらどうだ。と言っても、帰るには勾留延長がないとしても十日以上かかるかもしれないがな」

「この野郎、ただじゃ済まさねえ」

そう言うと、男はジャケットの内ポケットからダガーナイフを取り出した。牛島は冷徹な眼差しで男を見るとフッと息を吐いて言った。

「おやまあ、銃刀法違反まで加わったな。仕方ない、私が現行犯逮捕するしかなさそうだ」

牛島は応接テーブルを男たちに向かって蹴ると、テーブルの上部が二人の男の膝頭に激突した。男たちは声を揃えたようにウッと呻いてその場を動くことができない。

牛島は今度は応接テーブルをひっくり返して、その裏に準備されていたサスマタをダガーナイフを出した男の首元に押し込んだ。

「グエッ」

男は首を落としたが、運悪くそこには応接テーブルの角があった。

「ゴン」

と、鈍い音がしたかと思うと、男はその場にもんどりうった。もう一人の男は膝頭に当たった衝撃がよほど強かったのか、身動き一つできない様子だった。

牛島は軽い身のこなしで男の背後に回ると、今度はサスマタをダガーナイフを落とした男の後頭部に押し当てて床に押し付けた。男は全く身動きが取れない状況だった。

男は言葉を発することもできない。もう一人の男も呆気(あっけ)にとられた様子でソファーに座り込んだままだった。牛島が二人の動向を注意深く見ながら言った。

「弱(よえ)え野郎だな。もう少し骨があるのかと思ったが、このざまでどうやって私を横浜港に沈めるつもりなんだ？　おい、答えてみろよ」

　そう言いながらも牛島はサスマタと床の角度を狭くして、男の首の後ろにさらに圧力を加えた。男は右手を二度床に叩いた。

「なんだそれは。プロレスごっこのギブアップじゃないんだ。何とか言ってみろよ。そうか、声も出ないか……」

　男のダメージの大きさを十分知っている牛島がサスマタの角度を少し緩めた。

「わかった。もう止めてくれ」

「ナイフまで出しておいて、何が止めてくれだ。ついさっきまでの勢いはどうしたんだ。ところでお前たちはどこの身内だ？」

　ソファーから立ち上がることができない男がジッと牛島を見ていた。すでに睨む気力は失せていた。

「まあいいや。後は警察で話せばいいだろう。もし、今後、お前たちの身内がこの病院に対して何らかの報復をした時は、お前たちの組織も消えることになるだろうことを、弁護士に伝えておくんだな」

　そう言った時、第二応接室のドアがノックされた。

　牛島が右手で携帯電話を取り出してインターフォンモードにして答えた。

「どうぞ、今、手を離せませんのでドアを開けてください」

状況を察したのか、三人の捜査員と医事課の職員がゆっくりと扉を開けた。扉の外側にはパーティションが設置されていた。強行犯担当の係長がサスマタで男を制圧している牛島を見て言った。

「キャップ、大丈夫ですか？」

係長は牛島の県警時代の部下だった。

「そこに転がっているダガーナイフを出しやがったんで、こういう形になってしまったんだ。状況はいつもどおりビデオを見てもらえばわかるけど、私を横浜港に沈めるだ、この病院がどうなっても俺は知らんだ、と、のたまっているから、軽く仕置きをしておいたんだ」

「脅迫と銃刀法違反ですか？」

「脅迫ではなく、威力業務妨害でいいんじゃないかな」

「なるほど……」

そこまで言って強行犯担当係長がソファーに座ったままの男を見て言った。

「お前、伊勢佐木町にいた陳じゃないか」

陳と呼ばれた男は顔をそむけた。

係長が牛島に言った。

「こいつらチャイニーズマフィアの下っ端ですよ」

「チャイニーズマフィア？　香港？　福建？　東北？」

「さすがよくご存じで、こいつらは東北……というよりも大連の連中だと思います」

「なるほど、大連グループも落ちたものだな。頭は周全黄だったろう」

その名前を聞いた途端にソファーに座っていた男がようやく口を開いた。

「あんたは何者だ？」

牛島は吐き捨てるように答えた。

「お前なんぞが知る必要はない」


二人が連行されていくと、牛島は顚末を廣瀬に報告した。

「目的はなんだったのでしょうね」

「間もなく湾岸署から連絡が入ると思うのですが、医事課情報では、昨日、川崎市内の中国人エステで傷害事件があって、被害者の処置を救急外来で行ったようです。形成外科の医師が一週間の入院加療を伝えたところ、金額が高いということで公立病院に移送した案件があったようなのです」

「差額ベッド問題ですか……それは仕方がありませんね。うちは入院に際しては全室個室が原則ですから、救急隊もそのことは患者に伝えることになっているはずですけどね」

「中国人エステか……近隣駅周辺だけでも、十店舗近いエステ店がありますからね。ベッド数が四つ位の小規模店でも一日平均十五人ほどの客がくるそうです」

「それで商売になるのですか？」

牛島が首を傾げて廣瀬に訊ねると、廣瀬は一度ゆっくりと頷いて答えた。

「客単価が一万円として、月の売り上げは最低でも四百万円はいくでしょう。家賃や光熱費、女の子の給料を払っても手元に残るお金は、だいたい百五十万円だから、いい商売といえるんじゃないかな。もう一回り大きい店なら毎月六百万から一千万円近く売り上げることになります」

「なるほど……スナックをやるよりもエステは利益率がいいですね……。しかし、エステとは言いながらも裏稼業をやっているんでしょうね？」

「それは短期勝負をかけるならそうかもしれないが、それをやると違法風俗店なので、周りの日本人の店からにらまれ、すぐに警察に通報され、潰されてしまうようですね」

「なるほど……確かに、エステとは言いながら、主たる目的はマッサージですからね。そちらを望む客は、それが本業のところの方がいいのかもしれませんね。それにしても、それだけ儲かるエステ店をオープンさせるには、どれくらいの費用がかかるのでしょう？」

「立地にも、店の規模にもよりますが、小規模店ならば三百万円程度だそうです」

廣瀬は一般教養試験の口頭試問に答えるかのようにすらすらと答えた。

「廣瀬先生はどうしてそんなところまで知っているのですか？」

「以前、新宿（しんじゅく）の大規模店の女性オーナーと仲良くなったのです。彼女は一千万円くらいかけたらしいですが、その前に京王（けいおう）線の沿線で小さい店をやって、それから事業拡大したそうです。ただし、小規模店を出す際には『中国系のエステコンサルティング業者』を利用するのが鉄則だそうです」

「女性オーナーですか……それは在日中国人女性なんですか？」

「日本人と結婚した中国人女性で、夫は大手企業の部長でしたよ」

「そんなことやって大丈夫なんですかね」

「中国人エステの九割が個人営業だから、税金を納めている店は皆無と考えた方がいいらしい。しかも、このコンサルティング業者というのが実はくせ者で、そのほとんどがチャイニーズマフィア、もしくは旧チャイニーズ系愚連隊、今でいう『半グレ』のシノギになっているようです」

廣瀬は都内でも最大級のチャイニーズマフィアとその傘下の半グレ拠点事情を伝えた。

「『半グレ』というのは神奈川ではあまり見当たらないのですが、都内では相当な勢力を持っているのですか？」

「大手芸能事務所を完全に傘下に入れているほどです。しかも完全に仁義なき世界だからタチが悪い」

「先ほどの女性オーナーも半グレに頼んでいたのですか？」

「そうらしいですね。新宿は一時期、旧チャイニーズ系愚連隊の巣になっていたことがあったからね。今は本物のチャイニーズマフィアが入ってきてしまったので、埼玉に逃げているようですが、組織は却って拡大したようです」

「奴らはどうやってコンサルティング業者になったのですか？」

「需要と供給のバランスですね。中国人エステと一口に言っても、香港系、台湾系、上海（シャンハイ）系の手法があるらしいんだが、本物の台湾系というのは、まずないらしい。名前を騙っているだけです。なぜなら、台湾の名前を使うだけで、日本人は妙な安心感を持つらしい。一方で、東北系の大連の名前を使うところには韓国人が多く入っているらしいんだな」

「そうすると、コリアンマフィア……ですか？」

外事警察の経験がある牛島が頷きながら訊ねた。

「コリアンマフィアはチャイニーズマフィアの仕事を奪うことはできないのです。適当な中国人が集まらないときに韓国人を使っているのが実情らしい。そして、そういう店は必ずといっていいほど裏稼業をやっています」

「韓国人なら捕まってもいい……ということなのですか？」

「そうですね。その代わり、短期で稼ぐだけ稼いで、店は居抜きで売ってしまえば、中国人は皆安泰……ということになる」

「エグイ商売ですね」

牛島が顔をしかめて答えると、廣瀬は真顔で言った。

「ヤクザみたいに一軒一軒からミカジメ料を取るよりも、コンサルティングで開業時点で掠め取ったほうが取りっぱぐれもなければ、居抜きの売買をやるときにも、常に物件を押さえている……という美味い商売だね」

「賢い商売ですね」

「どんな世界でも、生き残る奴はそれなりの賢さが必要なんですよ。しかも、エステのコンサルティングの場合には、店舗入居の保証金、クロス張替、部屋の内装、シャワー室、ベッド、シーツ、カーテン、タオル、マッサージ用オイル、観葉植物など備品一式をパックで準備してくれるんだから、起業する側からも喜ばれる存在になっているし、これが口コミで広まるんだ。マッサージ嬢、エステ嬢の中でも賢いものは自分の店を持つのが夢ですからね」

「そうか……それにしても、昨日の被害者だった女性はアルバイトだった……と言っていましたが、本当のところはどうなのかわかりませんね」

廣瀬がようやく笑顔で答えた。

「初めに嘘ありき……これが中国人と接する時の鉄則です。わざわざ日本まで何をしに来ているか……これを考えればわかることでしょう。しかも、都内ならばともかく、神奈川で仕事をしていること、そして何よりも業種ですよ。もっと言えば、エステの女性経営者と知り合いという時点で、来日目的がほぼわかるでしょう」

「しかし、以前捜査した時に、やはり中国人エステのオーナーだった女性が、仕事がうまくいったので、自分の兄弟や親族を呼び寄せた……という案件がありましたが」

「そういうパターンも当然あるでしょう。韓国のように、一族の誰かが成功すると、親族がこれにたかるように集まってくるのと同じですよ。歴代大統領の末路を見ればわかるように、ほとんどが親兄弟、親族による不正が元で捕まり、あるいは今の文在寅の師匠で『大統領になろうとしたことは間違いだった』と韓国大統領になったことを後悔して投身自殺した盧武鉉のような男もいたからね」

「しかし、盧武鉉は二〇一七年に行われた韓国の世論調査で四八パーセントを超える圧倒的な支持を得て、歴代大統領の中で好感度一位に選ばれていますよね」

「そこが、日本人が韓国人を理解することができない大きな理由の一つでしょうね。『韓国の政治家は嫌いだが国民は好き』と言っている多くの人は、韓流が好きなだけで、韓国国民の深層心理に教育によって植え付けられた、日本に対する敵対国家意識を全く知らないいんだからね」

廣瀬の解説に牛島は何度も頷きながら訊ねた。

「中国の中でも日本に来ることができるのは、沿海部と旧満州の東北地域の人くらいのものですから、中国人民を一つと考えるのは大きな誤りがありますよね」

「そうですね、市と農村の格差は中国に限らずみられますが、中国ならではの沿海部と内陸部の格差とあいまった状況は深刻です。習近平も『中華人民』という言葉を盛んに用いて、中国人の統一人民意識を高揚させようとしていますが、決して巧くはいっていませんからね。経済格差を解消するため『西部大開発』という、昔のゴールドラッシュ時のアメリカがやっていたようなプロジェクトが進められています。これは内陸に位置する十二の省・市・自治区を西部地域として指定し、鉄道・道路・空港や工業団地などのインフラ整備を主体としつつ、西部にある豊富なエネルギー資源を開発して沿海部へ供給しようとするものです」

　牛島は廣瀬の説明を聞きながら、今度は何度も首を傾げて訊ねた。

「アメリカと違うのは、結果的に西部大開発をすることによって、内陸部にも雇用の機会は生まれるかもしれませんが、沿海部にあった工場を内陸部に移転しても、物流が追い付かないのが実情なのでしょう？」

「要は賃金格差の問題に加えて、圧倒的な商品の質と種類の格差があるようです。その根本に、情報量の国家的な制限がありますからね。解消しようとする試みがなされていることは事実ですが、一朝一夕にはいかないのが現状です」

「そうなると、チャイニーズマフィアも内陸には少ないのでしょうね」

「エネルギー資源があるところは、昔の日本の炭鉱に多かったヤクザもんと一緒で、利益を吸い取るマフィアが存在していますよ。先ほどのエステ経営では、日本人の客から吸い上げられたカネは、中国人のエステ経営者、中国人エステ嬢、中国系コンサル業者の間をグルグル回るだけ。日本には一円たりとも落ちない構造ができあがっています。それが、海外のチャイニーズマフィアの特徴です。同じように、中国国内でいえば、地元には金が落ちない仕組みができあがっているんです」

「日本のチャイニーズマフィアによる、在日中国人社会の暗部に巣くう『闇マネー』の実態がそこにあるのですね」

「九州地区に多い中国人の爆買いスポットと同じで、旅行者の中国人は在日の身内に稼がせているのと同じなんですよ」

「身内の旅行社、身内のディスカウントストア、身内のレストランに中国人旅行者を引き回している輩……ですね」

廣瀬は牛島にレクチャーしながら、この日やって来たチャイニーズマフィアの狙いをもう一度考えていた。


翌朝、外来の総合受付にまた別の中国人が二人やってきた。

「総務部の牛島先生にお会いしたい」

総合受付は牛島の指示を得てこの二人を第二応接室に案内した。

牛島が第二応接室に入ると仕立てのいい背広を着た六十代半ばの恰幅のいい男と、

身なりはいいが目つきが鋭い四十代半ばと思われる男がソファーに座っていた。年長の男が牛島を見るなり口を開いた。

「周全黄です」

牛島は初対面ながら、現職時代に何度も耳にしていた名前の主を正面にして、落ち着いた声で言った。

「あなたが大連グループのドンと呼ばれていた周さんですか。牛島です」

「昨日は私のところの若い者が失礼をしたと聞き、お詫びに来た次第です」

「ほう。早速、県警から連絡が入りましたか」

「県警外事課の藤村(ふじむら)警視から連絡が入りました。牛島先生に無礼を働いてはならない旨のお叱りを受け、さらに、ここにはもっと上の方がいらっしゃるとも聞いています」

「私の上司のことでしょう」

「危うく、とんでもない人たちを敵に回してしまうところでした」

周は神奈川県内のチャイニーズマフィアを四分する一つのトップである。しかも横浜中華街にも歴然として存在する裏社会の香港系、上海系、台湾系の古くからある三大グループに、新興勢力として台頭してきた組織だった。

「うちはただの病院ですよ。あなた方を敵にしようなどとは思ってもいないし、病人であれば病院内で他の人に迷惑さえかけなければ誰でも診療するのが務めです」

牛島は周の来院の本当の目的がわからないため、一般論で押すしかなかった。

「川崎殿町病院はそうかもしれませんが、医療法人社団敬徳会は都内にも福岡にも病院を持っていて、どこも政財官の大物と付き合いが深いと聞いています。しかも、福岡の病院では中国本国から多くの富裕層を受け入れているのでしょう？」

「私は医療法人社団敬徳会の職員ではなく、川崎殿町病院の職員にすぎませんから、他院のことは全く知りません」

「そうでしたか……しかし、牛島先生は神奈川県警では優れた公安捜査官だったと県警本部の方が、わざわざ伝えてくれるくらいですから、こちらの手違いとはいえ、ご迷惑をおかけしたことには謝罪が必要だと思いました」

「あれが手違い……ですか？　うちの病院を狙った理由をこちらが知りたいくらいです」

「一昨日のエステサロンで起こった傷害事件の被害者が、実は私たちにとって重要な人物のお嬢さんだったのです」

「そういうお嬢さんがマッサージ嬢をしていたのですか？」

「お嬢様ならではの気まぐれ……というか、社会見学のつもりもあったのかもしれません。彼女は北京と東京の大学を卒業して、現在はお父さんの事業を継ぐためのトレーニング中だったのです」

「意味が分からないな……」

「牛島先生だから言いますが、彼女がアルバイトをしたエステの経営者が、彼女のお父さんの愛人だったのです。彼女は日本に来てそれを知って、彼女に会いに行ったのです。そして彼女の本性を知りたいがためにエステサロンにアルバイトを装って潜入したのです」

「なかなかのおてんばさんだったわけか……それで、どうしてあなたのところの下っ端がここに脅しに来なければならないんだ？」

「被害者の父親が私の知らない間に、私の部下に命令したそうなんです。娘が手当てを受けた病院から追い出されて、汚い病院に移された……とね。人種差別をするような病院を許すことができない……ということだったようです」

「父親は、転院の経緯を知らなかったのか……」

「娘が愛人の店を突き止めて、アルバイトをしたことも知りません。いわんや、愛人のエステ経営者も、まさかパトロンの娘がバイトに来たとは思ってもいないようです」

「単なる思い違いで、あなたのところの下っ端が脅しに来た……ということなのかい」

牛島は今一つ周の言うことが腑に落ちない様子で、腕組みをして訊ねた。

「それで、あなたはどうしたいんだ？」

「裁判になれば、父親も娘も、愛人も、あらゆることが表沙汰になってしまいます。何とかそれだけは避けたいのです」

「それはこちらの判断で済むことじゃない。検察官が判断することだろう。しかも、最初の傷害事件は暴行罪と同様に親告罪ではないからな。事件そのものをもみ消すことなんてできない」

親告罪とは、告訴がなければ公訴を提起することができない犯罪のことを言う。被害者や被害者の法定代理人等の告訴権者による告訴を得られない公訴は、訴訟条件を欠くものとして判決で公訴棄却となる。

周が腕組みをしているのを見て、牛島が続けた。

「最初の事件がなければ、昨日の事件もなかったわけで、しかも、昨日の事件を教唆したのが被害女性の父親だとなれば、検察もどうしようもないんじゃないのかな。威力業務妨害はなかったことにしてやったとしても、銃刀法違反はどうしようもない。銃刀法違反の教唆犯にはならなくても、牽連犯（けんれんはん）という問題にぶつかってしまう可能性もあるかもしれない」

刑法第六十一条に共犯の一類型として教唆犯が規定されている。条文には「人を教唆して犯罪を実行させた者には、正犯の刑を科する」となっている。教唆の故意について、「自己の教唆行為によって、被教唆者が特定の犯罪を犯すことを決意し、かつ、その実行に出ることを表象・認容すること」と解釈されている。被教唆者が犯罪の実行に着手しなければ、教唆者は処罰されない。しかも、教唆行為と被教唆者の実行行為との間には因果関係が必要とされている。

牽連犯とは、犯罪の手段又は結果である行為が別個の罪名に触れていることを指す。その例として、他人の住居に侵入して窃盗を行った場合、住居侵入罪と窃盗罪は牽連犯となる。

「凶器となったダガーナイフの出所が問題になってくるのですね」

周は銃刀法違反の原因となったダガーナイフが被害者の父親から持たされた可能性を考えていた。

「娘が、父親と愛人の関係を知ってしまった以上、どうすることもできないのが実情なんじゃないのかな。われわれとしては手の施しようがないのが本音だな。被害者の父親があなた方にとってそんなに重要な相手なら、われわれに言うよりも父親と娘の関係を上手く取り持ってやった方が、まだ感謝されるんじゃないのかな」

牛島が言うと、周は両手を膝の上に置いて唸った。

「そうですね……何とかやってみます。ところで、こんな騒動を起こしておいて、本当に身勝手なお願いなのですが、被害者の娘をこの病院に入院させていただくことはできませんか？」

「それは私の一存では何とも言えません」

「今、彼女は市立病院の一部屋に十二人の患者が一緒にいる大部屋に入っています。お世辞にもいい環境とは言えません」

「公立の病院でも、最近はだいぶよくなっている……と聞いていますが」

「こちらの病院と比べると、天と地の差があります。こちらは全て個室なんでしょう？」

「ＩＣＵを除けば全て個室です」

「彼女は被害を受けたエステから救急車で病院に搬送されたのですが、救急車が極めて短時間で駆け付け、救急隊員の迅速な処置や病院との連携の良さに感心したそうです」

「それは日本の救急体制が十分に確立されているからですね」

「中国では一般的に救急車は有料で、お金を先に支払わない患者に対しては乗車拒否も当たり前です。さらに、入院に際してこちらの病院側は丁寧なカウンセリングを行い、生活習慣や食事の好み、布団の厚さまで訊ねられたと、驚いていました」

「うちにとっては当たり前のことですが」

「彼女は日本の病院はここが初めてだったのです。中国の病院では入院患者の家族が食事から身の回りの世話を二十四時間体制で行うのが一般的なので、父親に迷惑をかけてしまうと思ったようです。しかし、完全看護というシステムがあることを知って、さらに驚きを隠せなかったようです」

「それでもアメリカやドイツにはまだまだ遅れている面もありますよ」

「中国の急速な近代化の波の中で、医療はまだまだ遅れているのが実情です。しかし彼女はエステ経営者によってこの病院を転院することになった経緯を知っているのですが、父親にはこの病院で入院したかった旨だけを伝えたようです」

「いわゆるボタンの掛け違い……ということだったのでしょうが、少し時間を下さい。上司に話をしてみます」

「よろしくお願いします。もし、願いが叶うようでしたら、私の知り合いで中国にいる多くの富裕層に、福岡の病院での検診を積極的に勧めます」

「そういう営業活動をしていただく必要はありません」

牛島は廣瀬の居所を確認すると、周を第二応接室に待たせたまま足を運んだ。

経緯を説明し、周の営業活動にまで話が及ぶと、廣瀬が笑いながら言った。

「周の若いもんに、今後一切、当院とのかかわりを断つこと。さらに被害者の父親の真摯な謝罪を条件に、被害女性を受け入れてもいいんじゃないですか」

廣瀬の判断の速さに驚いたのか、牛島が言った。

「廣瀬先生の頭の中は常に高速回転しているみたいですね」

「僕は危機管理に関してマニュアルを作ることを否定していますが、セオリーは重視しています」

「セオリー……ですか……セオリーというと理論・仮説・定石・確立された方法という意味だと思いますが……」

「本来の意味はそうだと思いますが、僕は危機管理を実践するに当たって、確立された方法ではなくて、その場に応じた最も有力な方法や理論のことだと考えています。

危機管理の要諦(ようてい)がトップダウンであることを考えると、セオリーは上級者向けの洗練された理論とでも表現できるのではないかと思います」

「洗練された理論……ですか……私など足元にも及ばない発想かもしれません」

「場数ですよ。場数を踏んで、その対処要領を実体験から構築していくのです。そう考えると、マニュアルは初心者向け初期対処要領……ということになりますね」

「なんとなくわかるような気がします」

牛島は頭を下げて廣瀬の部屋を出ると、第二応接室で廣瀬が言った条件を周に伝えた。

翌日、被害者の父親が周に連れられて総合受付を訪れた。これに対して病院側は副院長と牛島が第二応接室で対応した。

被害者の父親は東京六本木にある中華食材、漢方薬品関連総合商社の代表取締役社長、黄健王（こうけんわん）だった。

「この度は、私の思い違いから大変なご迷惑をおかけしたことを深くお詫びします」

神妙な顔つきで、黄は頭が膝に付くかと思うくらい、立ったまま深々と頭を下げた。

「頭を上げてください。誰しも過ちは犯すものです。今回は大切なお嬢様の怪我という、思いがけない事象があったのですから、子を持つ親としては、その立場はお察しいたします」

副院長は穏やかに言った。これに対して黄は再び頭を深く下げて言った。

「私は、日ごろから敬徳会の赤坂中央病院にお世話になっているにもかかわらず、このようなバカげたことをしてしまい、衷心より恥じ入っております。本当に申し訳ありませんでした」

「永昌(えいしょう)商事さんの名前は私も存じておりますし、当医療法人でもお取引をさせていただいております。どうぞ頭をお上げください。本来ならば院長が対応すべきところですが、院長は現在手術中ですので、私が下命されました」

「無礼を承知の上ですが、どうか愛娘(まなむすめ)をよろしくお願いします」

「理事長の承認も得ております。本日中に転院の手続きをお取りください」

被害者の父親である黄はまさに、平身低頭の姿だった。

第七章　引きこもり青年

「県警の通信指令室から内々の申し入れと言って、こちらに電話が回ってきています」

「県警から？　何事だろう？」

「救急搬送事案の照会もしくは、救急依頼ではないでしょうか」

「前者なら医事課に、後者なら消防経由のはずなんだが……とりあえず、内容を聞いてくれ」

救急外来の高杉（たかすぎ）医長が当直責任者の医師から報告を聞き、首を傾げながら急患の治療を続けていた。数分後、当直責任者が再び報告に来た。

「爆発事故のようです」

「状況は？」

「自宅での負傷らしく、若い男性で全身火傷とのことです」

「熱傷度数は？」

「深達性Ⅱ度熱傷もしくはⅢ度熱傷とのことです。救急隊も現着しているようなのですが、どういうわけか県警からの連絡が先でした」

「Ⅱ度とⅢ度では大きな違いなんだけど、熱傷面積は何パーセント位なのか、わかっていますか？」

「全体表の皮膚の三〇パーセントを超えているとのことです。ドクターヘリを使用したい旨の連絡も入っています」

「受け入れるしかないでしょうね。緊急オペの態勢を取って下さい。到着時刻を確認して下さい。外科の創傷担当と皮膚科、麻酔科の医局にも要員の派遣をお願いします。さらに救急隊には血液型に関して最優先でチェックをするよう依頼して下さい」

救急外来医長がテキパキと指示を出した。

川崎殿町病院の救急患者で多いのが循環器系の疾患、事故等の外因による損傷等、そして呼吸器系の疾患である。このうち、川崎殿町病院は一次救急や二次救急では対応できない重症・重篤患者に対して医療を行う三次救急の指定を受けていた。三次救急の指定を受けている病院の多くは救命救急センターや高度救命救急センターが設けられているのだが、川崎殿町病院は高度先端医療を行う特殊ケースとして、神奈川県があえて指定していた。

「ヘリポートは屋上ではなく一階を使用しますか？」

「緊急性が高いので屋上からそのまま地下のオペ室にエレベーターで降ろしましょう。スタッフにもその旨の伝達を行って下さい」

この連絡は特殊案件として廣瀬の下にも報告が入っていた。すると間もなく神奈川県警警務部長の藤岡智彦警視長から廣瀬の携帯に電話が入った。

「廣瀬さん、今、通信指令室から速報が入ったのですが、間もなく貴院に搬送される患者は民自党の前幹事長で将来の総理総裁候補と目されている尾上吉之介代議士のお孫さんなんです」

「尾上さんのお孫さん？」

「代議士の御次男のお子さんですね。御次男は四井銀行の最年少取締役で、将来の銀行界を背負って立つ人と言われています」

「長男はまだ秘書でしたね」

「弟の方ができはいいんですよ」

「それでうちの病院が指定された……ということですか？」

「それもあるのですが、今回のお孫さんは不登校の引きこもり状態だったようで、自室でパソコンを扱っているうちに、何らかの爆発が起こったようなんです」

「一一九番通報をされたのはご家族の方ですか？」

「いえ、家政婦の方で、奥さんは書道家で都内のカルチャーセンターで講師をしていた最中の出来事だったようです」

「歳は幾つですか？」

「二十一歳。中学三年から不登校になって、そのまま高校にも行っていませんでしたが、頭はいいらしく、高認に合格して受験準備をしていたそうなんです」

高認とは高等学校卒業程度認定試験の略称で、高等学校を卒業していない者等の学習成果を適切に評価し、高等学校を卒業した者と「同等以上の学力」があるかを認定する、文科省が実施する国家試験の一種である。かつては大学入学資格検定（大検）と呼ばれていたものである。

「不登校状態にありながら、自ら新たな道を見出す子には、極めて優秀な子が多いんですよ。可哀想に……折角の夢を奪いたくないですね」

「そうなんです。実は私の娘も不登校でして……」

「親がエリートの子どもにも不登校は多いようですからね……」

「申し訳ありません。私情を挟んでしまいました。一一九番からの転送で通信指令本部に連絡があり、私が川崎殿町病院を指定したのです」

「そういう背景でしたか……火傷の程度がひどいようで、ご家族にも足を運んでいただかなければならない状況になるかと思いますが、マスコミ対策も必要ですね」

「地元でも有名な家族のようですから、噂はすぐに広まると思います」

藤岡警務部長がため息まじりに言った。

「マスコミ対応も含めて、全力で当たりますよ。ところで今回の火災では何かが爆発したということですが、そのあたりのことも一応当院にもお知らせください。不登校の背景にはさまざまなストレスも介在していることが多いようですから」

「承知しました。現場検証の結果はいち早くお知らせいたします」

電話を切ると廣瀬はこの件を住吉理事長に速報した。

「そのお孫さんは尾上吉之介も目に入れても痛くないような存在だったはずなんです。ご自身も一時期、心を痛めておいでだったが……何とか助かってくれるといいのですが……。ＶＩＰ扱いでお願いします」

住吉理事長の人脈の広さに舌を巻く思いをしながら、廣瀬は患者の人定を救急外来の医長に伝えて、自身は本館地下二階の大手術室に向かった。

五分後、川崎殿町病院の屋上ヘリポートにドクターヘリＢＫ１１７が着陸した。へリコプターのローターが回転する中、病院職員がエレベータールームから防風用のスライド式屋根をヘリコプターのキャビン後部にある観音開きのドア脇まで伸ばした。間もなく、医師と看護師に伴われて、ヘリからストレッチャーが降ろされた。エレベーターに乗せて地下二階の大手術室に入るまで、着陸からわずか一分三十秒だった。

患者に同行した医師が救急外来医長に言った。

「気道熱傷はないもようです」

気道熱傷とは熱い空気を吸うことでのどや気管がやけどした状態のことである。

「了解。熱傷ショックの状況でもなさそうですね」

「意識は最初あったのですが、痛みからでしょうか気を失った状況です。痛み止めは点滴で入れています」

「以後は麻酔科と皮膚科が担当します」

「形成外科の方は入らないのですか？」

「その前に外科の創傷担当者、火傷の専門医がおりますので、彼の診断を待ちます」

救急外来医長が答えると、ようやくドクターヘリで搬送した医師がホッとした顔つきになって言った。

「さすがに川崎殿町病院の救急ですね。私もこれまで何度も救命救急センターに患者を搬送していますが、これほど対応が迅速でかつ適切に専門医師がスタンバイできているところは初めてです」

「当院には救命救急センターはありませんが、三次救急には対応しなければなりませんから」

「それにしても素晴らしいです。お一人お一人の動きに全く無駄がありませんし、患者のどんな症状にも即座に対応できるような安心感を覚えます」

「それはありがたいお言葉です」

救急外来医長は穏やかに頭を下げて、「では私はオペに加わりますので……」と言ってオペチームに加わった。

ドクターヘリの医師は頭を下げて、ふと手術室の上部に目を向けると、そこには五、六人の医師と思われる者が手術の状況を注視しており、さらに四台のビデオカメラが稼動していた。

「凄いや」

隣にいた若い女性看護師に呟くように言うと、看護師も頷きながら答えた。

「私もここに願書を出したことがあるのですが、最終面接でダメでした。ここは全国の看護大学の中でもトップクラスの人しか採用されないみたいです」

「そうか……君をもってしてもダメだったのか……」

「先生、上の観察ルームの一番右に座っている人が、ここの住吉理事長で、その隣にいる、ちょっと目つきが鋭い人が面接官だったんです」

「医者……という感じじゃないね」

「でも、医療現場のことにはすごく詳しいんです。私への最初の質問は『あなたはこの病院のために何ができますか？』だったんです」

「患者のために……ではなく、病院のために……か……何と答えたんだい？」

「一人でも多くの患者様を救うために頑張ります……と答えたんですが、そこを突かれました」

「どういうふうに突いてきたの？」

「まず、『患者様という言い方は止めた方がいいと思います』と言われた後に、『頑張るというのはどういうことですか？』と聞かれました」

「確かに『患者様』という言葉は現場では違和感があるし、厚生労働省のミスリードによって生まれた言葉だからね。『頑張る』にはどう答えたの？」

「誠心誠意努力することです……と答えたんですが、『そういう漠然とした答えは患者に不安を与える原因になります』と言われて、『頑張るを英語ではどう表現しますか？』と聞かれました」

「なるほど……日本語にしかない言葉だろうからね……意地悪な質問だね」

「やはり、先生もそう思いますか？」

「何者なんだろうね。今も理事長の横でジッと手術の様子を見ているけれど……それで、『頑張る』の英語表現はどう答えたの？」

「DO MY BESTと言ったら、『そうですか』で終わりました」

「そうか……医療現場はどこを希望していたの？」

「オペ室勤務を希望している旨を伝えたら、『何科のオペに立ち会うことができるのですか？』と訊ねられました。私は、何科でも大丈夫です……と答えたら、『臓器移植手術に立ち会う際に最も大事なことはなんですか？』と聞かれました」

「いきなり臓器移植か……執刀医の汗を拭くことなんだが……」

「やはりそうなんですか……」

「一滴の汗もクランケの体内に落としてはならないからね。執刀医を注視しておくのが、臓器移植の場合の立ち会いには最も大事なことなんだ」

「そう言われました。自分の能力のなさを思い知らされました」

「今でも、この病院で働きたいと思う？」

「現場を見て、まだ十数分しか経っていませんけど、みんな凄いなあ……と思いました」

「私もそうですよ。あらゆる事案に対してベストのチームを組むことができる体制が、日常的に整っている……という感じですね。緊急手術とは思えない見事なチームワークです」

そこまで言って、ドクターヘリの医師と看護師は手術室を後にした。


「オペは上手くいったようですね」

六時間を要した手術が終わり、二十二階にある理事長応接室で廣瀬が言うと住吉理事長もホッとしたため息をついて答えた。

「伊原(いはら)先生はさすがでしたね。手順が見事だったし、火傷のプロと言われただけのことはありました。麻酔科の吉岡(よしおか)医師との連携や、皮膚科の鍵田(かぎた)医師のリードも、上手くこなしていましたからね。ともあれ、命を救うことができて何よりだった」

住吉は手術開始から一時間後、目途(めど)がついたのを確認して赤坂の本院に一旦出向き、手術が終わる時間を見計らって川崎殿町病院に戻っていた。

「さきほど両親が駆けつけてきたようですが、ＩＣＵの中でも滅菌室ですから、中に入ることができずモニター越しにご子息の状態に見入っているようです」

ＩＣＵ（Intensive Care Unit）は集中治療室のことである。川崎殿町病院には外科系集中治療室ＳＩＣＵ（Surgical Intensive Care Unit）、脳神経外科集中治療室ＮＣＵ（Neurosurgical Care Unit）、心臓血管疾患集中治療室ＣＣＵ（Coronary Care Unit）、新生児集中治療室ＮＩＣＵ（Neonatal Intensive Care Unit）の四種のＩＣＵが設置されていた。中でも外科系集中治療室と新生児集中治療室には感染症を予防するために滅菌室が設置されていた。

「オペの説明は伊原先生がやったのでしょう？」

「感謝されていた……と聞いております。今後の病室に関しては、今度院内交番に入りました前澤真美子に説明させようと思っています」

「彼女は病棟でもなかなか評判がいいようですね。総看護師長が感心していました」

「若いのにたいしたものですよ。県警にとっては大きな損失だったと思います」

「人を育てるというのは大変な労力ですからね。外来担当の牛島さんもいいフットワークのようですし、いい人材を選んで下さって、感謝しています」

「ところで、尾上吉之介代議士のお孫さんですが、中学生の頃から引きこもり状態だったようなんです」

「そうだったのですか……入院中の対応が難しいかもしれませんね」

「早い機会にご両親と前澤との面談の機会を持った方がいいのではないか……と思います」

「爆発事故……ということですが、自殺未遂というわけじゃないんでしょうね」

「高認に合格して受験を考えていた……ということですから、その虞は少ないとは思いますが、その点も親御さんからよく話を聞いてみなければわかりませんし、爆発火災現場の検証結果を見てみなければ何ともいえません」

「警察もそのうちに本人から事情聴取をしなければならないのでしょう？」

「失火の疑いも出てきますから、本人がある程度落ち着いた段階でそうなると思います」

「廣瀬先生は直接タッチしない方針ですか？」

「二十一歳の青年ですから、前澤の方が心を開かせやすいと思います」

「そうですね……慎重にいきましょう」

廣瀬は応接室を出ると、前澤の現在地を調べて、病棟の看護師ルームに前澤を呼んだ。

女性職員と一対一で自室で話をすることを廣瀬は絶対に行わなかった。

看護師ルームの端にある応接セットで廣瀬は前澤と向かい合って話を始めた。

周囲の看護師は廣瀬に笑顔で挨拶していたが、話の内容には興味を持つ様子はなかった。

「だいぶ慣れてきましたか？」

「みなさん、いい方ばかりですからありがたいです。ただ、いまだに前澤先生と呼ばれることには馴染みません」

「そのうち慣れますよ。それよりも、今朝、ドクターヘリで運ばれて緊急手術を行った患者のことなんですが、何か耳に入っていますか？」

「いえ、ドクターヘリが屋上のヘリポートに着陸したのは多くの患者さんや職員が目撃していますが、重大事故だったのでしょうか？」

「重大事故というわけではないのですが、次期総理候補の尾上吉之介代議士のお孫さんなんですよ」

「政治音痴の私でもその名前は知っています。尾上幹事長で有名でしたよね」

「その子……といっても、もう二十一歳なんですが、容態が落ち着いた段階でＶＩＰ棟に移す予定なんです」

「やはりVIPなんですね」

前澤がやや不満そうな顔つきで言った。廣瀬は柔和な笑顔で答えた。

「尾上さんのお孫さんだからVIPというわけじゃないんです。ただ、近々、マスコミも騒ぐことになるかもしれないんだけど、彼は中学生の頃から不登校で引きこもり生活を送っていました。そしてようやく自分の人生を考えて新たな道を進み始めようとしたさなかに今回の爆発火災に遭ってしまったんですよ」

引きこもりとは、就学や就労を回避して六ヵ月以上家に籠(こも)り、家族以外の他者とほとんど交流がない人の状況をいう。

廣瀬の言葉に前澤がうな垂れて答えた。

「短絡的な発想を持ってしまったことを恥ずかしく思います。マスコミ対策も兼ねた対応だったわけですね」

「尾上さんも目の中に入れても痛くないほど可愛がっていた孫だったようです。おそらくお忍びで見舞いにも来るかもしれない。それ以上に、僕は彼に再び失意の底に堕ちて欲しくないんです」

「お気持ち、お察しいたします」

「そこで、前澤さんにお願いしたいのは、彼の心を開かせてやることなんです」

「私が……ですか？」

　前澤は驚いた様子で廣瀬に訊ねた。

「一度、暗い闇から灯りを見つけ出して前に進む勇気を持った子です。七年間の心の闇の中に決して後戻りはして欲しくない。幸い手術は上手くいった。そしてこれからは形成外科でさらなる治療が行われると思います。リハビリも辛いでしょう。しかし、その前提として強い気持ちを持つことが大事なんです」

「彼は元通りの身体に戻ることはできるのですか？」

「四肢の機能は元通りになるようだ。それは医師が保証していた。といっても今後、皮膚の移植手術なども行われることになると思うけどね」

「そちらの方ですか……」

「爆発火災の原因が明らかにならないと、まだ何ともいえないのだけれど、自殺未遂ではないと、僕は思っている」

　前澤は廣瀬の顔をジッと見て答えた。

「私にできることは全てやってみます」

「ＶＩＰ棟の看護師にも意思の統一をお願いします」

二日後、県警と消防による爆発火災現場の検証が行われた。

リチウムイオン電池を使ったモバイルバッテリーの発火が原因となり、彼の唯一ともいえる趣味のプラモデル製作の塗料に引火したものであることが判明した。

「モバイルバッテリーの発火が原因となると、単なる失火ではなくて、製造物責任の問題にもなってくるかもしれないな。独立行政法人の製品評価技術基盤機構の調査結果では、同じ機器での発火が年間五十件確認されているそうだ」

廣瀬が言うと、前澤が頷きながら言った。

「本人が免責になってくれればいいのですけど」

「粗悪なUSB変換ケーブルが原因の過電流事故の可能性もあるようだ。ダブルパンチだったのかもしれない」

「可哀想……本人がICUを出る前にご両親とお話をした方がよいのですよね」

「理事長からご両親に電話を入れてもらうことにしよう」

二日後、両親が川崎殿町病院を訪れた。本館三階にある第一応接室で前澤が一人で応対した。

「雅之(まさゆき)がお世話になります」

「今はまだICUに入っていらっしゃいますが、経過が順調ですので来週には病棟に移る予定です。病棟は個室ですので他の患者さんと直接話をする機会はしばらくはないと思います。問題は、雅之さんが看護師をはじめとして、私ども職員に心を開いてくださるかどうか……なのです」

前澤の質問に母親が答えた。

「もう、マスコミでも息子の不登校、引きこもりは取り上げられていますから、私としてもこれは仕方がないことだと思っています。今はただ、雅之が将来を悲観しなければいいと思っているのです」

「差し支えなければ教えて頂きたいのですが、雅之さんが不登校になった原因は何だったのでしょうか」

「部活の友達とのトラブルが原因だったようです。私たちも彼がそこまで切実に悩んでいることを知らなかったし、学校側も把握していなかったと言います」

「私立の学校ですよね」

「はい。中学受験をして小中高一貫の進学校に入りました。ただ、二年生の時に友達との間にトラブルがあり、先方の親が乗り込んできて、ＰＴＡを巻き込む問題になってしまったのです。このため、三年の一学期から不登校になり、高校には一度も行っていません」

「ご両親としてはどのような対応を取ったのですか？」

「雅之の行きたくないという気持ちを理解して受け入れることから始めました。私自身は不登校に関するＮＰＯなどにも参加して、いろいろな方々の話も聞いてみましたが、結論はでませんでした。ただ一つ自分でわかったことは、親が不安だと子どもはもっと不安になってしまう……ということでした」

「会話はあったのですか？」

「健康管理だけは気を付けて訊ねていました。そして雅之が自分で『人生を踏み外してしまった』と思わないように話を聞いてやることもありました。あの子は決して自分自身の未来をあきらめたわけではありませんでしたから」

前澤はエリート街道をまっしぐらに歩いてきた父親に訊ねた。

「お父様はどうだったのですか？」

「雅之を突き放すような態度を取らないように注意はしていました。人生いろいろ。東大を出て一流企業の役員になっても、嫁さんが浮気したのを苦にして自殺した同期生もいましたからね。悩みは早いうちに味わってもいいと言っていました」

「お子さんが不登校になるということは、ご両親にとっても大きな不安ではなかったのですか？」

「子どもには過度の期待をしないことにしていました。人生というものは、最後は自分自身で切り開くしかないわけですからね。身体さえ元気であれば、いつか目覚める時が来るものだと思っていました。しかも彼は勉強が嫌いなわけではなく、学校に行かないという選択をしただけでしたからね。確かにコミュニケーション能力の不足があったのは事実でしょうが、だからといって彼の悩みは挫折ではなかったと思っています。彼は子どもなりに学校でPTAという大人の世界に対して、深刻な人間不信に陥っただけだと思っていました」

そこまで言った時、父親の目から涙がこぼれた。

「でも実際は、雅之はすごく苦しんでいたのかもしれません」

「引きこもり……という状況だったのですか？」

「そうですね。自分の部屋に籠ることが多かったのは事実ですが、自宅ではたまに一緒に食事をすることはありました」

「外には出なかったのですか？」

「健康診断には行かせていました。一度だけインフルエンザにかかってしまったことがあって、予防接種も受けさせました」

「今回の事故の直前の状況はどうだったのですか？」

「高認に合格してからは、自分の将来を考えて大学と学部を決めて楽しそうに勉強をしていたと思います。模擬試験の結果、合格ラインには届いていたようですから」

「何の勉強をされていたのですか？」

「コンピュータ分野ですね。東大の理科Ⅱ類を目指したようです」

「東大……ですか？」

「東京大学の出願資格にも高等学校卒業程度認定試験に合格した者と記されていますよ」

「やはり頭のいいお子さんだったのですね」

「頭がいい……というのとは違うかと思いますが、個性というか感性が豊か過ぎたのでしょうね。学校に行かないことを選んだ彼の頭の中に『学びたい』という意識は消えたことがなかったと思っています」

「雅之さんが今、一番心を開いてくれるのは誰でしょう？」

「今回の事故を彼がどう考えているか……です。今現在、雅之にとって最も辛いことは受験ができなくなることだと思います。それには一日も早く元どおりの身体に戻ることが先決だと思っています。両親や兄が何を言っても何の慰めにもなりません。まずは、この病院の医師や看護師の皆さんを頼って、治療に専念してもらうのが先決だと思います。皆さんに対して心を開いてくれれば一番いいのですが……。受験ができることは二の次です。身体を治して目標に向かって進むことが彼にとって一番の薬になると思っています」

「雅之さんはお兄さんとの関係はどうなのですか？」

「兄の正一郎は芸術の道に入っており、その才能はその分野で早くから認められていました。雅之とは兄弟ではありながら会話がなかったのが実情です。そこも、雅之にとっては辛い一面があったのかもしれません」

父親の話を聞いて前澤はやや時間を空けて言った。

「私は医師でも看護師でもありませんが、病院内の院内交番というポジションで患者さんや職員の相談窓口となっています。今回、上司から雅之さんへの対応を任されました」

父親が前澤の顔をマジマジと眺めて訊ねた。

「院内交番……ですか？」

「困りごと相談所のようなところです。もちろん、様々なトラブルに対応するセクションなのですが……」

「失礼ながら、どういう資格をお持ちなのですか？」

「特に資格というものは持っておりません。ここでお世話になる前には神奈川県警で警察官をやっておりました」

「婦警さんだったのですか？」

父親が驚いた顔つきになって言った。

「はい」

「重ね重ね失礼かとは思いますが、少年課に勤務されていたのですか？」

「いえ、最後は県警本部の警備部におりました」

「警備部……よくわかりませんが、特殊なセクションだったのでしょうね」

「そうですね。あまり表立って仕事の内容をお伝えできるセクションではありません。ただ、主人も県警の警察官ですし、円満に退職して、当院でお世話になることになったのです」

「お話を伺っていて、しっかりした、それでいて優しさを持ちあわせていらっしゃる方だと思っていました。医療法人社団敬徳会の職員の方が優秀であることは有名ですし、院内交番という言葉は初めて聞きましたが、危機管理に携わっていらっしゃるのですか？」

「はい。直属の上司は当院の危機管理担当で、医療法人社団敬徳会の常任理事です」

「そうだったのですか。それなら安心して息子をお任せできます。どうか、よろしくお願い致します。実は現在の神奈川県警警務部長は私の大学の同期生なんですよ」

「藤岡警務部長ならば、私も退職時にご挨拶致しましたし、当院の危機管理担当の上司とは警察庁で一緒に仕事をされていたようです」

「藤岡をご存知なのですか？」

「警察官在任中に県警本部内で、藤岡警務部長の指示でこの病院の面接試験を受けたものですから、特殊な事情というか、ご関係があったのだろうと思っています」

「在職中に……聞いたことがありませんね」

父親も怪訝な顔つきになって首を傾げていた。

「私も前代未聞だという話を人事から聞きました」

「またまた失礼なお伺いなのですが、警察官の階級は何だったのですか？」

「私は警部補でした」

「ほう、警部補……そんなにお若くして……そうだったのですか……」

父親は再び前澤をマジマジと眺めていた。それを隣の母親が窘めるように言った。

「あなた、失礼ですよ。よほど特別なご事情があったからこそ、県警さんも相応の対応をされたのよ。この方なら雅之もきっと心を開いてくれると思うわ」

母親は前澤に対して深く頭を下げた。

尾上雅之の意識が回復したのは、それから三日後だった。

ＩＣＵからは離れることはできなかったが、滅菌室から一般外科のＩＣＵベッドに移った。顔や上半身は包帯で巻かれ、両腕も固定されていた。口から食事を摂ることはまだできず、栄養剤を注射で打つだけだった。意識は回復したが医師や看護師に対して口を開くことはなく、頷くか否かで回答を示していた。眼科医師の診断では視力は正常と判断されていた。

前澤が手術を担当した形成外科と皮膚科の医師を医局の会議室に訪ねて今後の対応について相談をしていた。

「顔の包帯はいつ頃取れるのでしょうか？」

「あと一週間……というところかな。若いから回復は早いだろう。上半身はあと数日だろうね。ただ、これからは鎮痛剤が切れると痛みが走るので、ペインモニターをチェックしながら苦しさを感じることがないように措置をしていかなければならない」

「ペインモニター……ですか？」

前澤の質問に形成外科医長が笑顔で答えた。

「前澤さんが当院で出産した時、無痛分娩だったでしょう？　あの時『今、陣痛が来ていますよ』と看護師が伝えたと思うのですが、あれと同じで、身体の本来の痛みを機械で測定する装置のことです」

「先生はどうして私が無痛分娩だったことをご存知なんですか？」

「あなたのお父様の手術に立ち会っていました。その時にお父様があなたのことを心配していらっしゃってね。私も産科に連絡を取ったのですよ。担当医があなたに訃報を告げに行った時も私が立会人でしたから。まさか、あなたとこういうポジショニングで一緒に仕事をするとは思ってもいませんでした」

「そうだったのですか……その節は本当にありがとうございました。あの時の当院でのいろいろなご縁があって、今、こうしてここで働くことができているのです」

「廣瀬先生が直接選んだ方ですから、私も安心しています」

　前澤は頭を下げるしかなかった。そして思い直したように訊ねた。

「すると、ペインモニターのおかげで、彼は痛みを感じることなく治療ができるのですか？」

「正確には脳波スペクトル分析装置で覚醒レベルを確認している状態を、ペインモニターと言っているのですが、現時点では全身麻酔を使っているわけではありません。

このため、全く痛みがないわけではありませんが、激痛というものはほとんどなく、皮膚の表面がチクチクと痛痒いような状況がしばらく続くことになるかと思います」

「ご両親が元気なころの彼の写真を持参してくれて、それを見ると、結構なイケメンなんですよね。どれくらい元どおりになるものなのでしょうか？」

「イケメンですか……そうでしょうね。顔立ちは整っていますからね。皮膚科医とも話をしていますが、おそらく美容整形はせずに済むくらい、ほぼ元どおりに回復すると思いますよ。その分、手術は大変だったのですけどね」

「火傷がⅢ度だったと聞いています。そうなると、皮下組織にまで火傷が達しており、皮膚は永久的な損傷を起こす可能性があるとも言われていたようなのですが……」

「確かに搬送当時はそのような状況でしたし、救急隊やドクターヘリ担当の救命医もそのような判断でした。ただ、爆発が彼の面前で起こったものではなく、携帯電話を彼が作業している机の上に置いていなかったことが幸いしたのでしょう。ただ、気化したトルエンや接着剤、特殊塗料に引火したことで爆発を引き起こしたようで、彼の右背側面から大きな圧力を受けたようです」

「どうして今でもミイラ男のように顔も包帯でぐるぐる巻きにされているのです

「顔面はプラスチック粉の燃焼による煤と熱で真っ黒になっていましたから、患部の炎症を抑えるためです。火傷治療の中では今の時期が一番大変な時なんです」

「そういうことでしたか……そうすると、一般病棟に移るのも、包帯が取れた頃……と考えてよろしいのですか？」

「そうですね、病棟の看護師が薬の塗布を行う際に、包帯を付け替えるのは大変な労力でしょう。ＩＣＵにいれば、医師と看護師が日に二度、共同して治療できますからね」

「それを聞いて安心しました」

前澤が言うと、皮膚科の医師が腕組みをして言った。

「あとは、彼自身の心の問題だと思いますよ。現時点では、こちらの呼びかけに対して、口頭では全く答えようとしません。痛みがあるのかもしれませんが、本人の反応はわずかに頷くか、そうしないか……の反応なのです」

「本人には、元どおりになる旨を説明しているのですか？」

「大丈夫だとは伝えていますが、どこまで信用してくれているのか、判断が難しいですね。私も二十年近く多くの患者を見てきましたが、こういうタイプは初めてですね」

「まだ本人はご家族と面会はしていらっしゃらないのですね」

「滅菌室を出ることが決まった時点で、予め（あらかじ）の打ち合わせどおり、母親に電話を入れようと思っています」

「親御さんの顔を見れば少しは変わってくるかも知れませんね」

「そうあって欲しいですね。治療に一番大事なことは、患者本人の意思表示ですからね」

前澤は親が面会する時に立ち会いたい旨を医師に伝えると、医師は親と患者本人の意思確認を行った上で判断すると応えた。

二日後、患者が滅菌室から一般ＩＣＵに移動することが決まり、形成外科の担当医が母親に連絡を入れた。

前澤は担当医から、母親が事故以来、初めての息子との面会が決まった連絡を受けたことで、電話の向こうでも感極まった様子だったとの報告を受けた。さらに初面会時に前澤の同行が認められた旨を告げられていた。

翌日の午後一時、ガラス張りの外科系集中治療室の外で、緊張した面持ちの母親に前澤が付き添う形で待機していた。時間ちょうどに担当医が現れ、三人でＳＩＣＵに入った。

新たに移るベッドの前で母親と前澤が待ち、担当医はＩＣＵ担当医師と二人の看護師を伴ってＳＩＣＵ内にある、すりガラスで仕切られた滅菌室に入った。すでに滅菌室内では移動の準備ができていたとみえ、四人の医師らに囲まれた尾上雅之がストレッチャーに乗せられてベッドの脇に運ばれた。

その息子の姿を見た途端、母親が号泣した。

「お母さん、ここはＩＣＵですからお声を立てないようお願いします」

前澤が母親の身体を抱えるようにして言ったが、母親の号泣は収まらなかった。医師の指示で前澤は母親を一旦ＩＣＵから連れ出した。

「お母さん、再会の喜びはわかりますが、ＩＣＵは重篤な患者さんばかりなのです。どうか、お気をお鎮め下さい」

前澤の言葉が届いているのかどうかわからないほど、母親は冷静さを失っていた。

「お母さん、どうされたのですか？」

「雅之が可哀想で……」

母親の嗚咽はなかなか止まらなかった。

前澤は母親を連れ出す際に見た、息子、雅之が母親を見る、実に冷めたような目つきが強烈に脳裏に残っていた。さらに、母親の常軌を逸したような挙動を見て、過去に取り扱った事件を冷静に思い出していた。

「ご子息はもう大丈夫なんですから。医師からもその旨は先日の電話でお伝えしていると思います。どうか、お気を鎮めて下さい。ご子息が却って不安がりますよ」

母親の嗚咽はさらに二、三分続いた。ようやく涙が収まったところを見て前澤が母親に訊ねた。

「大丈夫ですか？」

「取り乱してしまい、申し訳ありません。包帯で顔を巻かれた息子の姿に、思わず気が動転してしまいました」

「担当医が電話で様子を伝えたと聞いておりますが……」

「それはそうでしたが、滅菌室を出る時には包帯は取れているものと、勝手に思い込んでしまっていて、何が何だかわからなくなってしまったのです」

それから五、六分を経てようやく母親は平静を取り戻した。

「もう一度ＩＣＵに入ってみますか？」

前澤の言葉に母親が頷いた。ベッドサイドには担当医が雅之に何やら語りかけてはいたが、雅之が言葉を発している様子はなかった。

母親と前澤が担当医の横に着くと、担当医は前澤に言った。

「十分以内でお願いします。本人も原因不明ながら、やや興奮気味です」

前澤が頷いて母親を枕元に導いた。母親は恐る恐る……という雰囲気で息子の枕もとで中腰になると、先ほどの号泣とはかけ離れたような、か細い声で語りかけた。

「雅之さん、お医者様からも聞いたと思うけど、もう大丈夫よ。お顔も元どおりになるんですって。入院もそんなに長期にはならないようだし、受験もできるそうよ」

雅之に動きはなかった。というよりも母親の方を向こうともせず、目も動かさない、全く無視をしているように前澤には感じられた。

息子のこの態度から何を感じ取ったのか、母親は目を瞑って数秒間俯いていた。そして目を開けると、その目に急に力が宿ったかのように息子を見据えて言った。

「あなたが引き起こした事故なんだから、誰を責めることもできないわ。お父様も私も心配はしているけれど、自分の心や身体を治すのは、雅之さん、あなた自身なんですからね」

この豹変ぶりに前澤は驚いたが、息子はチラリと母親を見たなり、目を閉じた。

前澤はベッドに設置されている、心電図、呼吸、観血血圧、非観血血圧、動脈血酸素飽和度（SpO_2）、体温と多くのバイタルサインの生体情報モニターに示される数値とモニター波形を確認していた。心電図、呼吸に動きがみられた。さらに脳波スペクトル分析装置で覚醒レベルの波形を見ると、痛みを和らげるために投与する麻酔薬使用量が必要最小限に調節されて自動投与していることがわかった。

前澤が担当医を見て訊ねた。

「先生、痛みがあるのでしょうか？」

「原因不明ですが、何らかの痛みを感じているのは確かなようですね」

そこで今度は前澤が初めて雅之に向かって声を掛けた。

「尾上雅之さん。ここを出て一般病棟に行った際に担当をします前澤と申します。病院はあなたの治療に全力を尽くして治療を行います。そのためにはあなたにも病院に協力していただかなければなりません。これは患者さんと病院の相互に求められる義務でもあります。ここは川崎殿町病院といって、全国でも有数の設備と能力がある医師が揃っています。もし、あなたが一日も早く快癒することを望んでいらっしゃるのなら、協力して下さい。そうでなければ、それがあなたの意に反することであっても、他の病院に転院していただかなければならなくなります。その点をご自分でよくお考え下さい」

前澤の言葉に雅之は反応した。返事こそしなかったが、二度、首を縦に動かした。

これを見た前澤は雅之の左手を軽く握って言った。

「約束ですよ」

今度は雅之が前澤の手を二度、握り返した。

担当医が「ほう」と言って前澤を見ていた。これに対して母親が再び口を開いた。

「雅之さん。本当にみんな心配しているのよ。お爺様だって、何度もここに足を運んだのよ」

しかし、母親の言葉に対して雅之は全くの無反応だった。

これを見た医師が母親に向かって言った。

「お母さん、今日はここまでにしましょう。ご子息もあなたが来てくれたことは、よく理解しています。ゆっくり、時間をかけて話し合いましょう。時間は十分ありますから」

医師の言葉に絆（ほだ）されたかのように、母親は中腰の姿勢から背を伸ばして立ちあがった。そして一度深く頭を下げると、チラリと息子の顔を見て医師に従った。この時母親は前澤が行ったように息子の手を握ることはしなかった。

ＩＣＵを出ると母親は先ほど雅之に対して啖呵（たんか）を切ったような勢いが全く消えて、

再びひ弱な女性に戻ってしまったように、前澤に向かってか細い声で言った。

「私はあなたのように、雅之に対してきついことを言えないのです。というよりも、言えなくなってしまったのです」

そう言うと、再び嗚咽を漏らし始めた。これを見た前澤はこの母親が持つ二面性に気付いたのか、担当医に会釈すると、母親の肩を抱きかかえるようにしてＶＩＰ棟の車寄せに向かった。この場所は外部からは三重のセキュリティーを通過しなければ入ることができず、病院関係者であっても特殊なセキュリティーカードを所持していない限り立ち入ることはできなかった。

「お母さま、あまり無理をせず、お母さまご自身の体調管理にも努めて下さい。雅之さんの治療には病院職員が全力を挙げて取り組みますから」

母親は前澤の言葉が聞こえているのかどうかもわからない様子で、焦点が定まらないような虚ろな目つきのまま、お抱え運転手がドアを開いた国産の高級車の後部座席に乗り込んだ。

母親を見送った前澤は廣瀬のデスクに電話を入れ、医局の会議室で報告をすることにした。

「今、母親を見送ってきました」

「患者の反応はどうでしたか？」

「患者は母親を無視しているかのようでした。ただし、母親からも子どもを本当に大事にしているような印象を覚えませんでした」

「そういう親子関係でしたか……不登校から引きこもりに移行する際に、家庭内でも何か大きなことが起こったのでしょうね」

廣瀬が言うと、前澤がやや首を傾げて言った。

「あの母子は、実の親子なんでしょうか？」

「ほう。何かインスピレーションが働きましたか？」

「私がかつて扱った、新興宗教にのめり込んだ母親と、これを拒絶した子どもの関係に似ているような気がしたのです」

「母親が新興宗教にのめり込んだ理由は何だったのですか？」

「子どもの母親に対するドメスティック・バイオレンスです」

これを聞いた廣瀬が言った。

「前澤さん、ドメスティック・バイオレンスの意味を取り違えていますね。ドメスティック・バイオレンスというのは、配偶者暴力、夫婦間暴力、つまり、同居関係にある配偶者や内縁関係の間で起こる家庭内暴力のことです。確かに英語の『domestic』は『家庭の』という意味なので、日本語の『家庭内暴力』と同義に捉えてしまいがちですが、これは誤解です。英語の家庭内暴力にあたる語は『family violence (FV)』で、二つは使い分けられているんですよ」

「えっ、そうなんですか?」

「この病院でもDV被害に遭った患者に関しても、児童虐待同様に警察への通報義務がありますから、そこは間違わないようにしなければなりません」

「そうだったのですか……申し訳ありません」

「いえ、ただ、家庭内暴力で、子どもが親に対して暴行をする場合には、その背景にDVが存在する場合が多いことも確かなようです」

「ご主人と奥様は仲がよさそうな感じでしたけれど……」

「エリートは取り繕うのも上手ですからね。次期総理総裁候補になっている、患者のお祖父さんの尾上吉之介代議士だって、赤坂や向島(むこうじま)の芸者衆とは相当浮名を流した御(ご)仁(じん)ですしね、複数の婚外子があることも事実ですからね」

「えっ。そんな人が日本の総理大臣になってしまうのですか?」

「政治家としては優れていても、人としてもそうであるかは測ることはできませんからね。アメリカの大統領だって女性問題で失脚した人は何人かいますからね」

「それはそうですけど……」

「ドメスティック・バイオレンスで逮捕された外交官や、セクハラで有名な外交官も何人か知っていますよ。マスコミの政治部ではセクハラで知られる主要閣僚もいますね」

「何だか政治も行政も信用できなくなってしまいます」

「女性キャリア官僚出身の代議士が、秘書に対するパワハラ報道で落選したことだって、つい最近のことじゃないですか？　ハラスメントの加害者は男性だけではないんですよ。特にドメスティック・バイオレンスに関しては、日本だけでなく、圧倒的な件数を示す中国、韓国は例外としても、アメリカ合衆国に至っては、十五秒に一人、年間二百万人以上の女性がＤＶの深刻な被害を受けており、ＤＶにより亡くなる女性が一日に十一人とまで言われた時があったほどですからね」

廣瀬の説明を聞いて、前澤はうな垂れながら言った。

「そういう実態なのですね……あの子はどうなんでしょう」

「複雑な家庭環境なのかもしれませんね。僕もルートを通じて調べてみましょう。当院としては無事に完治して退院していただくことが第一ですが、本人に生き甲斐を持ってもらうことも大事ですからね」

　廣瀬の言葉に前澤は何度も頷いていた。


　デスクに戻ると廣瀬は警視庁公安部の寺山理事官に電話を入れた。

「尾上代議士の家族に関して教えて下さい」

「そういえば、孫が廣瀬ちゃんのところに運び込まれているんだったな」

「まだ一切のマスコミ対応を行っていませんし、するつもりもないのですが、患者本人に気になるところがありまして」

「不登校だったんだろう？」

「中学三年生からですから、かれこれ七年間ですね」

「精神的障害かい？」

「決してそうではないようで、来春、東大受験を考えていたようです」

「東大とは、大きく出たな」

「それが、相応の能力はあるようです。コンピュータ分野では、かなりの実力があるようで、専門誌への投稿でも、高い評価だったようです」

「私にとって、彼らのとの会議は、まるで宇宙人との会話のようだけどな。あまりに横文字が入り過ぎるからな」

「お気持ちは察します」

「何を言ってるんだ。廣瀬ちゃんは優秀なプログラマーだったじゃないか」

「勘弁して下さい。素人に毛が生えたようなものです」

「それで、尾上代議士一家の何を知りたいんだい」

「今回の孫を取り巻く家庭環境と、両親との関係です」

二時間後、寺山理事官から折り返しがあった。

「廣瀬ちゃん。あの家族はなかなか複雑だったよ」

「実の母親じゃなかった……とか？」

「よくわかるな。そのとおりだ。実の母親は三男坊と一緒に尾上家を放逐(ほうちく)されているんだ」

「放逐？　何かあったのですか？」

「そこがよくわからない。尾上家は元々複雑な家庭環境だったようだからな。先代の尾上吉之介の父親の頃から尾上家の家庭内はガタガタなんだが、ご存知のとおり、吉之介の女癖というのは病的だからな。公安四課に残されているデータだけでも三人の婚外子がいることになっている」

「赤坂と向島だけじゃなかったのですか？」

「もう一人、元秘書との間にも子どもを作っている。その子どもは現在県議会議員で、次期参議院選に出馬する可能性が大だそうだ」

「吉之介の長男で現在政策秘書になっている善之介の嫁さんも、元々は吉之介の女じゃなかったですか？」

「そうらしいな。善之介も代議士になる器ではないんだが、親父のおさがりをありがたく頂戴したような腰抜けだからな。といっても、その嫁の実家は選挙区では最有力者で、その父親は今や全国展開している仏壇屋の会長だからな」

「吉之介の父親の代から後援会長で、未だに父親の法事はその会長が仕切っているようですね」

「そうらしいな。総理一歩手前で惜しくも急逝した、惜しい人材だったからな」

「それでも女にはだらしなかった……ということですか？」

「当時の政治家は妾を持つのはステータスに近かったからな。総理大臣経験者でも新橋芸者の床の中で死んでしまったくらいだ」

「確かにそういう人がいましたね。考えれば、その総理大臣経験者と尾上は遠い親戚関係になるのではなかったですか？」

「そういえばそうだ……血は争えない……ということか。日本の総理大臣は初代から女癖が悪かった……という悪しき伝統が残っているのかと思うと情けなくなるが、『英雄色を好む』とは、世界的にいわれていることだからな」

「アメリカ大統領もしかり……ですね。それよりも、尾上吉之介の次男、つまり、今回の事故の当事者の父親はどうなんですか？」

「頭脳は明晰。東大法学部政治学科を首席で出て、財閥系銀行に入行後はトントン拍子に出世して、最年少取締役に就いている。人望もあり、欧米でも銀行マンとしての能力は高く評価されているようだ」

「そんな人が妻を息子と一緒に放逐するものでしょうか？」

「よくわからないんだが、追い出された妻は政治家の妻の座を狙っていた……というのが吉之介の後援会幹部の間では有名な噂らしい」

「兄貴よりも弟の方が出来がいいのは誰もが知っていることですからね。尾上家は政治家一族ですから、妻としては親子二代揃って東大を首席で出た次男坊が政治家になる可能性が高いだろう……と勝手に思い込む気持ちはわかりますが……夫婦間の意思の疎通がなかったのでしょうね」

「三男坊を産んだ頃から家庭内では不和が伝えられていたようだな」

「今の母親は何者だったのですか？」

「それがどうやらウォータービジネスだったらしい」

寺山理事官はふざけて言ったが、廣瀬はそれを意に介さなかったのか、生真面目に答えた。

「水商売……ですか……。銀座(ぎんざ)ですか？」

「大阪のキタだったそうだ。関西の重鎮が足を運ぶ一流の店だったようだが、そのことはあまり知られていないな。おそらく銀行内でも知っている者の方が少ないようだ」

「事故の当事者がいくつの時に再婚したのですか？」

「幼稚園の頃には再婚していたようだな。小学校は公立だったようだが、母親として学校での評判は良かったらしい。受験にも熱心で、そのおかげもあって、本人は中学受験では超一流の進学校に進んでいるからな」

「中学二年の時点では成績もトップクラスだったようなんですが、クラスメイトとのトラブルに巻き込まれた……とか」

「のようだな。相手の母親がモンスターペアレントだったんだろう？」

「そこまでは聞いていませんが……学校側は守ってくれなかったのでしょうか？」

「相手のタチが悪かった……ということなんだろうな。本人が不登校になっても、学校サイドは彼を除籍扱いにはせず、高校卒業年次になって、ようやく退学扱いにしたようだからな。もちろん、その間に学費もしっかり取っていたようだが……」

「それもまた酷い学校ですね。何という学校だったかご存じですか？」

「川崎殿町病院の近くにある、川崎総合学園という進学校だよ」

「川崎総合学園か……もともとそういう学校だったのか……」

廣瀬がため息交じりに言うと、寺山理事官が訊ねた。

「川崎総合学園は何かやらかしたの？」

「生徒の飛び降り自殺未遂事件があったんですが、その時の対応が悪くて、理事長の親族を病院内で威力業務妨害罪で現行犯逮捕したんです」

「威業か……厳しい手を打ったな」

「教師でなくても、学校の管理職職員である以上、教育者に変わりはありませんからね。学校自体にも問題があったようでしたから、やるべきことをやったまでです」

「そういう姿勢が危機管理担当として信頼を寄せられるのだろう。警察も、最近はようやく一歩先の対応をするようになってきたところだ。廣瀬ちゃんにとっては時既に遅し……だっただろうが……」

「不退去罪では面白くもなんともありません」

「案外、その学校から危機管理の依頼が来るんじゃないのか？」

「危機管理は一業種一社と決めています。すでに学校法人の顧問を一件やっていますから、その点は簡単に拒絶できますので大丈夫です」

廣瀬が言うと、寺山理事官が笑いながら言った。

「本当に、早く辞めてよかったな。うちの先輩方も再就職探しで大変だ」

「〝人一（ヒトイチ）〟がやっているでしょう」

「警視以上ならなんとかなるが、そうでない半数はこのご時世、なかなか厳しいようだな。廣瀬ちゃんのところでも採ってくれているようだけどな」

「うちは中途退職者専門になってきました」

「いい人材が去っていくのは悲しいものだけどな」

「第二の人生を在職中から計画的に進めるかどうかの問題です。多くの有能な人材が去るということは組織に何らかの問題がある……ということですからね」

「何らかの問題があるのは家庭も同様だけどな」

「そうでした。それにしても、学校問題で不登校になることはわかるのですが、母親に対する反発の理由がわかりません。そこにも何かがあったのでしょうが、案外、本人だけしか知らない、自分だけで抱え込まざるを得ない事情があるのかもしれません」

廣瀬が言うと寺山理事官もため息をついて答えた。

「裕福な、人が羨むような家庭であっても、問題は多いものだな。凡人でよかったと思うよ」

「それは私も同じです」

すると寺山理事官が訊ねた。

「ところで、不登校になった後、彼はどうやって勉強したんだろう？」

廣瀬が笑って答えた。

「パソコンさえあれば、自宅学習は簡単ですよ。英会話だって無料でできますしね」

「そういうものか……学校の必要性が問われる時代に入ってきた……ということか」

「それは事実だと思います」

電話を切ると廣瀬は警察時代から付き合っていた政治部と社会部の両方で活動しているマスコミ関係者に電話を入れた。

「大垣（おおがき）、真面目にやっているかい？」

「廣瀬さん。今、大変でしょう」

「何のことだ？」

「尾上吉之介の孫が自殺未遂なんでしょう？」

「単なる爆発事故だ。勝手に事故を事件に切り替えるんじゃない」

「そうなんですか？　不登校の引きこもりだったわけでしょう？　それも中学時代にはＰＴＡを巻き込んだ大事件だったようじゃないですか？」

「何だ、その大事件……というのは？」

廣瀬はこの通信社の論説委員になっている大垣の情報力をよく知っているだけに、素直に訊ねた。

「爺さんの妾の子どもと同級生になって、その妾が大騒動を起こした……って話じゃないですか。しかも、妾は爺さんと別れた後に、時のフィクサーと呼ばれた大物右翼の愛人になっていた……とか？」

「そんなことがあったのか？」

「赤坂芸者……といっても、関西から流れてきた女だったとか。関西独特の裏政治経済をよく知っている、危ない女と言われていた相手だったようですよ」

「何でもよく知っているな」

「昔から話は聞いていたのですが、今回の事件で思い出したんです。僕も以前、直接取材に行きましたから覚えています。岡広組の三役まで絡んで、関西財閥系の都市銀行を巻き込んだ事件にも関わっていた女でしたから」

「なるほど……お前が最も詳しい分野だな……それで、爺さんの妾と、尾上家の間には、その後のトラブルはなかったのか？」

「尾上吉之介の事務所にフィクサーが乗り込んだ……という話があって、当時のブラックジャーナル誌に載ったことがあります。その後も、このフィクサーの提灯記事を書いている、ネット専門のブラックジャーナリストが思い出したように書いていますよ。ジャーナリストとはいえ、自分で取材をするわけでもなく、人から聞いた話を垂れ流しにしているような野郎ですけどね」

「そういう輩はネットの世界には多いからな。それで、孫の不登校の原因を尾上吉之介は知ってしまったわけだな」

「不憫だと思ったのでしょう。元々可愛がっていた孫だったようですし、将来の尾上家の後継ぎと目していたのかもしれません。今後一切、孫に接触しないことを条件に金を積んだそうです」

「そのフィクサーと言われる右翼って、もしかして鎌倉の爺さんのことか？」

「鎌倉に居を構えた黒幕は多いですが、確かに晩年は北鎌倉の名刹内の宿坊のようなところに住んでいました」

「そうか……尾上家にはそういうバックグラウンドがあったのか……そうなると、吉之介の孫を預かるのはリスクと考えなければならないな……」

「マスコミ関係者の中では噂が様々な形になって拡散していますからね。フィクサー擬きがやってくる可能性もありますね」

「今のご時世、日本の政財界にフィクサーなどというものは存在しないだろう。もはや過去の存在となった、数人の元首相がチョロチョロ動いているようだが、誰も相手にしていないからな」

フィクサーは、政治・行政や企業の営利活動における意思決定の過程に介入する資金、政治力、人脈などを持ち、正規の手続きを経ずに決定に対して影響を与える人物を指す。

フィクサーが介入すると往々にしてその手段は公正でなく恣意的な結論となる場合が多い一方、理想と現実の間で複雑化する人間関係や利害関係を円滑にすすめる役割を果たす場合もある。

「フィクサーと言えば聞こえはいいですが、所詮、黒幕でしょう」

「黒幕か……懐かしい表現だな。突然、歌舞伎用語が出てきた」

　黒幕とは、陰の実力者のこと。表の権力者を裏で操ったり、権力者であることを退いた後にも影響力を持ち続ける人物を表す。歌舞伎で黒い幕を使って夜を表したり、舞台装置の見せたくない部分を隠したりすることから、表に姿を見せない強力な人物を黒幕と例えるようになったと言われている。

「それでも注意は必要だと思いますよ。奴らは裏でつながっていますから」

「確かに、その裏が面倒なんだ……」

　そこまで言って、廣瀬はふと寺田三吉を思い出してハッとなって思わず呟いた。

「ヤクザと極左か……」

　大垣が聞き返した。

「ヤクザと極左がどうしたのですか？」

「いや、ちょっと気になる連中が、うちに来ていたんだが、奴らなら動いてくるかも知れないな……と思ってな」

「川崎殿町病院にもヤクザや極左が来ることはあるんですか？」

「極左は初めてのことだが反社会的勢力は多いな。追い返してはいるが、奴らにとって、うちは狙いどころの一つになっているかもしれない」

廣瀬は頭をめぐらせ始めた。

「大垣、頼みがある」

「私は廣瀬機関を自任しています。何でも言って下さい」

「極左と言っても、旧労働党系なんだが、その旧労働党出身の似非同和とつながっていた人物で、九州の日豊本線側の二県で動いていた右翼とつながりがある反社会的勢力を調べてもらいたいんだ」

「強烈に入り交じっているようですが、それには大きな媒体として福岡の人物も関わっていますね。孫が大臣を首になった……」

「さすがだな。何でもお見通しか……。孫はつい最近死んでしまったけどな」

「二人しか思い浮かばなかったのですが……どうやら、その一人らしいですね。日銀も関わっている奴でしょう？」

「イグザクトリーだ」

廣瀬は以前から大垣と話をするのが好きだった。まさに阿吽の呼吸で政財界の裏話が通じるからだった。

「廣瀬さんに、その『Exactly』を言われるのが嬉しくて……」

大垣が電話の向こうで笑って言った。

「その反社会的勢力と旧労働党系極左の接点を探ってくれないか？」

「すんげーヤバイ話ですね」

「おい、大垣。僕の前で『ヤバイ』という言葉を使うんじゃない。出来の悪いお笑い芸人じゃないんだ。もとは盗人や香具師の隠語であることぐらい、お前なら当然知ってるだろう」

「すいません。最近、公共放送でも平気で使われるようになったので、つい、何でも用語として使ってしまっていました」

「そういうところから日本語が乱れるんだ。美味しいものを口にして、何が『ヤバイ』なんだ。そんな程度の低い芸人ばかり使っているから、日本のマスコミが馬鹿にされるんだ」

「申し訳ありません。メッチャ反省しています」

「大垣、お前、僕を舐めているのか？」

「えっ、何がですか？」

「僕はその『滅茶苦茶』系の言葉の乱れも嫌いなんだ。『メッチャ、ヤバイ』は僕の前で二度と使うな」

「申し訳ありませんでした。最近、テレビ出演が増えた関係で、迎合癖がついてしまったようです。しっかり反省します」

「当たり前だ。真面目にやれ」

物事を頼んだ相手に対して言う台詞ではないことを廣瀬も重々承知していたが、病院内でも職員に対して使ってはならない二つの用語として教育している立場から、大垣に対しても厳しく伝えていた。

大垣の動きは早かった。電話が入ったのは翌日の夕方だった。

「下命の課題、実施しました」

「早かったな」

「昨日、厳しくご指導いただきましたので、それに応えるべく、あらゆるルートを駆使して摑みました。結果から申します。米杉(よねすぎ)会系立石一家ですね」

「立石一家が出てきたか？」

「はい。似非同和というよりも朝鮮系です。北九州の癌と呼ばれた野郎が実権を握っています」

「北九州？」

「北部九州の間違いなんだろうと思っているのですが、暴力団抗争が多い北九州を騙っているのかもしれません」

「所詮、似非というのはそんなもんだ」

廣瀬は吐き捨てるように言った。すると大垣が言った。

「似非といえば、立石一家の現在の組長の立石金一ですが、同じ北朝鮮系の地面師グループと一緒に福岡を中心に三十ヵ所の有料老人ホームを経営しているんです」

「地面師グループと有料老人ホームだと？　監督官庁の厚生労働省は何をやっているんだ？」

「有料老人ホームは老人福祉法の範疇ですから、届出さえしていればいいんです」

「有料老人ホームは、介護保険における『特定施設入居者生活介護』の給付を受けることができる『指定特定施設』だろう？」

「よくご存知じゃないですか」

「うちの病院にも特養や有料老人ホームの経営を勧める企業や金融機関が多いんだ」

「なるほど……老人医療に関するノウハウは十分にありますからね」

「だが、やらないのが当医療法人社団敬徳会の基本方針なんだ。あの業界にはあまりに汚れた連中が多いからな。ましてや、反社会的勢力と地面師が一緒になってやるような仕事だからな」

「もとが金儲けですから仕方ありません」

「立石一家組長の立石金一と地面師はどこでつながっているんだ？」

「立石金一らがやっている有料老人ホームの創業者である女性経営者の伊藤栄子（いとうえいこ）は二〇〇〇年に暴力団組員らとともに公正証書不実記載、同行使の容疑で千葉県警に逮捕されていたんです。しかもその実態は、偽造した売買契約書などを使って、無断で他人の土地の所有権を移転登記したという、地面師の手口そのものなんです。この時一緒だった元司法書士や不動産金融業者、米杉会系暴力団組員ら六人の地面師グループの一員だった伊藤栄子の肩書は『不動産金融業者』だったんですよ。しかも、この時伊藤栄子と一緒に逮捕された米杉会系暴力団組員のリーダーが立石金一だったんです」

「逮捕歴があるのか……しかも不動産詐欺か……」

「そしてその時の弁護士が旧労働党系極左の田丸幹夫（たまるみきお）と瀬尾忠正（せおただまさ）の二人でした」

「うちに来た二人じゃないか……」

廣瀬の頭が素早く回転した。

「あっ、ところで廣瀬さん、寺田三吉という男を知りませんか？」

思わぬところで三吉の名前が出てきたので廣瀬はおどろいて訊ねた。

「三吉が何かやったのか？」

「やはりご存知でしたか。寺田三吉は先ほどの伊藤栄子の元夫で、別れた後も伊藤のヒモみたいな奴なんです。ただ、立石金一の悪業を伊藤から聞いていたらしく、立石一家が動くところには必ず顔を出して、金を稼いでいたそうです」

「なるほどな。ところで伊藤と立石金一の関係はどうだったんだ？」

「伊藤栄子の妹が、立石の嫁なんですよ」

「なるほど、まさに獅子身中の虫、というわけか」

「立石金一は嫁にだけは頭があがらないようです」

大垣の報告を聞いて、廣瀬は胸のつかえが取れた気がしていた。

「大垣、後はこちらで調べてみる。きわめて貴重な情報だった」

「廣瀬さんにそう言っていただいて嬉しいです。また事件になりそうでしたら一報お願いします。私がスクープを打ちます」

「わかった。その時は全面協力しよう」

廣瀬は電話を切ると警視庁公安部の寺山理事官に電話を入れた。

「理事官、旧労働党系の極左弁護士で、田丸幹夫と瀬尾忠正の二人がこの五年間に行った弁護活動の実態を知りたいのですが」

「労働党系極左か……いやらしい連中を相手にしているな。中立派の連中か？」

「おそらくそうかと思います。ついでと言ってはなんですが、その弁護活動の中に医療関係のものがあったら、それに関連するレセプトの写しも一緒にお願いします」

レセプトとは、患者が受けた保険診療について、医療機関が各市町村や健康保険組合などに請求するために発行する診療報酬明細書のことである。

「弁護活動記録は四課に聞けばわかるが、レセデータは〝ハム〟で管理しているのかい？」

「第六担当のビッグデータで毎年更新しているはずです」

「六担で？　よくそんなことを知っているものだな」

「もともと僕が担当で、某製薬会社経由で取集していたんです」

「製薬会社がレセデータを入手しているのか？」

寺山理事官が驚いた声で訊ねた。

「レセプトの情報を製薬会社などに販売するビジネスが存在しているんです。販売に際して匿名化が行われているといわれていますが、個人情報がダダ洩れ状態であることは担当なら知っていますよ」

「そうなのか……それは、全国データなのか？」

「頻発する医療機関の水増し請求や架空請求に対して、事務コスト削減と医療の質向上のため、保険事務のコンピュータ化が推進されて、現在はデータが保険者からオンラインで結ばれて、ビッグデータとなっています」

「六担はそのオンラインに食い込んでいるのか？」

「そうでなければ不正の捜査はできないでしょう？　悪い医療機関も多いわけですから」

「知らなかったな……関連事件の摘発も聞いたことがないぞ」

「関連事件ではなく、事件の裏取りで活用しているはずです。ヤクザもんや政治家の健康情報は重要ですからね」

「そういうことか……六担の中島管理官に当たってみよう。もちろん廣瀬ちゃんの名前は出さないけどな」

「よろしくお願いします。中島がどうしてあそこに行ったのか、僕も不思議に思っているんです」

「それは、前公総課長の下川さんの一本釣りだったんだよ」

「下川？　あのフィリピン好きのスケベ野郎ですか？」

「大きな声では言えないが、察庁の監察に呼ばれているらしいぞ」

「フィリピン極秘出張がバレたのかな？」

「そんなことまで、よく知っているな」

「全日本航空とはツーカーですからね。向こうの航空会社を使っていればバレないものを、マイル欲しさに日本の航空会社を使うなんて役人根性丸出しのセコイ旅行をするから、バレバレなんですよ」

「闇出張でマイルまで貯めていやがったのか……」

「かつて、インターポールのトップになった警察官僚が、各種公費出張でもマイルを貯めて家族旅行をしていたのと同じ、腐った体質がまだまだ残っているんですね。これはある意味で横領行為ですからね。公的出張にマイルを付けるほうが航空会社としてもおかしな話なんですが、利用者からそう言われたら断ることができないようですね。理事官、早めに中島が管理している運営費をチェックしておいた方がいいと思いますよ。下川にキックバックしている可能性がありますから」

「よし、わかった。会計担当から受領額の詳細を取っておこう」

電話を切ると廣瀬は大きなため息をついた。

第八章　展開

「横浜地方検察庁から院長宛に文書が届きました」

医事課長から廣瀬に電話報告が入った。

「民事ですか？」

「刑事部となっています」

「とりあえず、院長に開封してもらって下さい。内容如何で僕が対応しますから」

間もなく、院長が困惑した顔つきで廣瀬の許(もと)に文書を持参して言った。

「これは出頭要請ですね」

廣瀬は内容に関してピンとは来ていたが、あえて訊ねた。

「内容は何ですか？」

「応召義務に関してですね」

「受けて立ちましょう」

「そのつもりではいるのですが、どう対応していいものか、廣瀬先生にご教示を仰ぎたいと思っています」

「事実関係は私に一任している旨の回答で結構です。ただし、本件に関する報告も受けており、医療法人社団敬徳会としても了承済みであることを伝えていただければ、僕が常任理事として回答できます」

これを聞いた院長はホッとした顔つきになって言った。

「ありがとうございます。実は住吉理事長から、裁判になったら受けて立つ旨の話を聞かされていたのですが、私自身、院長として何ができるのか心許なかったのです」

「先方は、法律に詳しくない相手をターゲットにすることで、精神的に痛めつけたいだけなのですよ。あわよくば示談に……という感覚ですね。しかし、今回ばかりはそうは行かない。本件は応召義務を論ずるまでもなく片付く問題ですが、住吉理事長としても、今後の日本の医療現場のために、応召義務に関する最高裁の判決を勝ち取りたいのです」

「理事長と全く同じ台詞ですね」

院長が優秀な医学者らしく微笑みながら言った。廣瀬も笑顔で答えた。

「院長も今の表情で検察官に話をして下されば結構です」

「相手は検事なんでしょう？　厳しい人たちなんでしょうね」

「検事にもいろいろいます。どれくらいのポジションが対応するのかわかりませんが、横浜地検の刑事部長が出てくることはないでしょう。院長だって、官房長官を診察しているのですから、同じような感覚でいいんですよ。官房長官はその前に法務大臣も経験しているわけで、彼らはその法務大臣から任命されていると思えば、楽なものでしょう」

廣瀬の言葉に院長は思わず声を出して笑いながら言った。

「廣瀬先生の発想にはかないません」

院長が退出すると、廣瀬はパソコンのメールを開いた。廣瀬が使用しているパソコンには、データベースを暗号化することで、不正なアクセスによるデータ盗用、情報漏洩防止を可能にし、重要なデータを守る対策が施されている。これは、現在のコンピュータセキュリティー技術の多くがネットワークを中心とした『外部からの脅威』に着目しているのに対し、情報漏洩の多くが『内部からの持ち出し』によって発生していることを知っているからだった。

さらにインターネットの対策に関しても、廣瀬は現時点では最高度の暗号化及び復号化を活用した公開鍵暗号を用いていた。特に政治家や警察、マスコミ内でも重要な相手に対しては、公開鍵暗号の公開鍵と秘密鍵をあらかじめ設定した情報通信を行っていた。これは、送信者は公開鍵を用いて平文データを暗号化することにより暗号データを生成し、受信者に送信している。受信者は、暗号データを受信すると、秘密鍵を用いて暗号データを復号化して平文データを生成するというシステムだった。

とはいえ、各種の暗号方法で暗号化された暗号データが解読される虞があることも廣瀬はよく理解していた。このための対策も複数種類の鍵長の公開鍵及び秘密鍵の組み合わせを行い、送受信者相互の安全を第一に考えた対策を講じていた。

廣瀬のもとに様々な情報が集まり始めた。

「大垣です。先日の件ですが医療法人社団敬徳会が中立派のターゲットになっています」

「うちがターゲットに？　原因は何だ？」

「医療法人そのものが『富裕層相手に儲けている悪徳病院』という位置付けのようです」

「それだけじゃないだろう。うちの成田総合病院じゃ救命救急センターやドクターヘリまで運用しているんだからな」

「その成田が問題なんです」

「どういうことだ？　成田現地闘争と何か関係があるとでもいうのか？」

「実はそうなんです。警察がマスコミには伏せていましたが、成田最後の闘争というのが昨年あったようなんです」

「ほう。確かに聞いたことがないな。一〇・二〇が最後だとばかり思っていたが……」

「ずいぶん昔の話ですね。昭和後期の話じゃないですか。成田現地闘争は今も続いているんですよ」

「そうだったんだ。警察を離れると極左という存在に対して最も鈍感になってしまうからな」

一〇・二〇とは、一九八五年（昭和六十年）十月二十日、千葉県成田市の三里塚交差点付近で中核派を主力とする極左過激派グループ（極左暴力集団）が、成田空港問題を巡って警察部隊と激しく衝突し、さらには別動隊が管制塔等の新東京国際空港施設を襲撃した事件である。一〇・二〇の名称は警察庁が警察白書で使用している呼び方である。

暴動に加えて空港の損害を阻止できなかった警察当局が批判を浴びた一方で、大量に逮捕者を出した極左暴力集団も、事件以後は大規模な闘争を実施できなくなった。

警察は二百四十一人（男＝百九十五人、女＝四十六人）を公務執行妨害等で現行犯逮捕したが、その中には国家公務員五人、地方公務員二十二人（うち、教員四人）も含まれていた。また空港施設では管制塔炎上という最悪の事態こそ免れたものの、管制塔は一部損壊し、空港機能が一時麻痺した。

「成田空港反対闘争か……『煽って逃げた労働党』だな。そして、いつの間にかいなくなった労働党、そして後身の社会党は、その変遷の歴史にけじめを付けないままだ。まるで極東の半島にある二つの国家そのものだな」

廣瀬がため息をつきながら言うと大垣が笑いながら答えた。

「結びつけますね。その相関図というか、リレーションシップのような連結的な発想が好きなんですよね」

「そんな社会党を直近の参議院議員選挙で十五パーセントも支持する県民がいる所もあるんだから、世の中ビックリだよ」

「地域政党のようなものですね」

「県民感覚も近いのかもしれないし、地域マスコミにも問題があるんだろうな」

「私もかつてその県のマスコミさんで講演をしたことがあるんですが、ちょうどその頃、政府が北朝鮮への渡航自粛を要請する中、県教職員組合が公立学校の教職員を募集し、北朝鮮と中国への海外研修を敢行していたんです。さらには、親子で学ぶ韓国平和の旅という、二泊三日で、親子一組（二人）二万五千円という旅行を企画して『韓国の中学校での交流や韓国の日本軍、「慰安婦」歴史館・反日運動家らの監獄として使用された「西大門刑務所跡」などを見学』との広告を地元新聞社に堂々と掲載したんです。しかも、ご丁寧なことに申し込みの受け付けや旅行代金の徴収などは県教組が行うことも記載されていたようです」

「当時、週刊誌でも叩かれたんじゃなかったかな？」

「はい。県教組によると、旅行は県教組が企画し、航空トラベル社が手配したそうで、観光庁は『旅行の募集や代金の徴収といった旅行業務行為は、旅行業法違反の無登録営業となる』と県教組に改善を指導したんです」

「企画する方もする方で、この広告を出す方もまた出す方だな」

「土地柄……ということだけで評価されてもいけないのですが……それよりも、本題です」

「ついむきになってしまう僕の悪い癖だ。本題を教えてもらおうか」

廣瀬はデスクの電話スピーカーに向かって頭を下げていた。

「国交省は成田空港として世界での生き残りを賭けた、第三滑走路整備や運用時間延長などを含む拡張政策を進めているのはご存じのとおりです」

「空港用地面積は現状の千四百ヘクタールから二千四百ヘクタールに増やすんだろう？」

「首都圏の発着枠は、能力増強後の羽田空港と合わせて年百万回が確保され、ようやく欧米主要都市圏の空港並みになるようなんです」

「そうなるとうちの病院もまた忙しくなる……ということか……」

「すでに国等は二百回を超える住民説明会を経て、昨年三月に千葉県・国・地元九市町との協議会において合意されたのです。しかし、これに対して、三里塚闘争を継続する反対同盟等の団体は活発な抗議行動を行っています。その中で、昨年末に事件が起こったのです」

「それが報道されていない事件か？」

「はい。現在、反対同盟等の団体は全国の様々な反政府団体と連携をとった活動を行っています。中でも沖縄の反基地闘争と福島の反原発闘争との関係は親密なのですが、この活動の中に北朝鮮と韓国のスパイが紛れ込んでいたのです」

「それは当然のことだろう。沖縄の米軍基地は現在の韓国政府や北朝鮮にとっては邪魔な存在だからな。また福島の原発は韓国政府が日本に対抗する数少ない攻撃材料の一つだ。オリンピックの選手村で提供される食事に福島産の農水産物が入っただけで大騒ぎすることは間違いないことだからな」

「なるほど……当たり前のことですか……」

「沖縄の現地闘争現場に行ってみればよくわかるさ。どういうわけか、反対声明の中にハングルがいっぱい書かれている。在日の人たちの手口でないことは明らかなんだ」

「そういうことか……。実は、その沖縄の反基地闘争の延長線上で事件を起こしたのが、成田でも反対同盟の中の一派として活動を続けている中立派なんです。その事件というのが、彼らの中では今でも活発に行われている内ゲバに近い内部抗争だったのです。この時、沖縄で共闘する中立派の内情を探っていた北朝鮮のスパイが摘発されて査問され、瀕死（ひんし）の重傷を負ったのですが、これを医療法人社団敬徳会成田総合病院が受け入れを拒絶した……というのです」

「そんな話は聞いていないな。救急搬送だったのか？」

「いえ、国際紛争を怖れた反対同盟の活動家が救命救急センターの脇に放置したようです」

「それを病院側は診療しなかった……とでもいうのか?」

「いったん処置をして、他の病院に移送したそうです」

「何か理由があったんだろう? それは明らかにされていないのか?」

「数日後、北朝鮮の関係者が病院を訪ねたところ、感染症の疑いがあったため、専門病院に移送された……という回答だったようです」

「それが事実ならば、何の問題もないじゃないか」

「奴らは、そんな道理がわかる連中ではありません。しかも、成田総合病院が警察に通報したことから公安警察、外事警察の双方が動いて、被害者の身柄が確保されたばかりでなく、関係各所に対して波状攻撃的な捜索差押が行われたようです」

「当然のことだろう」

「それを当然と考えないのが奴らなんです」

「すると、単なる逆恨みを買っている……ということなのか?」

「そう言われれば、それまでなんですが……」

「北朝鮮のスパイ連中が逆恨みをするのは仕方ないにしても、どうして、そこに極左の中立派の連中まで乗ってくるんだ?」

「いわゆる内ゲバの延長です」

「なるほど……まさに隣国と同じ、責任転嫁の理論か……そうとなれば、こちらとしても全身全霊をかたむけて受けて立つしかないな……」

廣瀬は頭を巡らしていた。すると大垣がもう一つの話を始めた。

「それから、北部九州の問題ですが、反社会的勢力の実態がわかりました」

「似非同和グループもかかわっているのか？」

「はい。昭和中期に日銀総裁を取り込んでいた、右翼ともフィクサーともいわれていた男です」

「何となく見えてきたな。似非同和つながりで右翼と新左翼がくっついて来たんだな」

「おそらくそうかと思います。右翼といっても、今の日本の行動右翼の九割以上が反社会的勢力がバックについているわけですからね」

「敵がわかれば、こちらとしても対処の仕方がわかるというものだ」

廣瀬の言葉を聞いて大垣が言った。

「廣瀬さん、もう次の一手を思いついたような口ぶりですね」

「うん、まあな。最初の一手をどこに打つか……だな」

そう答えながら、廣瀬はパソコンのキーボードを打ち始めていた。

大垣との電話を切ると廣瀬は警視庁公安部の寺山理事官に電話を入れた。

「おお、廣瀬ちゃん、いいタイミングだね」

「何かわかりましたか?」

「おかげで重大な案件が二件、見つかったよ。一応、資料も用意しておいたんだが……」

「理事官、今夜空いていませんか?」

「今夜は空いているけど、久しぶりに一杯飲むか?」

「いつもご迷惑をおかけしているので、今日は僕の行きつけの店でよかったらご一緒していただきたいと思うのですが」

廣瀬は午後六時に銀座七丁目の外堀通り沿いにある高級中古車展示販売店の中で待ち合わせた。

時間丁度に寺山理事官が現れた。

「廣瀬ちゃんは車好きだったっけ?」

「こういう高級車は目の保養です。運転してみたいとは思いますが、日本の一般道では車が性能を押さえつけられているようで、車に気の毒な気がしてしまいます。といっても、手が届かない情けなさを転化しているだけのことですが」

「何を言ってるの。転職して成功した数少ない事例だと、人事一課でも有名なんだから。しかも、都内の病院では再雇用でもだいぶお世話になっているようだしね」

「警視正クラスの方も、危機管理顧問で入っていただいている病院もありますからね」

「廣瀬ちゃんが切り開いてくれた、再雇用の新分野だと、警務部参事官も高く評価されているらしいよ」

「需要と供給のバランスが一致しただけのことですよ。OBの皆さんもよくやってくださっているとの報告を受けています。ところで理事官、天ぷらでよろしいですか？」

「銀座で天ぷらか……遠い昔の思い出しか残っていないけど……」

廣瀬は寺山理事官をエスコートするように中古車屋から外に出た。

廣瀬が案内したのは中古車屋の裏手に当たる、銀座七丁目のコリドー街近くにあるビルの地下一階だった。階段を下りて店の入り口に着くと、そこには大手セキュリティー会社が設置している指紋認証システムがある。一般的に「一見客お断り」と謳(うた)っている店でも、店の中を覗くことは可能だが、この店は指紋登録がない限り店の中を覗くことすらできないのだ。しかもこの店は中が二つに分かれており、右手が天ぷら屋、左手が寿司屋で、その真ん中に個室がある。この個室は天ぷら屋と寿司屋の双方の、早く予約を取った方が使うことができる……という仕組みだった。

「こんな店、初めて見たね」

「話のタネにはなりますよ」

廣瀬は天ぷら屋の引き戸を開けた。カウンターに四席だけの店で、しかも夜は、一回転のみ……という大名商売である。

大将が笑顔で廣瀬を迎えた。

「廣瀬さん、今日は奥の角二席を用意しています」

「どうもありがとう。今日は大事なお客様だから頼むよ」

廣瀬はカウンター席の三人が並ぶ角に座り、奥の角一席に寺山理事官を勧めた。

「四席だけか……」

寺山理事官は驚いた様子で、小声で廣瀬に聞いた。

「相当高いんじゃないのか？」

「ランチで儲けているので大丈夫ですよ」

廣瀬が笑って答えた。カウンターに二十センチメートル四方の木箱が置かれ、上にラップがかけられている。中を覗くと十センチメートルほどの魚が睡蓮の葉の下を数匹泳いでいた。

「稚鮎だな……琵琶湖？」

「はい、琵琶湖です」

間もなく主人が別の木箱を取り出して、今日の天ぷらダネを披露した。

生ビールで乾杯すると、最初の小皿が提供された。

「トウモロコシとサツマイモのスープです」

寺山理事官が廣瀬に訊ねた。

「ここは天ぷら懐石かい？」

「まあ、そんな感じです。以前、一緒に行った西麻布の天ぷら屋さんとは、少し違った趣がある店です」

アワビにとろろと秋田産の小さなジュンサイにコンソメのゼリー、その上に蝦夷バフンウニが載った小鉢が出てくる。

天ぷら用の塩は、花塩、藻塩、トリュフ塩、からすみ塩の四種で、これに天つゆが用意されると、クルマエビの頭の素揚げが出されて天ぷらがスタートした。

「ここでは仕事の話はなしだな」

寺山理事官が笑顔で言って、好きな日本酒をオーダーした。酒も揃っていた。

最後に天茶漬けを食べるころには、十分におなかは満たされていた。

「いや、美味かった。実に美味かった」

寺山理事官が満面の笑みを浮かべて言った。

「この後は仕事の話ができる場所に行きますか」

「おねえちゃんのいる店はダメだぞ」

「警察向きのバーに参りましょう」

「なんだそりゃ？」

廣瀬は笑いながら交詢社(こうじゅんしゃ)通りを銀座通り方向に歩き始めた。銀座通りの一本手前の道を入ってすぐのビルに「七曲署」という看板が見えた。かつて一世を風靡(ふうび)した刑事ドラマの舞台となった、架空の警察署の名前だった。

「まさか、ここじゃないだろうな」

「ここなんです」

エレベーターを降りると左手にその店はあった。

「この時間帯はまだ空いていると思います」

「よく来るのかい？」

「ここのカツ丼は絶品なんですよ」

「昔の刑事ドラマじゃあるまいし、取調室で食べさせるわけじゃないんだからな」

廣瀬が扉を開けた。正面にカウンター席があり、その左手に取調室を模したスチールデスクとパイプ椅子、奥にクッションがついた回転椅子がある。

「洒落っ気たっぷりだな」

「理事官は奥の取調官の椅子に座って下さい。僕はこちらの容疑者席で結構です」

廣瀬がキープボトルの山崎十二年とロックグラスを二つオーダーした。カウンターの奥にある棚の真ん中には警視庁御用達の麦焼酎「荒城の月」が鎮座している。

「ここまでやるか……」

「大分の吉良酒造ですね。僕が現職の頃は分離する前の酒蔵の名前でしたけど」

「すると、ここは本官も来ているんだな」

「築地署では有名みたいですね。交通安全協会が作った交通安全のポスターも貼ってあります」

「そういうことなら、まあいいか」

山崎のロックで乾杯すると、満を持していたかのように寺山理事官が話し始めた。

「まず最初に、田丸幹夫と瀬尾忠正の二人の弁護士は、最近、関東一円で医療関連弁護活動が続いている。その多くは示談に持ち込んで、相当稼いでいる様子だ」

「なるほど……ヤクザもんの弁護はどうですか」

「そこなんだ。米杉会系立石一家の弁護が多いんだが、どういうことだろう」

「やはりつながっていましたか？　うちの病院にもセットで来たんですよ」

「ヤクザと極左か……聞いたことがない組み合わせだな」

「それが、沖縄の反基地闘争と福島の反原発運動でつながってきたんです。それから、最近、成田で新たな現地闘争が起こっているのですか？」

「現地闘争というよりも中立派の内ゲバのようなものだけどな」

「北朝鮮スパイと韓国スパイのバッティング事案はご存じですか？」

「あれは千葉県警だな。波状攻撃をかけて相当いい資料をゲットしたようで、うちの公安一課と外事二課も躍起になっている」

「中立派に対するガサはともかく、北朝鮮スパイと韓国スパイへのガサは打たなかったのですか？」

「千葉県の外事が動いた……という話は聞いていないな。今の成田を半島が狙っているという話は聞いていない。もし、奴らが成田で何かをやろうとすればオリンピック期間中、もしくは第三滑走路ができてからの話だろう。それよりも……北朝鮮と韓国のスパイは沖縄と福島がらみか……現地でハングルが飛び交っている……という報告は受けていたが、外二は捜査員を派遣していないからな」

「沖縄にも行っていないのですか？」

「県の政治があれだからな。県警としても彼らの対応に追われているようだ。沖縄の独立や中国との連携を本気で考えている連中が県政のど真ん中にいるのだからな。大和人（やまとんちゅう）は所詮よそもんだよ。ある離島では『日本人お断り』を標榜するラーメン屋まで出てくる始末だしな。単なる人種差別とは、ちょっと違った、沖縄独自のイデオロギーが介在しているんだろうな。やれインバウンドだなんだかんだ言ったところで、日本への観光客の半数以上が中国人と韓国人だろう。しかも、インバウンドだけでなく、日本人によるオーバーツーリズムに悩まされている観光地が多いのも事実だからな」

寺山理事官が来日観光客のインバウンドによって多くの不良外国人が暴利を貪（むさぼ）っている実態を調べていることを廣瀬は知っていた。

「新大久保（しんおおくぼ）のコリアンタウンに行くと、『ここが日本か』と思うほど、道路はごみの山ですからね。釜山（プサン）の真似をしなくてもいいんですけどね」

「日韓の関係悪化で韓国人旅行者は減っているようだが、別に韓国人旅行者のマナーが悪いか……といえば、決してそうでもない。数十年前に、日本人のちょっと程度の低いおねえちゃんたちが海外旅行に行って、ブランド買いと外人アサリをして『イエローキャブ』と言われていた時代と似たようなものなんだろう。片や、湘南(しょうなん)の海に行っても、ゴミだらけ。道路の中央分離帯にある植え込みも同様。たばこのポイ捨てもいつまで経っても減らない。日本人のレベルの低下も現実のものとして受け止めなければならないのは事実だな」

「躾(しつけ)ができない親も多いですからね」

「出来の悪い親と言えば、最近よく耳にする『子どもの貧困』……というが、子どもが貧困なのではなくて、親が貧困なんだろう。これを救おうとするボランティア活動もあって、子ども食堂というのも全国に広がっているようだが、これも考えものだと思っているんだ」

「ボランティア活動ですから、高齢者の生きがいになるならいいことなのではないですか？」

「この前、テレビでやっていたんだが、子ども食堂に、子どもと一緒に親も食べていた場面があって、その親が『こういう場所は楽でいい』と、いけしゃあしゃあと答えているんだ。こんな馬鹿な親を甘やかすから、親も子どももますますダメになると思うんだが」

「『楽』の意味がよくわかりませんが、その程度のボキャブラリーしかない親だからこそ貧困になるのでしょう。経済的な貧困の前提として知性の貧困があるのだと思います」

「知性の貧困か……まさにそうかもしれないな。しかし、そういう弱者を狙っているのが新興宗教団体、反社会的勢力、そして極左暴力集団だ。現に、関東圏にある子ども食堂を極左が運営している実態が報告されている」

「そういうところにまで進出しているのですね……」

「鉄砲玉欲しさだな。富裕層に対しては家庭教師、貧困層に対しては子ども食堂を活用して勉強を教えながら恩を押し付けていく。本当にいやらしい手口だ。ネットを使って組織拡大を図っている政党のようなもんだな」

「確かに『いやらしい』という表現がピッタリですね」

廣瀬がため息をつくと、寺山理事官もまた大きなため息をついて言った。

「今の公安部も人材不足でな……情報マンと呼ぶことができるオールラウンドプレーヤーがいないんだよ」

「それは防衛省や内調でも同じのようですよ。特に防衛省は相変わらず、制服組と内局との関係がうまくいかない。防衛大臣本人からして、あの体たらくですからね。現場の情報担当者が気の毒になる……という話を聞いています」

「内調はどうなんだ？」

「内閣情報官と現場のトップである各部の主幹との意識の乖離が大きすぎるようです。あそこも本腰を入れて組織改革しないと、警察と防衛の関係までおかしくなってしまいます。数人の優秀なプロパーが育ったのは救いですが、それでもあまりに数少ない情報マンに負担がかかりすぎているようです」

「内調はもっぱら各省庁から二、三年の出向で来ている寄せ集め集団だから、出向している者は常に古巣を見た仕事になってしまうのは目に見えているからな。警察だってそうだろう？」

「プロパーとの温度差があるのは仕方ないと思います。内調に出向して本気で仕事をやる者もいますが、プロパーから見れば、そんな姿勢はかえって迷惑なんです。彼らは、ずっとその仕事が続くわけですからね。もともと体育会系以上の鍛えられ方をしている警察官と一緒にしていては身体が持ちません」

「二十代後半もしくは三十代前半で警部補になった、ある意味では叩き上げのエリートコースに乗った存在といっても、所詮は肉体労働者だからな……警察官というのは」

「それは仕方ありません。準キャリで採用されるプロパーとは、仕事に対する根本的な姿勢が違うのですから」

「そうだな……命がけで共産主義革命を起こそうとしている極左暴力集団の連中とは、情報戦においても戦うことができるのは警察、それも警備警察しかいない……ということなんだな」

寺山理事官の言葉は、そのまま現在の警備警察の弱点を言い表しているように廣瀬には聞こえていた。

「その連中が反社会的勢力と手を握るのですから、警察もそうとう気を引き締めておかなければならないと思います。時に、今回のような『いやらしい』戦い方を好む、旧労働党系の極左は、あらゆる手を使ってきます。反社会的勢力が顎で使われてしまう可能性が高いのです」

廣瀬の言葉に頷きながら寺山理事官は話の内容を変えた。

「そうだな……それからもう一つは、例のレセプトのビッグデータに関してなんだが、ここでも田丸幹夫と瀬尾忠正の二人の弁護士がほぼ共通した事案に取り組んでいる。それが交通事故関連の案件なんだ。救急搬送に伴う治療と、病院の応召義務に対する告発、さらには悪徳整骨院との癒着だ」

「やはりそこでしたか……」

「交通事故に関しては警視庁交通部交通捜査課のデータと重ね合わせてみると、面白い共通項が数多く出てくるんだ」

「当たり屋……ですか？」

「それもあるんだが、田丸幹夫と瀬尾忠正の二人は示談屋として動いているんだ」

「それは事故の当事者同士だけでなく、対病院も含まれているのですね」

「そのとおりだな。そこで今回、捜査二課にも連絡をして二件の整骨院にガサをぶち込むことにしたんだ」

「保険料の不正請求ですね」

「そうだ。年間三百三十日間通院した患者と称する者が七人もいるんだが、その全員が六日以上の海外旅行を五、六回やっているんだ。これは入管のデータと照合したから間違いない。しかも、海外旅行に行った全ての日にちが、整骨院に治療に行っていることになっているんだ」

「相当頭の悪い連中ですね」

交通事故を端緒とする保険料の不正請求が最も多いのが、患者が外科や整形外科の治療を終えた後に通う整骨院だった。

「しかし、それを何十年間もやってきたことが、過去のデータを精査したことによってようやく明らかになってきたんだ。これも廣瀬ちゃんが教えてくれたおかげだよ。宝の山が警視庁のデータベースにあれだけ残っていたんだからね。そもそも、レセプトデータが警察にあること自体ほとんどの者が知らないわけで、六担の中島管理官がそのレセプトデータをなぜか定期的にコピーしていた事実も判明したよ」

「やはりそうでしたか……下川前公総課長には工藤ハイテク捜査官が付いていますからね。公安部が警視庁のビッグデータに提供した資料の内容を全て知っているんです」

「そうか……それで中島管理官を担当部署の六担に抜擢した……というわけか……」

「その案件は警察庁の谷村首席監察官に伝えておいた方がいいと思います。金の流れを探るプロ集団を率いていますからね」

「谷村さんも元公安部長だからな。巧く処理してくれるだろう」

「警備警察予算に関しては国家機密ですから、闇から闇に葬るしかないでしょうが、中島とともにきれいに消えてもらうしかありませんね。中島クラスのレベルが低いワルは証拠を突き付けられるとコロリと落ちてしまいますからね。依願退職による満額の退職金受理だけは阻止して、厳重な懲戒処分を行う必要があるのですが、やけっぱちになって機密漏洩をやられてしまっては元も子もないです」

廣瀬の言葉を聞いて寺山理事官が笑いながら答えた。

「中島は息子が本官になっているんだよ。こちらが人質を取っているのと同じようなものだから、危ない真似はしないだろうが、再就職先だけは手配してやることになるだろうな」

「五十歳警視ですから、上にキャリア出身の厳しい人がいる会社なら、おとなしくしていると思います」

「そういう戦略もあるな……キャリアといってもピンキリだからな。以前、警察庁の公安課長をやっていた星野（ほしの）さんがいる会社なら、泣きが入るくらい鍛えられるかもしれないな」

「星野のブチ切れ野郎は、今、どういう業界にいるのですか？」

「電気通信関連の顧問だな。報酬はそれなりにあると思うが、ブラック企業ともいわれているよ」

人格形成を誤ったキャリア官僚はどこの省庁にも存在している。特に階級社会の警察組織では、部長、課長という職名だけでなく、階級まで与えられてしまうため、

「偉くなった……」と勘違いをするキャリアはどこまでも勘違いしてしまう傾向があるのは事実である。

「役員ではなく顧問なのですね？」

「大手の顧問を兼ねて、子会社の役員になっている。顧問業は三年間だが、子会社の役員はあと五、六年できるんじゃないかな。腐っても東大法学部卒業だからな、民間の中小企業としては太いパイプを持った気になってしまうんだろうな」

「そうでしょうね……警察内部の件は闇から闇に葬っても構わないのですが、極左系弁護士の悪行はガッツリ叩いてもらいたいですね」

「地検との協議になるだろうが、地検の刑事部、公安部ではなく特捜部に対応してもらった方が早いような気がするんだ」

「特捜ですか……大きなお土産がないと動きませんからね」

「〝サンズイ〟か……」

「政治資金規正法が絡んでくれば面白いんですが……」

廣瀬が言うと寺山理事官が腕組みを解いて、アタッシェケースを開けながら答えた。

「ちょっと、この資料を見てくれないか……」

寺山理事官が開いたのはレセプト情報と、悪徳整骨院の不正患者データだった。廣瀬は目を通しながら訊ねた。

「この不正患者七人の職業なのですが……この二人の保険者は参議院になっていますよ」

「えっ？」

寺山理事官が身を乗り出して資料を覗き込んだ。

「気が付かなかった。うかつだったな」

「僕は職業柄、勤務先を確認する癖がついているんです。同じ国民健康保険であっても、団体加盟のものもありますからね」

「なるほど……それにしても参議院か……何をやっている者なんだろう」

「案外、秘書なんてのもあるかもしれませんよ」

「秘書？」

「公設秘書であれば、国会議員秘書健康保険組合に入るはずなんです。名簿を調べればすぐにわかるはずですから、企画課の庁務でも公安総務の一担に連絡を取ればすぐにわかりますよ」

「そうか……公設秘書か……こいつが悪さをしていれば特捜部も動きやすいだろう

な。早急に確認を取ってみるよ」

そう言うと寺山理事官はポケットからＰフォンを取り出して公安部の総合当直に電話を入れた。

Ｐフォンとは、警視庁内部の専用電話回線を使うスマホスタイルの携帯電話で、五人までが同時通話できる機能を兼ね備えている。

寺山理事官は当直責任者の係長に直ちに調査の下命をした。

五分後、折り返しの電話が入った。

「そうか。わかった。詳細データを送ってくれ」

廣瀬の顔を満面の笑みで見た寺山理事官が懸命に笑いをこらえるようにして言った。

「廣瀬ちゃん、公安部に戻ってきてよ。大当り。二人とも現職の政策担当秘書だったよ。しかもＧ号がヒットしていた」

Ｇ号というのは、警視庁総務部情報管理課宛に行う人定照会のうち、極左暴力集団の構成員である可能性が高い場合である。これが確定するには本人の指紋もしくは光彩による照合がヒットする必要があった。

「議員は誰ですか？」

「吉村万蔵と福井いずみだ」
「バリバリの社会党ですね。しかも二人とも労働党時代からの生き残りときていま
す」
「二人の政策秘書が同じ整骨院で、揃って保険金詐欺を行っていた……とすれば、組
織崩壊につながる大スキャンダルだ。極秘に捜査を進める必要があるな……」
「一課主導ですか？」
「今回は政治家絡みだ。総務課と地検特捜部でやった方がいいだろうな」
廣瀬は頷きながら寺山理事官が届けてくれたレセプト情報を見つめて言った。
「この中に、さらに公然、非公然の極左構成員が隠れているような気がします」
「わかった。調八に調べさせよう」
調八、公安総務課調査第八係、本来は行動確認のスペシャルチームである。その中
で未把握の各種団体構成員の実態解明のための粘り強い捜査をもチームプレーで行っ
ていた。これはある意味で公安部だけでなく警察組織にとっての生命線でもある、組
織内への反社会的勢力や潜在的対日有害活動家の潜入を阻止する重要な任務を果たし
ていた。
「ところで、今の東京地検特捜部長はどういう方なのですか？」

「一言でいうと、検察の基本を重視する人だな」

「すると警察からの情報も大事にしてくれるのですね」

「検察官は裁判所に対し起訴してその処罰を求めるという責任があるからな。警察からの捜査記録などを確認するだけではなく、その内容が真実であるかどうかを事件の当事者から必要に応じて直接事情を聞く等、積極的に自ら事件の真相解明に努める意向を示している」

「警察をどこまで信用してくれるか……ですね」

廣瀬は二度頷きながら、過去の苦い思い出を振り返っていた。それを見透かしたかのように寺山理事官が言った。

「起訴要件を確実に押さえておく必要があるからな。どの時点で検事相談をするか……にかかっているのだと思う」

起訴要件とは、検察官が被疑者を起訴する場合の判断ポイントである。この要件が整わなければ、検察官は被疑者を不起訴として釈放の手続きをとることになる。その例として大きく五つある。

まず、訴訟条件を欠く場合である。つまり、被疑者が死亡したとき、親告罪について告訴が取り消されたときである。

次に、被疑事件が罪とならない場合である。被疑者が犯罪時十四歳に満たないとき、犯罪時に心神喪失であったときなどが当たる。

三つめは、犯罪の嫌疑がない場合である。被疑者が人違いであることが明白になったときなどがこれに当たる。

四つめが、犯罪の嫌疑が不十分の場合である。捜査を尽くした結果、犯罪の成立を認定すべき証拠が不十分なときである。

最後が起訴猶予の場合である。被疑者が罪を犯したことが証拠上明白であっても、被疑者の性格、年齢、境遇、犯罪の軽重と情状、犯罪後の情況により訴追を必要としないと判断される場合である。

廣瀬が味わったのは、廣瀬が捜査主任官として捜査指揮を行った事件を、検察官の独断によって起訴猶予にされてしまった案件だった。そして、釈放された男が、その一週間後に殺人事件を犯していたのだった。

廣瀬が警察をやめようと考えた背景の一つに、この一件による検察不信があったことは否めなかった。しかも、この時、検察官に事件相談をする前に上司のキャリア幹部が、大学同期の地検副部長に対して被疑者の父親が国会議員であることを内々に伝えていたことを後で知ったのだった。

「今後の捜査如何だが、特捜部長に直接持っていける段階まで、課長や部長に対しても極秘だな」

「事件情報が裏から抜けてしまうのが、捜査現場としては最も辛いことです。キャリアはどうしても行政官ですから、執行官のノンキャリとは視点が違います。悪く言えば、キャリアは政治の中にあるわけですからね」

「廣瀬ちゃんは一般ピープルになる道を選んで、今の立場を自らの手で切り開いたのだからいいが、私はいまだに執行官の立場に甘んじている。それも部内のトップスリーがすべてキャリアという、全国警察でも唯一という警視庁公安部の中でな」

警視庁公安部のトップスリーは公安部長、公安部参事官、公安総務課長であるが、全員がキャリアだった。ただし、公安部参事官は二人おり、そのうちの一人は生え抜きのノンキャリ警視長だったが、次のステップである警視庁警察学校長は、キャリアの後押しがなければ難しいポジションだった。しかも、ノンキャリの公安部参事官は、他の警視庁本部各部の参事官が「刑事部兼生活安全部参事官」というように複数の部の参事官を兼任しているのに対して、公安部のみの担当だった。

「全国警察で唯一の公安部ですから、それも仕方がないことかもしれません。ですから、いつまで経っても『公安部はわからん』と他から言われてしまうのでしょうね」

「まあ、それを良しとし、しかも、それを自ら楽しんでいることも事実だがな」

寺山理事官が笑って答えた。

翌日、公安部内に部内各課から引き抜かれた五十人による特別チームが組まれ、捜査が始まったことを、さらにその翌日、廣瀬は寺山理事官から知らされた。

エピローグ

野々村優子代議士が長男を無事出産した。夫である大河内伸介代議士は当初、出産の立ち会いを望んでいたが、ぎりぎりになって分娩室の外で待つことになった。日頃は強気な答弁が目立つ、父親譲りの性格かと思われていたが、妻の優子代議士と一緒に分娩室に入ったとたんに顔面蒼白になってしまったのだった。この異変に気付いたのが助産師の栗田茉莉子だった。

「大丈夫ですか？」

「ああ、ちょっと緊張してしまって」

この時の分娩は、急に訪れたものだっただけに、心の準備ができていなかったのだろうと栗田は思っていた。

妻の出産に立ち会ったばかりに、その壮絶さに失神してしまい、その後、一時的な性的不能に陥った夫の姿を栗田は何度も見ていた。

「普段は偉そうなことを言っていても、これが実情なんです」

大河内伸介は健康な男の子を無事出産した旨の報告を栗田から受けると、自嘲気味に言った。栗田が笑顔で答えた。

「そういうところもたまに見せてあげると、女性ファンは増えますよ」

これに大河内伸介がはにかむような笑顔で答えた。

「父親になったのですから、もう少し強くならなければね。頑張らなくっちゃ」

「私の父は、いつも子どもたちに『頑張るな！』というのが口癖でした。頑張るという英語も他の外国語もないんだ……って」

「いわれてみれば確かにそうですね。激励する時、お父様は何とおっしゃっていたのですか？」

「『やれることをやれ！』でした。『頑張れ』というのは実に無責任な言葉で、一所懸命にやっている人に対して失礼な言葉を投げかけているだけだとも言っていました」

「なるほど……人の努力に対して『もっとやれ！』といっているようなものですからね。しかし、政治家は労働組合と一緒で、大会の締めでは、必ず『頑張ろう！』ですからね。考えてみれば実にいい加減なスローガンのような感じですね」

「お友達同士なら、それでいいんじゃないですか。何の連帯も生まれないような気がしないでもないですけど」

「あなたは若いのに面白いことをおっしゃる方ですね。失礼ですがお名前をうかがってもよろしいでしょうか？」

「野々村優子さんの担当助産師の栗田茉莉子と申します」

「担当……があるのですか？」

「出産に関わった助産師はずっと担当者です」

「ずっと……？」

「母子保健法でいう『妊産婦』『乳児』『幼児』が対象です。妊産婦というのは妊娠中か出産後一年以内の女性、乳児は一歳に満たない子ども、幼児は満一歳から小学校就学の始期に達するまでの子どもですから、生まれてきたお子さんが、小学校就学の始期に達するまで……ということになります」

「そんなに長い間、担当でいて下さるのですか？」

「母子健康診断をこの病院で受ける限りはそうなります。もちろん、私がこの病院にいる限り……ということにもなってしまいますが、母子健康手帳がオンライン化されれば、ずっと担当……ということにもなるかと思います」

「どれだけ多くのお子さんやお母さんの担当をしなければならないのですか？」

大河内伸介が驚いた顔つきになって訊ねた。これに対して栗田が笑顔で答えた。

「私はまだ新米に近い助産師ですが、それでももう数百人の出産に立ち会っていま す。将来的にどうなるのかわかりませんが、できるかぎりのことはしていきたいと思っています」

「国も何とかしなければなりませんね」

「いい国になるように努力して下さい。間もなく、優子さんとお子さんにもお引き合わせできると思います。ここでお待ちくださいね」


一週間が経った。産科病棟を訪ねた栗田に野々村優子が寂しげな顔つきで訊ねた。

「栗田さん、ちょっとご相談があるのですが」

「いかがいたしました?」

「実は……私、自分の子どもを可愛いと思えないんです」

「どうしてでしょう?」

「夫や両親は可愛いと言ってくれるのですが、私は授乳しているときも可愛さを感じないんです。実感が湧かないというか、体の大変さが勝ってしまうというか……」

「ご両親や大河内さんがおっしゃる『可愛い』というのは、実に無責任な表現なんですよ」

「無責任……ですか？」

野々村優子が驚いた表情を見せた。

「そう、子どもを産む苦しみは母親本人にしかわからないのです。もちろん、子どもを産んだことがない私にわかるはずもないのですけどね。心の痛みは記憶に残るし、他人でも想像することはできますが、身体の痛みはその時の本人にしかわかりません。本人ですら、案外忘れてしまうものなのです。ましてやそれは他人には一切理解できないものなのです」

栗田の言葉に野々村優子が何度も頷いて訊ねた。

「夫や両親は本気でこの子を可愛いと思ってくれているのでしょうか？」

「失礼な言い方かもしれませんが、出産の苦しみを知らない大河内さんや、両家のご両親にとって、生まれてきた赤ちゃんは、自分の分身であったり、家の跡取りだったりで、特にかわいい孫の誕生は、ご両親にとってことのほか嬉しいものですし、お猿のような顔をしていても何よりも『可愛い存在』に他ならないのです」

「でも、祖母だって、母だって、その経験をしてきているでしょう」

「おばあさま、おかあさまに苦しみの記憶は残っていません。むしろ、その後の子どもが、成長していく幸せ感が勝っているのだと思います。だから、無責任になれるのです。ひ孫や孫ですもの」

栗田の話を聞いていた野々村優子の顔にようやく笑顔がこぼれた。

「栗田さん、あなたに会えてよかったと思います。これからもいろんなことを教えて下さい」

「とんでもない。私、まだ子どもを産んだことがありませんから」

栗田は笑って答えると、野々村優子が訊ねた。

「退院はいつになりそうですか？」

「今回、赤ちゃんが大きかったので、まだ母体が完全に回復できていないのです。ですから今でもカクテル療法を行っているのです」

「カクテル療法？」

カクテル療法とは、複数の薬剤を患者の症状や体質などに応じて組み合わせて投与する治療法である。別名、多剤併用療法ともいわれているが、シリンジポンプという、点滴静脈注射を実施する際の利便性と安全性を高めるために使用される医療機器を使用して行う。これは輸液ポンプより細かな容量調節が必要な輸注をする際に機械的な力を利用して、微量でも影響が大きい薬液をより正確に輸液投与するものである。

優子の質問に対して栗田は逆に訊ねた。

「優子さんはお酒を飲まれますか？」

優子はきょとんとした顔つきになって答えた。

「ええ、大好きですよ」

「バーに行かれることは？」

「よく行きます。と言っても、妊娠してからは行っていませんけど」

「ですよね。高級なバーで、バーテンダーさんがバーテンダーコートという、白衣を着ているのをご覧になったことはありますか？」

「ええ、私が行くバーのチーフは白衣を着ていますよ」

「その理由をご存じですか？」

「いえ、知りません。考えてみれば不思議ですよね」

「かつてイギリスでバーテンダーは薬剤師と同じ扱いだったそうです。つまり、バーテンダーが作る様々なカクテルが薬と同じ効用があると考えられていたからです」

「なるほど……確かにカクテルで使われる苦味の強いアルコール飲料ビターズ(bitters) は、薬草や樹皮、香辛料や精油など数種類を酒に漬け込んだり加えたりして作るそうですからね。苦味酒とか呼ばれて、昔は胃薬などとして使われていたと聞いたことがあります」

「すごい知識ですね。ビターズはカクテルの王様と呼ばれるマティーニ（Martini）には必要不可欠な存在ですからね。と言っても、マティーニに使うのはオレンジ・ビターズ（orange bitters）ですけどね」

「マティーニが出てくるなんて、栗田さんも相当なお酒好きなのね」

優子が声を出して笑った。

「私はマティーニに使用されているベルモットは、イタリアのマルティーニ・エ・ロッシ社製じゃなきゃダメなんです。ジンはもちろんゴードン」

「するとドライなマティーニがお好きなのかしら」

「さすが、ドライ・マティーニとおっしゃらないところが、お酒好きなんですね」

今度は栗田が笑って答えた。

マティーニのレシピでは、ジン三から四に対してベルモット一が標準的とされ、これよりジンが多い場合はドライ・マティーニと呼ばれることが多い。ジンとベルモットの種類や割合は好みや作る者によって様々である。したがって、一口にドライ・マティーニと言っても、辛口（ドライ）の程度は様々なのである。

「久しぶりに楽しい話題だわ。栗田さんはバーにはどなたと一緒に行かれるの？」

「最近はパパか病院の大先輩と一緒が多いですね」

「パパって、お父様？」

優子が驚いたような声で訊ねた。

「カクテルって高いでしょう？　自分のお小遣いじゃなかなか行くことができないんです。そうかと言って友達同士では割り勘になりますからね。大先輩は、こちらにも顔を出されている持田奈央子さんで、大学院の大先輩なんです。とても素敵な方でしょう？」

「持田さんは廣瀬先生を信頼されていらっしゃいますよね。私も、あの方は素敵な方だと思っています。それにしても、お父様はお幸せですね」

「時々、『お前は飲み過ぎだ』と叱られます。笑ってですけどね。あ、そうそう。話がそれてしまいました。カクテル療法の話でしたよね。今、優子さんに、ここにあるシリンジポンプを使って体内に送り込んでいる薬は、数種類の薬を微妙な単位で混ぜた、『京都カクテル』という薬を使っているんです」

「美味しそうな名前の薬ですね」

優子が笑って言った。

「優子さんも元気になって、一日も早く赤ちゃんと一緒におうちにお帰りになれるように、最善の治療を行います。優子さんはこれからお子さんの成長を一番感じることができる立場です。きっとそこに幸せを感じることができると思います。そのためにも、なによりも優子さん自身が健康になることが一番です。この病院の食事は美味しいでしょう？」

「ええ、とても美味しいです。毎食、ホテルのルームサービスを取っているような気がしています」

「病院の全職員が見守っています。みんなが幸せを願っています。今の笑顔があれば大丈夫だと思います」

栗田の言葉に優子は思わず涙ぐんだ。

野々村優子が母子ともに健康に川崎殿町病院を退院したのは、その三日後だった。

多くのマスコミが長男を抱いた野々村優子の満面の笑みを報道していた。

ＶＩＰ棟への連絡通路は本館の地下二階、地下一階、地上五階、十階、十五階、二十二階の六ヵ所設置されている。地下二階は手術室を経由する形だが、地上の四ヵ所の連絡通路は本館とのみつながっている。

「二十二階の連絡通路に不審者がいるようです」

院内のセキュリティー対策室から廣瀬の元に緊急連絡が入った。院内セキュリティーに関してはホワイトやブルーのコードとは異なるため、総務部内にある警備課が担当し、契約する警備保障会社が対応していた。しかし、VIP棟に関する問題は危機管理担当責任者の廣瀬にも速報する体制が取られていた。

VIP棟に関しては、連絡通路も同棟の車寄せ同様、院内からも二重のセキュリティーを通過しなければ入ることができず、病院関係者であっても特殊なセキュリティーカードを所持していない限り立ち入ることはできない設計になっていた。

廣瀬は直ちに自室のデスクのパソコンから監視カメラ画像を確認した。

そこには白衣を着た男の後ろ姿が映っていた。廣瀬はセキュリティー対策室の責任者に訊ねた。

「この者は病院職員ではないのですね」

「はい、画像検索をした結果、三十分ほど前に外来から院内に入り、二十二階の手洗いで白衣に着替えて、連絡通路前で待機しているようです」

「なるほど……警備の方は現場に向かっていらっしゃいますか？」

「三名が間もなく到着します。万が一を考えて防弾チョッキを着用させて、ヘルメットも被っています」

「身柄を確保したら、緊急用のエレベーターで六階にある第四会議室に同行して下さい。私もすぐに参ります」

廣瀬は監視カメラ画像を凝視していた。間もなく完全装備した三人のガードマンが白衣の男に近づき、質問をした。男は偽造したと思われる身分証明証をガードマンに示していたが、間もなくセンサーが反応しないことで偽物と判断され、屈強な体軀のガードマン二人に両脇をガッチリと固められて確保された。

廣瀬は牛島と持田奈央子に連絡を取り、六階の第四会議室に向かうよう指示を出して、自分自身もゆっくりと向かった。

廣瀬が第四会議室に着くと、牛島と持田が第四会議室前で指示どおりに待っていた。

「不審者は少し前にガードマンに抱えられて室内に入りました。一見して優男(やさおとこ)でした」

牛島が報告した。頷きながら廣瀬は持田奈央子に向かって言った。

「前に、持田さんがおっしゃっていたとおり、二十二階の連絡通路が危険だということで、セキュリティー強化しておいて助かりました」

「いつの間にセキュリティー強化されたのですか?」

「監視カメラとセキュリティーカードの精度を高めておいたのです。セキュリティーカードに関しては偽造不可能な認証システムを追加しておいたのです。しかも、カード保有者と一緒に非保有者が連絡通路内に入ると、VIP棟側の第二の扉が開かないシステムにしています」

「何でもやることが早いのですね」

「国家の大事にかかわることですから」

廣瀬が笑って答えて、第四会議室のドアをノックした。中から「お願いします」という声が聞こえたため、廣瀬はセキュリティーカードをドアの入り口にあるセンサーに接触させて解錠すると、ゆっくりと扉を開けた。

白衣を着た男は真っ青な顔つきになって、二人のガードマンに両肩を押さえられた格好でパイプ椅子に座らせられていた。

白衣を身にまとった男の様子をしばらく確認して廣瀬が男にドスの利いた低い声で訊ねた。

「お前は何者だ?」

持田が驚いた顔つきになって廣瀬を見た。その横で日頃は厳しい雰囲気を漂わせている牛島が穏やかな顔つきで腕組みをしながら立っていた。

白衣の男は額にびっしりと汗をにじみ出させていた。生唾をゴクリと飲み込んで、ようやく声を出した。

「私はジャーナリストです」

「ジャーナリスト？　その白衣は当院のモノだよな。どこで手に入れた？」

「この病院に入っているランドリーサービスでアルバイトをしている時に手に入れました」

「こんなタイミングを狙っていた……ということか？　最近のジャーナリストは泥棒のアルバイトまでやっているのか？」

「この病院はＶＩＰ専用病院だと聞いていましたから、将来、何らかの役に立つと思って一着、お借りしました？」

「お借りした？　舐めた口叩いてるんじゃねえぞ。てめえみたいな腐った野郎がジャーナリスト面してるだけで、こちらは徹底的に叩きたくなってしまうんだ。身分証明証を見せてもらおうじゃないか」

そう言うと、廣瀬は白衣の男の両肩をがっしりと押さえつけている二人のガードマンに軽く頭を下げて合図を送った。すでにガードマンは男の手荷物を押さえ、さらに二十二階の手洗い場内に隠していたボストンバッグを発見して、会議室に持ち込んでいた。

白衣の男はおずおずとボストンバッグに手を伸ばして、その中から財布を取り出し、運転免許証を取り出して廣瀬に提示した。

「大槻文雄か……。ジャーナリストを自称するなら名刺も持っているよな。出せ」

大槻はボストンバッグの中から名刺入れを取り出して、その中から一枚の名刺を出した。

「名刺は何種類か持っているんだろう。テーブルの上に全部広げて見せろ」

大槻はいわれたとおりに二十数枚の名刺を広げた。廣瀬はマジシャンがトランプをテーブルに広げるような手慣れた手つきで名刺を大きな扇状に広げて、数種類あった名刺の中から四種類をピックアップして言った。

「『週刊未来』に、『週刊キャップ』記者か……」

廣瀬はその場でスマホを取り出すと警視庁公安部の寺山理事官に電話を入れた。

「お忙しいところ恐縮ですが、現在、建侵と窃盗の自称ジャーナリストの柄を確保しているのですが、チェックをお願いできますでしょうか？」

寺山理事官の了解を得ると、廣瀬は大槻の氏名と生年月日、さらに週刊誌の出版社名を複数告げた。

電話を切ると廣瀬が大槻に訊ねた。

「ところで今回の狙いは何だ？」

「尾上吉之介代議士の孫です」

「写真でも撮るつもりだったのか？」

「当然、顔はモザイクもしくは目線を入れるつもりでした。できればインタビューもしたかったです」

「どうせ、病院のことも悪く書くつもりだったんだろう？」

「そんなことはありません」

「ほう？」

その時、廣瀬のスマホのバイブレーションが動いた。

「はい、廣瀬です。前が三つ……ですか？　ほう、そんなこともやっていたのですね。なるほど……出版社は知っているのでしょうか？　そうだとすると出版社の担当者も確信犯ということになりますね。いえ、こちらの方から圧力を掛けておきます。両方ともトップはよく知っていますから。ありがとうございました」

電話を切ると、廣瀬は不敵な笑いを見せて大槻に向かって言った。

「お前の本当の狙いは何だ？　中立派の活動家さんよ」

大槻の顔が引きつった。これを聞いた牛島の目つきも変わった。持田は何が何だかわからない様子で三人の顔を見比べていた。

「今回の取材に中立派は関係ない。純粋に尾上吉之介の孫に関してだけだ」

「お前が米杉会系立石一家とつながっていることも、こちらは知っているんだぜ」

大槻は愕然とした顔つきになった。廣瀬がさらに追及した。

「大槻、お前の極左活動家としての適応能力をこれから判断してやろう」

「あ、あんたは一体何者なんだ？　どうやって他人の個人情報を知ることができるんだ？」

「そんなことをお前に知らせる必要はない。お前は質問できる立場じゃないんだ。お前たちの査問委員会に比べれば優しく扱っているつもりだがな」

大槻は目を見開いたが、次の言葉が出てこない様子だった。それを見た廣瀬が笑って言った。

「非公然に入ることができないはずだな。それほどの覚悟もなさそうだが……司法試験を諦めて自棄（やけ）になったのはわからんでもないが、足抜けするなら今のうちだ。何なら手を貸してやってもいいぜ。もう、いい加減、疲れているんだろう？　田之上（たのうえ）なんかの下にいることがな」

廣瀬は中立派の公然部隊のトップである田之上隆(たかし)の名前を出した。大槻は口をあんぐりと開けて廣瀬の顔をまじまじと眺めていた。

「今回、お前を建造物侵入罪の現行犯人として逮捕する。白衣の窃盗罪については後日、再逮捕のネタになることだろう。県警も刑事部ではなく、警備部が対応するだろうし、地検も公安が担当することになるだろう。それだけ、今の中立派の力が落ちてきているということだ。よかったな。警視庁で捕まらなくて……警視庁公安部の追及は厳しいらしいからな。組織を叩きに叩いて、お前が釈放された段階で査問を受ける……その後の成り行きはお前が一番知っているだろう？」

廣瀬の言葉に大槻が泣き声を上げた。

「止めてくれ。助けてくれ」

廣瀬は薄笑いを見せたままだった。大槻は過去三件の建造物侵入罪による逮捕時に、これほど不気味な取り調べを受けたことはなかったに違いない。

「そうか。魚心あれば何とか……というからな。相談に乗ってやろうじゃないか」

大槻はガックリとうな垂れた。

大槻が県警に連行されると、セキュリティー担当の警備保障会社の責任者が廣瀬にコンタクトを取ってきた。

「すごい取り調べだったようですね。うちの職員が感心というよりも、むしろ感激して報告してきました。廣瀬先生は元本官だったのですか？」

「中途退職ですから、たいしたことはしていません」

「弊社の機械警備のセキュリティー部門でも、廣瀬先生の存在は有名なようで、この病院に設置されている最先端の機器はモデルケースだという評判です。それも、全て廣瀬先生が設計されたとか……」

「いろいろな機材の組み合わせですよ。内部から指摘されることも多く、臨機応変にグレードアップしてきた結果です」

警備保障会社の責任者が帰ったのを確認したのか、持田奈央子が前澤真美子を伴って廣瀬の部屋にやってきた。

「二人揃っての訪問は初めてですね」

廣瀬が言うと持田が答えた。

「廣瀬先生の部屋には女性一人では入ることができないというのは、院内の常識になっていますから、今日は前澤さんに一緒に来てもらいました」

「何か、用件があってのことなんでしょう？」

「実は、二十二階のＶＩＰ棟への連絡通路の件なんですけど、あそこの危険性を私に教えて下さったのは前澤さんなんです」

廣瀬は前澤の顔を見て呟くように訊ねた。

「ほう、そうでしたか。どこが問題だと思ったのですか？」

「二十二階は部外の方も行くことができる高級レストランですから、あえて、要人やお金持ちの方が入っていらっしゃるＶＩＰ棟とも連絡通路を設けたのだろうと思いました」

「なるほど……」

廣瀬は二十二階に住吉理事長の第二応接室があることは伝えていなかった。二十二階に連絡通路を設置したのはＶＩＰとの面談をする住吉理事長の意向が強かったのが最大の理由だった。

「つまり、誰でも入ることができるフロアにＶＩＰ棟への連絡通路があることが問題なのかな……と思ったのです」

「ありがとう。病院の信用を保つことができました」

廣瀬は前澤に頭を下げた。すると持田が言った。

「それにしても、あの時の廣瀬先生は、今まで誰も見たことがない迫力でした。私、一瞬、身体が硬直してしまいました」

「危機管理仲間ですからね。たまには本当の姿も見せておいた方がいいかと思いました」

「牛島さんも結構表情が豊かで、驚いてしまいました」

「牛島君はあれで結構役者なんですよ。たまには院内交番の情報交換会をやってみますか？」

廣瀬が言うと、持田は笑顔で頭を下げたが、前澤が嬉しそうな顔で答えた。

「よろしくお願いいたします。まさか牛島さんと一緒に、しかも警察を離れて仕事ができるとは思っていませんでした」

「牛島君を知っていたのですか？」

「特捜本部事件の捜査会議で拝見しただけなのですが、県警上層部を前にしても、正論を述べていらっしゃいましたし、捜査幹部に対しても厳しい指摘をされていました。凄い人がいるものだと、後ろの方で聞いていました」

「そうだったのですか……もっと早いうちに顔合わせをしておくべきでしたね。早急に四人で団結式を企画しましょう」

廣瀬が言うと、持田も笑顔で答えた。

「団結式って名前がいいですね。ようやく仲間になるような気がします」

「とっくの昔から仲間なのですけどね」

廣瀬が笑って答えた。


東京地検特捜部と警視庁は野党社会党参議院議員政策担当秘書二人、公設秘書二人、社会党系労働組合専従職員四人、旧労働党系極左暴力集団中立派の非公然構成員三人、公然構成員五人を保険金詐欺容疑で一斉に逮捕した。

「派手にやってくれましたね」

「現時点では保険金詐欺容疑ですが、この金の流れは間違いなく政治資金規正法に続いてくるものと思われます」

廣瀬は住吉理事長と川崎殿町病院二十二階にある院長応接室でテレビニュースを見ながら今後の対策を検討していた。

「医療界ではレセプトの不正流用がこれからの大きな問題になるでしょうね。医師会としても個人情報保護法違反だけでなく、全国医療費適正化計画及び都道府県医療費適正化計画に支障が出てくることを考えておかなければなりません」

住吉理事長の視点は病院経営者という立場だけでなく、日本の医療全般にあったが、廣瀬のそれは医療法人社団敬徳会が抱える危機管理の立場からのものだった。

「レセプト情報・特定健診等情報データベース（ＮＤＢ）がオープンデータになることはわかっていましたが、外部事業者に維持管理を委託されているのが問題なんですよね」

ＮＤＢは「National Database of Health Insurance Claims and Specific Health Checkups of Japan」の略である。

「ＮＤＢだけでは全く意味がわかりませんよね。僕は最初、練馬大根ブラザーズ(Nerima Daikon Brothers）の略かと思っていました」

廣瀬がまじめな顔つきで言うと、住吉理事長が大笑いをして答えた。

「練馬大根ですか……亀戸大根というのもありますけど、残念なことに、どちらも姿を消しつつありますね」

「日本の農業政策の誤りが生んだ結果でしょうね。どちらも、何とか地元で残ってもらいたいと思っているのですが……」

練馬大根は現在、練馬区ではほとんど生産されておらず、十軒ほどの契約農家によって小規模な生産は続けられているといわれている。他方、亀戸大根は現在葛飾区や江戸川区の農家数軒で作られているだけで、亀戸がある江東区での栽培はないようである。

「農業だけでなく、様々な政策の失敗は結果的に事業そのものを壊してきましたからね」

住吉理事長が今度はため息交じりに言うと、廣瀬が頷きながら答えた。

「医療だけは壊すわけにはいきません。もちろん、これは理事長が一番わかっていらっしゃることですが、データというものは必ず外に漏れるものです。特に健康に関する個人データはＶＩＰにとっては信用と同様に重大な情報です」

「レセプトを見る人が見れば、本人がどういう健康状態なのか、一目瞭然ですからね」

レセプトデータには、傷病名、診療開始日、診療実日数、医療機関コード、初診・再診、時間外等、医学管理（医師の指導料等）、投薬、注射、処置、手術、検査、画像診断、請求点数（一点につき十円）等の診療行為の情報が全て記載されている。

「先日、福岡から連絡がきたのですが、中国本土からＰＥＴ検診の依頼が千件入ったそうです。日本人だけでなく、中国人富裕層の個人データまで漏れてしまうことを考えると、危機管理的に見ても、ちょっとした国際問題に発展しかねません」

「周さんが積極的に働きかけてくれたようですね。都内や横浜だけでなく、日本全国の大手中華料理店を目指す中国の特級料理人を周さんが仕切っているとか……」

住吉理事長の言葉に廣瀬が答えた。

「特級料理人が作る料理を食べることができる中国人は、相応の地位と財力がなければなりません。そういう人たちにとってお金以上に大事なものは、自分の健康ですからね」

「厚労省には、もう少し真剣に考えてもらわなければなりませんね。ところで、うちの医療法人が狙われていたことに関する新たな情報は入っているのですか？」

「極左と反社会的勢力の結合という、極左にとっては地雷を踏んでしまったことが、組織内に広がってしまったことで、再び極左内で権力闘争による内ゲバが盛んになるようです。医療法人社団敬徳会が狙われた背景に成田の現地闘争があったようですが、この問題は先方のミスであったことがわかったようです」

「するとうちが狙われることもないのですね」

「裁判の過程でも明らかになるでしょうから、問題はないと思います」

廣瀬の回答を聞いて住吉理事長にしては珍しく大きな深呼吸をして言った。

「本当にいつも思うことですが、廣瀬先生がいてくださってよかったと、つくづく感じますよ。あ、そうそう、大事なことを一つ忘れていました。助産師の栗田さんの待遇の件なんですが、先日、赤坂での会議の帰りに持田さんとも話をしてみました」

「持田さんはどういう意見でしたか？」

「やはり栗田さんにはペイで応えてもらいたい……と。そして、助産師をもう一人、彼女にリクルートを任せて、採用してみるのも一案か……と言っていました。病院外の仕事をすることで気分転換にもなるでしょうし、何より人材発掘とその育成が大事だろう……とも。持田さんはいい視点を持っていますよ」

「なるほど……先輩後輩関係は順調のようですね。事務長にもその旨を伝えておきます」

「最近は前澤さんも加えて、毎月、女子会をやっているようですよ。持田危機管理兼人事担当看護師長が勤務ローテーションを組んでいるようですからね」

「そうでしたか……持田さんと前澤さんは牛島と私との四人の会でも月例会をやっていますから、飲み代が大変でしょうね」

「その時は私に声掛けして下さい。一緒に飲むのは厳しいでしょうが、それくらいの経費は何とでもなります」

「ありがとうございます。よろしくお願いします」

廣瀬が笑うと、住吉理事長も嬉しそうに笑って言った。

「皆が上手く回ってくれればありがたいです。政財界や県警も含めてですけどね」

「今回は警察と利害関係が一致しただけのことです。ただし、社会正義の実現に、うちの医療法人が積極的にかかわっていることは嬉しいことだと思っています」

「官邸も喜んでいるんじゃないですか？」

「それは労働党のことですか？　それとも野々村優子代議士のことですか？」

「両方ですね。吉國官房副長官とは、今回は連絡を取っていないのですか？」

「今回の出産に関しては幹事長が吉國さんのところに相談をしたのがスタートだったらしく、野々村代議士から吉國さんにお礼の挨拶があったそうです」

「そうでしたか……お役に立ててよかったと思います」

廣瀬がデスクに戻ると、前澤真美子から電話連絡が入った。

「廣瀬先生、尾上吉之介代議士のお孫さんの雅之君が、ようやく心を開いてくれました。私、嬉しくて、嬉しくて、今、一番に廣瀬先生に報告をしています」

電話で話すのは長くなりそうな予感がしたため、廣瀬は彼女が仕事をしている病棟の看護師ルームに向かった。前澤が嬉々とした表情で廣瀬を待っていた。

「いい報告をありがとうございます。さて、きっかけは何だったのですか？」

「先月から、少しずつですが怪我のことや、これからの勉強の話をするようにはなっていたんです」

「なるほど。時間をかけて取り組んだ成果ですね。それで、彼は今、何をしたいと言っていますか？」

「本格的にコンピュータの勉強をしたいのだそうです」

「大学受験をして？」

「大学もそうですが、アメリカのシリコンバレーで起業するのが最初の目標だと言っています。そのための基礎は大学じゃなければ学ぶことができないと言っています」

「そこまでの目標があれば、もう引きこもる必要はなくなったのでしょうけれど、不登校の原因はなんだったのでしょう？」

「中学時代のお友達のお母さんだったようです」

「友人の母親？　どういうことでしょう？」

「部活で仲良くなったお友達がいて、よく、その友達の家に遊びに行っていたそうです。そのお母さんは綺麗な方で、雅之君のことも可愛がってくれていた様なんです。雅之君にとっては、一種の憧れだったようですね」

「ふーん。男子校独特の感覚なのかな……」

廣瀬は年上の女性に対する憧れ……というものに全く縁がなかったため、その意識を理解することができなかった。

「ところが中学三年になった頃に、部活の次の部長を決める選挙のようなものがあって、その友達と雅之君は違う先輩を推したらしいんです」

「なるほど」

「結果的に雅之君が推していた先輩が部長になったようなんです。選挙の結果は結果として部活内で分裂が起きるということはなく、仲良くやっていたらしいのですが、その選挙を契機として、その友達がある先輩からいじめを受けるようになったのだそうです」

「進学校でもいじめはあるでしょうが、同じ部活の中ではきつかったでしょうね。その時、雅之君はどうしたんだろう？」

「いじめの実態を部活の部長になった先輩に報告したそうです。すると、今度は友達をいじめていた先輩が、友達を自分の味方につけて、雅之君をいじめるようになったそうなんです」

「おやまあ。どこかの国の政治家と同じような感じだな」

「雅之君は子どもの頃から政治を間近で見ていたので、感覚的に友達が自分を裏切っていることに気付いてしまったようなんです」

「感性の問題ですからね……」

「雅之君は小学校の頃からおじいさまに陸奥宗光の言葉を教えられていたそうなんです」

陸奥宗光は紀州藩士から、明治の外交官、政治家となった人物である。また、カミソリ大臣と呼ばれ、第二次伊藤博文内閣の外務大臣として領事裁判権の廃止など不平等条約の改正や日清戦争で重要な役割を果たした。

「陸奥宗光のどんな言葉を教えられていたんだろう」

廣瀬が首を傾げると、前澤が備忘録を取り出して読んだ。

「『愚ひそかに惟う、そもそも政治なる者は術（アート）なり、学（サイエンス）にあらず。故に政治を行なう人に巧拙（スキール）の別あり。巧みに政治を行ない、巧みに人心を収攬するは、すなわち実学実才ありて広く世勢を練熟する人に存し、決して白面書生机上の談の比にあらざるべし』だそうです」

「巧みに人心を治めるのは、実学を持ち、広く世の中のことに習熟している人……か……。決して、机上の空論をもてあそぶ人間ではない……なるほどな。小学生の頃からこんな言葉を学んでいれば、そりゃ、中高生同士の諍い(いさか)はあほらしくなるでしょうね」

「廣瀬先生は、一度聞いて内容がわかるんですね」

「陸奥宗光には賛否両論ありますが、外交官としての能力は抜群だったようですね。それで、雅之君はどういう行動をとったのでしょう？」

「部活を辞めてしまったのだそうです。そしたら、部活内でいろいろ問題が出て、例の友達が浮いてしまったようなんです。そこに、彼の母親が出てきて担任や部活の顧問相手に大騒ぎをして学校中の問題になってしまったようなんです」

「雅之君が辞めた後のことでしょう？」

「そうなんですが、そもそもの原因が雅之君にあったのだと、参考人として会議室に呼ばれた雅之君の前で鬼の形相で言ったそうなんです」

「憧れの女性が鬼に変身してしまった……うーん。いかにも現在の教育現場で起こりそうな悩ましい問題ですね」

廣瀬は口にこそ出さなかったが、尾上雅之が憧れた女性が実は以前は自分の祖父の愛人だったことを、何らかの拍子に知ってしまったのではなかったか……と思っていた。

「それで不登校になり、ついには引きこもりに入ってしまったようなんです」

前澤が言うと、廣瀬が訊ねた。

「母親との関係はどうなんですか？」

「雅之君はお母さまの前の職業を知っていました。子どもの立場からテレビドラマなどで映し出されるホステスさんの仕事を見ると、彼女たちの実際の苦労を知らない雅之君にとっては受け入れがたい存在になっていたようです」

「子どもは純情ですからね。ホステスという職業のごく一部分の、男におもねる場面しか見ていないのでしょう」

「私もホステスさんを何人も見てきていますし、クラブのママにも知り合いがいますから、お母さまのご労苦を伝えると、雅之君も涙を流して、認識を改めてくれました」

前澤はその時のことを思い出したのか、やや涙ぐんでいた。

「そういう経緯でしたか……しかし、今回、前澤さんに心を開いた背景に、前澤さんに対する憧れがあってのことではないでしょうね」

廣瀬がニコリと笑って訊ねると、前澤が口先を尖らせて答えた。

「廣瀬先生、残念ながらそれは違います。雅之君は病棟のナースの来宮玲子（きのみやれいこ）さんに憧れているんです」

「なんだ。どちらにせよ年上志向ですか……」

「そういう問題ではありません」

前澤が本気で怒りそうになる気配を感じて、廣瀬が言った。

「前澤さんは母性と知性を兼ね備えているので、ふと、男は勘違いをしてしまうんですよ。すでにこの病院内にも男女を問わず、前澤ファンが増えているようですからね」

廣瀬の言葉に、前澤は顔を赤らめて言った。

「やめてください。警察時代にも、一度もそんなことは言われたことはないんですから」

「えっ、そんなことはないですよ。警務部長の藤岡智彦も同じようなことを言っていましたよ」

「やめてください。恥ずかしい」

前澤にしては珍しく、廣瀬の肩をポンと叩いた。

尾上雅之が退院したのは、その一週間後だった。

この作品は完全なるフィクションであり、
登場する人物や団体名などは、
実在のものといっさい関係ありません。

|著者| 濱 嘉之　1957年、福岡県生まれ。中央大学法学部法律学科卒業後、警視庁入庁。警備部警備第一課、公安部公安総務課、警察庁警備局警備企画課、内閣官房内閣情報調査室、再び公安部公安総務課を経て、生活安全部少年事件課に勤務。警視総監賞、警察庁警備局長賞など受賞多数。2004年、警視庁警視で辞職。衆議院議員政策担当秘書を経て、2007年『警視庁情報官』で作家デビュー。「警視庁情報官」シリーズのほか「オメガ」、「ヒトイチ　警視庁人事一課監察係」、「警視庁公安部・青山望」など数多くの人気シリーズを持つ。現在は、危機管理コンサルティングに従事するかたわら、TVや紙誌などでコメンテーターとしても活躍している。

院内刑事（いんないでか）　フェイク・レセプト
濱（はま） 嘉之（よしゆき）

講談社文庫
定価はカバーに
表示してあります

2020年2月14日第1刷発行

発行者――渡瀬昌彦
発行所――株式会社　講談社
東京都文京区音羽2-12-21　〒112-8001
電話　出版（03）5395-3522
　　　販売（03）5395-5817
　　　業務（03）5395-3615
Printed in Japan

デザイン―菊地信義
本文データ制作―講談社デジタル製作
印刷―――凸版印刷株式会社
製本―――株式会社国宝社

ISBN978-4-06-518928-3

講談社文庫刊行の辞

二十一世紀の到来を目睫に望みながら、われわれはいま、人類史上かつて例を見ない巨大な転換期をむかえようとしている。

世界も、日本も、激動の予兆に対する期待とおののきを内に蔵して、未知の時代に歩み入ろうとしている。このときにあたり、創業の人野間清治の「ナショナル・エデュケイター」への志を現代に甦らせようと意図して、われわれはここに古今の文芸作品はいうまでもなく、ひろく人文・社会・自然の諸科学から東西の名著を網羅する、新しい綜合文庫の発刊を決意した。

激動の転換期はまた断絶の時代である。われわれは戦後二十五年間の出版文化のありかたへの深い反省をこめて、この断絶の時代にあえて人間的な持続を求めようとする。いたずらに浮薄な商業主義のあだ花を追い求めることなく、長期にわたって良書に生命をあたえようとつとめるところにしか、今後の出版文化の真の繁栄はあり得ないと信じるからである。

同時にわれわれはこの綜合文庫の刊行を通じて、人文・社会・自然の諸科学が、結局人間の学にほかならないことを立証しようと願っている。かつて知識とは、「汝自身を知る」ことにつきていた。現代社会の瑣末な情報の氾濫のなかから、力強い知識の源泉を掘り起し、技術文明のただなかに、生きた人間の姿を復活させること。それこそわれわれの切なる希求である。

われわれは権威に盲従せず、俗流に媚びることなく、渾然一体となって日本の「草の根」をかたちづくる若く新しい世代の人々に、心をこめてこの新しい綜合文庫をおくり届けたい。それは知識の泉であるとともに感受性のふるさとであり、もっとも有機的に組織され、社会に開かれた万人のための大学をめざしている。大方の支援と協力を衷心より切望してやまない。

一九七一年七月

野間省一

講談社文庫 最新刊

濱 嘉之
院内刑事 フェイク・レセプト
診療報酬のビッグデータから、反社が絡む大がかりな不正をあぶり出す！〈文庫書下ろし〉

佐々木裕一
帝の刀匠 〈公家武者 信平(七)〉
名刀を遥かに凌駕する贋作を作る刀鍛冶。その類まれなる技を目当てに蠢く陰謀とは？

池井戸 潤
銀行狐
金庫室の死体。頭取あての脅迫状。連続殺人。金と人をめぐる狂おしいサスペンス短編集。

麻見和史
鷹の砦 〈警視庁殺人分析班〉
人質の身代わりに拉致されたのは、如月塔子だった。事件の真相が炙り出すある過去とは。

西村京太郎
西鹿児島駅殺人事件
寝台特急車内で刺殺体が。警視庁の刑事も殺されてしまう。混迷を深める終着駅の焦燥！

椹野道流
池魚の殃 鬼籍通覧
まさかの拉致監禁！ 若き法医学者たちに人生最大の危機が迫る。災いは忘れた頃に！

浅生 鴨
伴走者
パラアスリートの目となり共に戦う伴走者を描く。夏・マラソン編／冬・スキー編収録。

高田崇史
神の時空 〈京の天命〉
松島、天橋立、宮島。名勝・日本三景が次々と倒壊、炎上する。傑作歴史ミステリー完結。

有川ひろ ほか
ニャンニャンにゃんそろじー
猫のいない人生なんて！ 猫好きが猫好きに贈る、猫だらけの小説＆漫画アンソロジー。

喜多喜久
ビギナーズ・ラボ
難病の想い人を救うため、研究初心者の恵輔は治療薬の開発という無謀な挑戦を始める！

講談社文芸文庫

庄野潤三
庭の山の木

家庭でのできごと、世相への思い、愛する文学作品、敬慕する作家たち——著者のやわらかな視点、ゆるぎない文学観が浮かび上がる、充実期に書かれた随筆集。

解説=中島京子　年譜=助川徳是

しA15

978-4-06-518659-6

庄野潤三
明夫と良二

何気ない一瞬に焼き付けられた、はかなく移ろいゆく幸福なひととき。人生の喜びとあわれを透徹したまなざしでとらえた、名作『絵合せ』と対をなす家族小説の傑作。

解説=上坪裕介　年譜=助川徳是

しA14

978-4-06-514722-1

講談社文庫　目録

- 花村萬月　續信長私記
- 畑村洋太郎　失敗学のすすめ
- 畑村洋太郎　失敗学実践講義〈文庫増補版〉
- 花井愛子　ときめきイチゴ時代〈ティーンズハートの1987-1997〉
- はやみねかおる　そして五人がいなくなる〈名探偵夢水清志郎事件ノート〉
- はやみねかおる　都会のトム&ソーヤ(1)
- はやみねかおる　都会のトム&ソーヤ(3)〈いつになったら作戦終了?〉
- はやみねかおる　都会のトム&ソーヤ(4)〈四重奏〉
- はやみねかおる　都会のトム&ソーヤ(5)〈IN塀戸〉(上)(下)
- はやみねかおる　都会のトム&ソーヤ(6)〈ぼくの家へおいで〉
- はやみねかおる　都会のトム&ソーヤ(7)《怪人は夢に舞う〈理論編〉》
- はやみねかおる　都会のトム&ソーヤ(8)《怪人は夢に舞う〈実践編〉》
- はやみねかおる　都会のトム&ソーヤ(9)〈前夜祭 内人side〉
- はやみねかおる　都会のトム&ソーヤ(10)〈前夜祭 創也side〉
- 勇嶺薫　赤い夢の迷宮
- 橋口いくよ　猛烈に!アロハ萌え
- 服部真澄　極楽行き〈清談 佛々堂先生〉
- 服部真澄　クラウド・ナイン
- 早瀬詠一郎　つげの箸〈裏十手からくり草紙〉
- 早瀬詠一郎　平手造酒
- 早瀬乱　レイニー・パークの音
- 初野晴　向こう側の遊園
- 原武史　滝山コミューン一九七四
- 濱嘉之　警視庁情報官〈シークレット・オフィサー〉
- 濱嘉之　警視庁情報官　ハニートラップ
- 濱嘉之　警視庁情報官　トリックスター
- 濱嘉之　警視庁情報官　ブラックドナー
- 濱嘉之　警視庁情報官　サイバージハード
- 濱嘉之　警視庁情報官　ゴーストマネー
- 濱嘉之　警視庁情報官　ノースブリザード
- 濱嘉之　鬼手〈世田谷駐在刑事・小林健〉
- 濱嘉之　電子の標的〈警視庁特別捜査官・藤江康央〉
- 濱嘉之　列島融解
- 濱嘉之　オメガ　警察庁諜報課
- 濱嘉之　オメガ　対中工作
- 濱嘉之　ヒトイチ　警視庁人事一課監察係
- 濱嘉之　ヒトイチ　画像解析〈警視庁人事一課監察係〉
- 濱嘉之　ヒトイチ　内部告発〈警視庁人事一課監察係〉
- 濱嘉之　カルマ真仙教事件(上)(中)(下)
- 濱嘉之　新装版　院内刑事
- 橋本紡　彩乃ちゃんのお告げ
- 馳星周　やつらを高く吊せ
- 馳星周　ラフ・アンド・タフ
- 早見俊　右近の鯔背銀杏〈双子同心捕物競い(二)〉
- 早見俊　同心の鑑〈双子同心捕物競い(三)〉
- 早見俊　上方与力江戸暦
- 畠中恵　アイスクリン強し
- 畠中恵　若様組まいる
- 畠中恵　若様とロマン
- はるな愛　素晴らしき、この人生
- 葉室麟　風渡る
- 葉室麟　風の軍師〈黒田官兵衛〉
- 葉室麟　星火瞬く
- 葉室麟　陽炎の門
- 葉室麟　紫匂う
- 葉室麟　山月庵茶会記
- 葉室麟　津軽双花

平岩弓枝　新装版 はやぶさ新八御用帳(三)〈又右衛門の女房〉
平岩弓枝　新装版 はやぶさ新八御用帳(四)〈鬼勘の娘〉
平岩弓枝　新装版 はやぶさ新八御用帳(五)〈御守殿おたき〉
平岩弓枝　新装版 はやぶさ新八御用帳(六)〈春月の雛〉
平岩弓枝　新装版 はやぶさ新八御用帳(七)〈寒椿の寺〉
平岩弓枝　新装版 はやぶさ新八御用帳(八)〈春怨 根津権現〉
平岩弓枝　新装版 はやぶさ新八御用帳(九)〈王子稲荷の女〉
平岩弓枝　新装版 はやぶさ新八御用帳(十)〈幽霊屋敷の女〉
平岩弓枝　老いること暮らすこと
平岩弓枝　なかなかいい生き方
東野圭吾　放課後
東野圭吾　卒業
東野圭吾　学生街の殺人
東野圭吾　魔球
東野圭吾　十字屋敷のピエロ
東野圭吾　眠りの森
東野圭吾　宿命
東野圭吾　変身
東野圭吾　仮面山荘殺人事件
東野圭吾　天使の耳
東野圭吾　ある閉ざされた雪の山荘で
東野圭吾　同級生
東野圭吾　名探偵の呪縛
東野圭吾　むかし僕が死んだ家
東野圭吾　虹を操る少年
東野圭吾　パラレルワールド・ラブストーリー
東野圭吾　天空の蜂
東野圭吾　どちらかが彼女を殺した
東野圭吾　名探偵の掟
東野圭吾　悪意
東野圭吾　私が彼を殺した
東野圭吾　嘘をもうひとつだけ
東野圭吾　時生
東野圭吾　赤い指
東野圭吾　流星の絆
東野圭吾　新装版 浪花少年探偵団
東野圭吾　新装版 しのぶセンセにサヨナラ
東野圭吾　新参者
東野圭吾　麒麟の翼
東野圭吾　パラドックス13
東野圭吾　祈りの幕が下りる時
東野圭吾　危険なビーナス
東野圭吾作家生活25周年祭り実行委員会　東野圭吾公式ガイド（読者1万人が選んだ東野作品人気ランキング発表）
平野啓一郎　高瀬川
平野啓一郎　ドーン
平野啓一郎　空白を満たしなさい(上)(下)
平山譲　片翼チャンピオン
百田尚樹　永遠の0（ゼロ）
百田尚樹　輝く夜
百田尚樹　風の中のマリア
百田尚樹　影法師
百田尚樹　ボックス！(上)(下)
百田尚樹　海賊とよばれた男(上)(下)
ヒキタクニオ　東京ボイス
平田オリザ　十六歳のオリザの冒険をしるす本
平田オリザ　幕が上がる
ビッグイシュー 枝元なほみ　世界一あたたかい人生相談

久生十蘭　久生十蘭「従軍日記」
東　直子　さようなら窓
東　直子　らいほうさんの場所
東　直子　トマト・ケチャップ・ス
樋口明雄　ミッドナイト・ラン!
樋口明雄　ドッグ・ラン!
平谷美樹　居留地同心・凌之介秘帳 小倫敦の幽霊
蛭田亜紗子　人肌ショコラリキュール
樋口卓治　ボクの妻と結婚してください。
樋口卓治　続・ボクの妻と結婚してください。
樋口卓治　もう一度、お父さんと呼んでくれ。
樋口卓治　「ファミリーラブストーリー」
平山夢明　どたんばたん(土壇場譚)〈大江戸怪談〉
平山夢明　魂(たま)豆(どう)腐(ふ)〈大江戸怪談どたんばたん(土壇場譚)〉
東川篤哉　純喫茶「一服堂」の四季
東山彰良　流(りゅう)
樋口直哉　偏差値68の目玉焼き〈星ヶ丘高校料理部〉
平田研也　小さな恋のうた
藤沢周平　新装版 春秋の檻〈獄医立花登手控え(一)〉

藤沢周平　新装版 風雪の檻〈獄医立花登手控え(二)〉
藤沢周平　新装版 愛憎の檻〈獄医立花登手控え(三)〉
藤沢周平　新装版 人間の檻〈獄医立花登手控え(四)〉
藤沢周平　新装版 闇の歯車
藤沢周平　新装版 市塵(上)(下)
藤沢周平　新装版 決闘の辻
藤沢周平　新装版 雪明かり
藤沢周平　義民が駆ける〈レジェンド歴史時代小説〉
藤沢周平　喜多川歌麿女絵草紙
藤沢周平　闇の梯子
藤沢周平　長門守の陰謀
船戸与一　新装版 カルナヴァル戦記
藤田宜永　樹下の想い
藤田宜永　艶(つや)めき
藤田宜永　流砂
藤田宜永　子宮の記憶〈ここにあなたがいる〉
藤田宜永　乱調
藤田宜永　壁画修復師
藤田宜永　前夜のものがたり

藤田宜永　戦力外通告
藤田宜永　いつかは恋を
藤田宜永　喜の行列 悲の行列(上)(下)
藤田宜永　老猿
藤田宜永　女系の総督
藤田宜永　血の弔旗
藤田宜永　大雪物語
藤　水名子　紅嵐記(上)(中)(下)
藤原伊織　テロリストのパラソル
藤原伊織　蚊トンボ白鬚の冒険(上)(下)
藤原伊織　遊戯
藤田紘一郎　笑うカイチュウ
藤本ひとみ　新・三銃士 少年編・青年編〈ダルタニャンとミラディ〉
藤本ひとみ　皇妃エリザベート
福井晴敏　Twelve(トゥエルブ) Y.O.(ワイオー)
福井晴敏　亡国のイージス(上)(下)
福井晴敏　川の深さは
福井晴敏　終戦のローレライ I～IV
福井晴敏　6ステイン

講談社文庫　目録

2019年12月15日現在